Le Masque de la Première Dame

Marc Rey

Le Masque de la Première Dame

© 2025 **Marc Rey**

Édition : BoD · Books on Demand,

31 avenue Saint-Rémy, 57600 Forbach, bod@bod.fr

Impression : Libri Plureos GmbH,

Friedensallee 273, 22763 Hamburg (Allemagne)

ISBN : 978-2-3225-1635-3

Dépôt légal : Avril 2025

Prologue

Le ciel de Paris s'assombrissait, annonçant une nuit qui promettait d'être longue et orageuse. Dans le bureau ovale de l'Élysée, Élisabeth Marceau, Première Dame de France, se tenait debout face à la fenêtre, son regard perdu dans le jardin en contrebas. Le reflet de son visage dans la vitre trahissait une inquiétude qu'elle s'efforçait habituellement de dissimuler.

Derrière elle, assis à son bureau, le Président Julien Marceau parcourait frénétiquement un dossier marqué "CONFIDENTIEL". Le silence pesant qui régnait dans la pièce n'était rompu que par le bruissement des pages qu'il tournait nerveusement.

"Élisabeth," dit-il enfin, sa voix trahissant une tension inhabituelle. "Es-tu certaine d'avoir tout dit ?"

La Première Dame se retourna lentement, son visage affichant un masque de calme qui contrastait avec l'agitation de son mari. "Julien, nous en avons déjà parlé. Il n'y a rien d'autre à dire."

Un éclair illumina soudain la pièce, suivi d'un grondement de tonnerre qui sembla faire trembler les murs du palais présidentiel. Élisabeth tressaillit imperceptiblement.

"Ces rumeurs... ces documents qui circulent..." Le Président laissa sa phrase en suspens, cherchant ses mots. "Si quelque chose venait à..."

"Rien ne viendra à la lumière," l'interrompit-elle d'un ton ferme. "Parce qu'il n'y a rien à découvrir."

Julien Marceau se leva, contourna le bureau et s'approcha de sa femme. Il prit ses mains dans les siennes, plongeant son regard dans le sien. "Je te fais confiance, Élisabeth. Mais je dois savoir. Notre avenir, celui de la France, en dépend."

Un nouveau silence s'installa, lourd de non-dits et de secrets enfouis. Élisabeth dégagea doucement ses mains et caressa la joue de son mari. "Fais-moi confiance, mon amour. J'ai toujours su gérer les crises. Celle-ci ne sera pas différente."

À cet instant, le téléphone sonna, faisant sursauter le couple présidentiel. Julien décrocha, écouta un moment, puis raccrocha, le visage blême.

"C'était le ministre de l'Intérieur," annonça-t-il d'une voix blanche. "Une journaliste fouille dans ton passé. Elle s'appelle Léa Moreau."

Le masque d'assurance d'Élisabeth vacilla un instant, laissant entrevoir une lueur de panique dans ses yeux. Mais en une fraction de seconde, elle reprit le contrôle.

"Laisse-moi m'en occuper," dit-elle d'un ton qui ne souffrait aucune contradiction. "Ce ne sera pas la première fois qu'on essaie de me déstabiliser."

Alors qu'elle quittait le bureau, Élisabeth Marceau sentit le poids de ses secrets peser sur ses épaules comme jamais auparavant. Elle savait que la tempête qui grondait au-dehors n'était rien comparée à celle qui s'annonçait.

Dans l'ombre d'un immeuble non loin de l'Élysée, une silhouette observait les fenêtres illuminées du palais présidentiel. Léa Moreau, carnet en main, notait frénétiquement ses observations. Elle ignorait encore dans quel labyrinthe de mensonges et de manipulations son enquête allait l'entraîner, ni le prix qu'elle devrait payer pour la vérité.

La chasse était lancée, et rien ne serait plus jamais comme avant.

Chapitre 1 : Le Couple Présidentiel

Le soleil printanier baignait la cour de l'Élysée d'une lumière dorée, illuminant la scène qui se déroulait sous les yeux des journalistes et des caméras du monde entier. Élisabeth Marceau, vêtue d'un tailleur bleu roi qui soulignait l'éclat de ses yeux clairs, descendait les marches du palais présidentiel aux côtés de son mari, le Président Julien Marceau. Le couple s'apprêtait à accueillir le Premier ministre britannique pour un sommet bilatéral crucial.

Élisabeth, du haut de ses 59 ans, affichait une élégance naturelle et une assurance qui faisaient d'elle bien plus qu'une simple Première Dame. Ses cheveux blonds coiffés en un chignon sophistiqué et son sourire chaleureux captivaient l'attention, éclipsant presque la présence de son mari. À 41 ans, Julien Marceau était le plus jeune président de l'histoire de la Ve République. Grand, athlétique, avec des traits fins et des yeux sombres pénétrants, il incarnait le renouveau politique tant attendu par les Français.

Alors qu'ils descendaient main dans la main, les flashs crépitaient, immortalisant l'image de ce couple atypique qui fascinait la nation depuis leur arrivée à l'Élysée deux ans auparavant. Leur différence d'âge de 18 ans, loin d'être un handicap, était devenue le symbole d'une France moderne, ouverte d'esprit et progressiste.

"Madame Marceau ! Monsieur le Président !" Les journalistes se bousculaient, cherchant à capter l'attention du couple. Élisabeth, habituée à cet exercice, s'arrêta un instant pour répondre à quelques questions avec son aisance coutumière.

"Madame, comment abordez-vous ce sommet crucial pour l'avenir de l'Europe ?" lança une journaliste de BFM TV.

Élisabeth sourit, son regard trahissant une intelligence vive. "Avec confiance et détermination. La France et le Royaume-Uni ont une longue histoire commune, faite de rivalités mais aussi d'alliances. Aujourd'hui, plus que jamais, nous devons travailler ensemble pour relever les défis qui nous attendent."

Julien, à ses côtés, acquiesça d'un signe de tête, laissant sa femme occuper le devant de la scène. Il savait que son charisme et sa maîtrise des médias étaient des atouts précieux pour son mandat. Pourtant, un observateur attentif aurait pu déceler une ombre fugace dans son regard, comme si un doute persistant venait parfois troubler sa confiance apparente.

La scène qui se jouait devant les caméras était le fruit d'une alchimie complexe entre deux personnalités hors du commun. Leur histoire d'amour, qui avait défrayé la chronique lors de sa révélation, restait un sujet de fascination pour le public.

Élisabeth, née Élisabeth Auchère, était une brillante professeure de littérature lorsqu'elle rencontra Julien, alors son élève de terminale au lycée La Providence d'Amiens. Leur relation, qui ne débuta officiellement que des années plus tard, avait été l'objet de nombreuses spéculations et critiques. Pourtant, ils avaient su transformer cette controverse en une force, incarnant un amour qui transcendait les conventions sociales.

Julien, issu d'une famille de médecins, avait rapidement gravi les échelons politiques, porté par son charisme et ses idées novatrices. Sa rencontre avec Élisabeth avait été un tournant dans sa vie, la décrivant souvent comme sa "muse et mentor". Elle avait su canaliser son ambition et affiner son discours, faisant de lui un orateur redoutable et un stratège politique hors pair.

Alors qu'ils atteignaient le tapis rouge déroulé pour l'occasion, Élisabeth glissa discrètement quelques mots à l'oreille de Julien. Ce geste, capté par les caméras, alimenterait sans doute les discussions des éditorialistes politiques pendant des jours. Que pouvait bien se dire ce couple si particulier dans l'intimité du pouvoir ?

La limousine du Premier ministre britannique apparut au bout de l'avenue, et le couple présidentiel se prépara à l'accueillir. Élisabeth ajusta subtilement la cravate de Julien, un geste maternel qui ne manquerait pas d'être commenté, pour le meilleur et pour le pire.

Dans les coulisses de cette scène parfaitement orchestrée, les conseillers du couple s'affairaient. Pierre Dumas, le directeur de cabinet, observait la scène avec un mélange de fierté et d'inquiétude. Il savait mieux que quiconque la fragilité de l'édifice qu'ils avaient construit. Un seul faux pas, une seule révélation malvenue, et tout pouvait s'effondrer.

Le Premier ministre descendit de voiture, et les salutations officielles commencèrent. Élisabeth, dans son rôle de Première Dame, fit preuve d'une diplomatie sans faille, maniant l'anglais avec une aisance qui impressionna visiblement leur invité. Julien, quant à lui, entama les discussions politiques avec sérieux et détermination.

Alors que le petit groupe se dirigeait vers l'intérieur du palais, loin des caméras et des micros, Élisabeth sentit son téléphone vibrer dans sa poche. Un message d'un numéro inconnu s'afficha : "Le passé finit toujours par nous rattraper, Madame Marceau. Ou devrais-je dire..."

Le message s'arrêtait là, laissant planer une menace implicite. Le visage d'Élisabeth se figea un instant, avant qu'elle ne reprenne rapidement contenance. Elle glissa son téléphone dans sa poche, son sourire de façade masquant la tempête qui faisait rage en elle.

Le couple Marceau avançait vers l'avenir, porteur des espoirs d'une nation. Mais derrière le vernis de la perfection, des fissures commençaient à apparaître. L'ombre du passé planait sur l'Élysée, menaçant de faire voler en éclats l'image soigneusement construite du couple présidentiel.

Tandis qu'ils franchissaient le seuil du palais, Élisabeth serra imperceptiblement la main de Julien. Cette journée marquait le début d'une nouvelle ère, mais aussi le commencement d'une lutte acharnée pour préserver leurs secrets. Le jeu du pouvoir ne faisait que commencer, et les Marceau allaient devoir se battre comme jamais pour rester au sommet.

Chapitre 2 : Une Première Dame Adulée

Le soleil se levait à peine sur Paris lorsqu'Élisabeth Marceau quitta l'Élysée, escortée par sa garde rapprochée. Vêtue d'un tailleur-pantalon couleur crème et d'un chemisier en soie, elle incarnait l'élégance à la française. Ses cheveux blonds, coiffés en un chignon lâche, lui donnaient un air à la fois sophistiqué et accessible. Elle se rendait à l'inauguration d'une nouvelle aile de l'hôpital Necker, dédiée à la recherche pédiatrique.

Dès son arrivée, les flashs crépitèrent. Les journalistes se bousculaient pour capturer le moindre de ses gestes, le plus infime de ses sourires. Élisabeth descendit de la voiture avec grâce, saluant la foule d'un geste de la main. Son charisme naturel opérait déjà, électrisant l'atmosphère.

"Madame Marceau !" s'écria une petite fille, tendant un bouquet de fleurs.

Élisabeth s'approcha, s'agenouillant pour se mettre à la hauteur de l'enfant. "Bonjour, ma chérie. Comment t'appelles-tu ?"

"Léa, Madame," répondit timidement la fillette.

"C'est un très joli prénom, Léa. Merci pour ces magnifiques fleurs." Élisabeth prit le temps d'échanger quelques mots avec l'enfant, sous les yeux attendris des spectateurs et les objectifs avides des caméras.

Cette scène, qui semblait si spontanée, était en réalité le fruit d'un travail minutieux de l'équipe de communication de l'Élysée. Chaque apparition publique d'Élisabeth était soigneusement chorégraphiée pour renforcer son image de Première Dame proche du peuple, compatissante et engagée.

À l'intérieur de l'hôpital, Élisabeth navigua avec aisance entre les couloirs aseptisés, saluant le personnel médical et les patients. Son passé d'enseignante transparaissait dans sa façon d'interagir avec les enfants malades, trouvant instinctivement les mots justes pour les réconforter et les faire sourire.

Lors de son discours d'inauguration, elle aborda avec passion l'importance de la recherche médicale et de l'innovation dans le domaine pédiatrique. "Chaque enfant est un trésor, une promesse pour l'avenir," déclara-t-elle, sa voix empreinte d'émotion. "Investir dans leur santé, c'est investir dans l'avenir de notre nation."

Ses mots, captés par les caméras de télévision, seraient bientôt relayés dans tous les foyers français. L'image d'Élisabeth Marceau, Première Dame engagée et compatissante, se renforçait un peu plus à chaque apparition publique.

Après la cérémonie, Élisabeth prit le temps de s'entretenir avec les médecins et les chercheurs. Sa curiosité intellectuelle et sa capacité à comprendre rapidement des sujets complexes impressionnaient invariablement ses interlocuteurs. Elle posait des questions pertinentes, démontrant une connaissance approfondie des enjeux de la recherche médicale.

"Madame Marceau a une véritable intelligence émotionnelle," confia plus tard le Professeur Laurent, chef du service de pédiatrie, à un journaliste de France 2. "Elle comprend instinctivement les besoins des patients et du personnel soignant. C'est une qualité rare et précieuse."

En début d'après-midi, Élisabeth se rendit dans les locaux de la Fondation des Hôpitaux de Paris, dont elle était la marraine. Là encore, son arrivée fut accueillie par une nuée de journalistes et de sympathisants. Elle prit le temps de saluer chacun, son sourire ne faiblissant jamais malgré la fatigue qui commençait à se faire sentir.

Lors d'une réunion avec le conseil d'administration de la Fondation, Élisabeth démontra une fois de plus sa maîtrise des dossiers. Elle proposa des initiatives novatrices pour améliorer le confort des patients hospitalisés, notamment un programme d'art-thérapie pour les enfants en longue maladie.

"Élisabeth Marceau n'est pas qu'un visage," commenta plus tard Marie Dubois, directrice de la Fondation. "C'est une femme d'action, qui met son intelligence et son influence au service des causes qu'elle défend."

En fin de journée, alors qu'elle quittait les locaux de la Fondation, Élisabeth fut interpellée par un groupe de jeunes militants écologistes. Plutôt que d'ignorer leurs questions sur la politique environnementale du gouvernement, elle choisit de s'arrêter et d'engager le dialogue.

"Je comprends vos inquiétudes," leur dit-elle avec sincérité. "Le changement climatique est l'un des plus grands défis de notre époque. Je vous assure que le Président et moi-même sommes pleinement conscients de l'urgence de la situation."

Cette capacité à transformer une potentielle confrontation en un échange constructif ne manqua pas d'impressionner les observateurs présents. Même ses détracteurs devaient admettre qu'Élisabeth Marceau avait un don pour désamorcer les tensions et rallier les gens à sa cause.

De retour à l'Élysée en début de soirée, Élisabeth semblait à peine fatiguée malgré une journée chargée. Elle prit le temps de briefer son équipe de communication sur les événements de la journée, suggérant des angles pour les communiqués de presse à venir.

Dans l'intimité de ses appartements, elle se permit enfin de relâcher un peu la pression. Devant son miroir, elle observa attentivement son reflet, cherchant la moindre faille dans son armure de perfection. Son téléphone vibra, affichant un message de Julien : "Tu as été extraordinaire aujourd'hui, comme toujours. Je suis fier de toi."

Un sourire fatigué se dessina sur ses lèvres. Élisabeth savait que chaque jour était un défi, une bataille pour maintenir cette image de Première Dame parfaite que la France adorait. Mais derrière ce masque de perfection, des ombres persistaient, des secrets enfouis qui menaçaient de refaire surface à tout moment.

Alors qu'elle se préparait pour un dîner officiel avec son mari, Élisabeth Marceau se demanda combien de temps encore elle pourrait maintenir cette façade. L'adulation du public était enivrante, mais le poids de ses secrets devenait de plus en plus lourd à porter.

Dans le miroir, l'image de la Première Dame adulée lui renvoyait un regard déterminé. Quoi qu'il arrive, elle était prête à se battre pour préserver ce qu'elle avait construit. L'avenir de la présidence, et peut-être même celui de la France, en dépendait.

Chapitre 3 : La Rumeur Grandit

Le brouhaha habituel des couloirs de l'Assemblée nationale fut soudainement interrompu par un murmure insistant. Dans un coin reculé, à l'abri des regards indiscrets, deux députés échangeaient à voix basse, leurs visages trahissant une excitation mêlée d'inquiétude.

"Tu as entendu ça ?" chuchota Antoine Delorme, un jeune élu du parti d'opposition. "Il paraît qu'un journaliste aurait mis la main sur des documents compromettants concernant la Première Dame."

Son interlocutrice, Sophia Renard, une députée chevronnée, fronça les sourcils. "Encore des ragots sans fondement, j'imagine. Élisabeth Marceau est irréprochable, tout le monde le sait."

Pourtant, le doute s'était immiscé dans sa voix. Ces derniers jours, des rumeurs de plus en plus persistantes circulaient dans les cercles politiques parisiens. Des allusions à un passé trouble, à une identité cachée, à des secrets inavouables.

À quelques pas de là, Léa Moreau, la journaliste d'investigation qui avait commencé à creuser l'affaire, observait discrètement l'échange entre les deux députés. Son instinct lui disait qu'elle était sur la piste de quelque chose de gros, peut-être même le scoop du siècle.

Au même moment, dans les bureaux feutrés de l'Élysée, Pierre Dumas, le directeur de cabinet du Président, raccrochait son téléphone d'un geste nerveux. Il se leva précipitamment et se dirigea vers le bureau présidentiel, le visage grave.

"Monsieur le Président," dit-il en entrant après avoir frappé, "nous avons un problème."

Julien Marceau leva les yeux de ses dossiers, instantanément alerte. "De quoi s'agit-il, Pierre ?"

"Des rumeurs, monsieur. À propos d'Élisabeth. Elles prennent de l'ampleur."

Le Président se raidit imperceptiblement. "Quel genre de rumeurs ?"

Dumas hésita un instant. "Des insinuations sur son passé, monsieur. Des suggestions qu'elle ne serait pas... qui elle prétend être."

Un silence pesant s'installa dans la pièce. Julien Marceau se leva lentement, se dirigeant vers la fenêtre qui donnait sur les jardins de l'Élysée. "Avons-nous une idée de la source ?"

"Pas encore, monsieur. Mais nos équipes travaillent dessus."

Le Président se retourna, son visage trahissant une inquiétude qu'il tentait de masquer. "Et Élisabeth ? Est-elle au courant ?"

"Pas encore, monsieur. J'ai pensé qu'il valait mieux vous en parler d'abord."

Julien acquiesça lentement. "Bien. Je m'en chargerai moi-même. En attendant, je veux que vous mettiez toutes nos ressources sur cette affaire. Trouvez la source, étouffez ces rumeurs. Compris ?"

"Bien sûr, monsieur le Président."

Alors que Dumas quittait le bureau, Julien Marceau sentit le poids du monde s'abattre sur ses épaules. Il connaissait Élisabeth mieux que quiconque, ou du moins le croyait-il. Mais ces rumeurs ravivaient des doutes qu'il avait longtemps refoulés.

Pendant ce temps, dans les rédactions parisiennes, l'effervescence montait. Des journalistes de tous bords commençaient à s'intéresser de près à la vie d'Élisabeth Marceau avant son mariage avec Julien. Des appels étaient passés, des archives fouillées, des témoins potentiels contactés.

À la cafétéria de l'Assemblée, les conversations allaient bon train. "J'ai entendu dire qu'elle aurait changé d'identité il y a des années," murmura un attaché parlementaire à sa collègue. "Imagine le scandale si c'était vrai !"

La rumeur se propageait comme une traînée de poudre, alimentée par le mystère qui entourait certaines périodes de la vie d'Élisabeth. Son passé d'enseignante était bien documenté, mais que savait-on vraiment de ses années de jeunesse ?

Dans les locaux de son journal, Léa Moreau compilait frénétiquement ses notes. Elle avait réussi à obtenir un vieux yearbook du lycée où Élisabeth avait enseigné. Une photo en particulier avait attiré son attention : une jeune enseignante qui ressemblait étrangement à Élisabeth, mais dont le nom était différent.

"Il y a quelque chose qui cloche," murmura-t-elle pour elle-même. "Et je vais découvrir quoi."

À l'Élysée, Élisabeth Marceau terminait une réunion avec ses conseillers quand elle remarqua les regards fuyants et les chuchotements sur son passage. Son intuition, affûtée par des années dans les hautes sphères du pouvoir, lui disait que quelque chose n'allait pas.

Elle entra dans son bureau et ferma la porte, s'accordant un moment de répit. Son téléphone vibra, affichant un message d'un numéro inconnu : "Le passé finit toujours par nous rattraper, n'est-ce pas, Madame Marceau ? Ou devrais-je dire..."

Élisabeth sentit son cœur s'arrêter. La panique menaçait de la submerger, mais des années de maîtrise de soi lui permirent de garder son calme. Elle effaça rapidement le message, mais le mal était fait. Quelqu'un savait.

Le soir venu, alors que Paris s'illuminait, Julien et Élisabeth Marceau dînaient en tête-à-tête dans leurs appartements privés. L'ambiance était tendue, chargée de non-dits.

"Élisabeth," commença Julien, posant sa fourchette. "Il faut qu'on parle."

Elle leva les yeux vers lui, son visage un masque de calme. "De quoi s'agit-il, mon chéri ?"

"Des rumeurs circulent. À propos de ton passé."

Un silence pesant s'installa. Élisabeth prit une gorgée de vin, gagnant quelques secondes pour rassembler ses pensées. "Des rumeurs ? Quel genre de rumeurs ?"

Julien hésita. "Le genre qui pourrait tout remettre en question. Notre mariage, ma présidence... tout."

Élisabeth posa doucement son verre. Ses yeux, d'habitude si chaleureux, semblaient soudain distants, presque froids. "Julien, tu me connais. Tu sais qui je suis."

"Vraiment ?" La question flotta dans l'air, lourde de doutes et d'incertitudes.

À cet instant, le téléphone de Julien sonna. C'était Pierre Dumas. "Monsieur le Président, nous avons un problème. Un journaliste vient de contacter notre service de presse. Il prétend avoir des preuves concernant... l'autre identité de Madame Marceau."

Julien raccrocha lentement, son regard ne quittant pas celui d'Élisabeth. Dans ses yeux, elle pouvait lire une question muette, une supplication.

"Élisabeth," dit-il doucement. "S'il y a quelque chose que tu dois me dire, c'est maintenant."

La Première Dame de France resta silencieuse un long moment. Puis, prenant une profonde inspiration, elle commença : "Julien, il y a des choses sur mon passé que je ne t'ai jamais dites. Des choses que j'espérais ne jamais avoir à révéler."

Alors qu'elle s'apprêtait à continuer, la sonnerie stridente du téléphone rouge de l'Élysée retentit, interrompant ce moment crucial. Une crise internationale réclamait l'attention immédiate du Président.

Julien se leva, partagé entre son devoir et son besoin désespéré de connaître la vérité. "Cette conversation n'est pas terminée," dit-il avant de quitter la pièce.

Restée seule, Élisabeth Marceau sentit le poids de ses secrets l'écraser comme jamais auparavant. La rumeur avait commencé à grandir, et elle savait que ce n'était que le début. La tempête qui s'annonçait menaçait de tout emporter sur son passage, y compris la façade soigneusement construite de sa vie parfaite.

Dans l'ombre, les forces qui cherchaient à déterrer la vérité se mettaient en mouvement. La chasse était lancée, et Élisabeth Marceau se retrouvait prise au piège de son propre passé.

Chapitre 4 : Une Enquête Anonyme

La nuit était tombée sur Paris, mais dans les locaux du journal "Le Révélateur", l'effervescence régnait. Au cœur de cette agitation, Léa Moreau, les yeux rivés sur son écran d'ordinateur, relisait pour la énième fois l'email qui allait changer le cours de son enquête et, peut-être, l'histoire de la France.

L'expéditeur était anonyme, mais le contenu explosif. Des documents, des photos, des témoignages, tous pointant vers une vérité troublante : Élisabeth Marceau, la Première Dame adulée de France, n'était peut-être pas celle qu'elle prétendait être.

Léa sentit son cœur s'accélérer. Après des semaines de recherches infructueuses, elle tenait enfin quelque chose de concret. Mais la prudence s'imposait. Elle ne pouvait pas se permettre la moindre erreur.

"Marc !" appela-t-elle son rédacteur en chef. "Il faut que tu voies ça."

Marc Lefort, un vétéran du journalisme d'investigation, s'approcha de son bureau. Ses yeux s'écarquillèrent au fur et à mesure qu'il parcourait les documents.

"C'est... c'est incroyable," murmura-t-il. "D'où viennent ces informations ?"

"Source anonyme," répondit Léa. "Mais regarde ces documents. Ils semblent authentiques."

Parmi les fichiers, un en particulier attirait l'attention : un certificat de naissance au nom d'une certaine Claire Dubois, née le même jour qu'Élisabeth Marceau, mais dans une ville différente. La photo jointe ne laissait aucun doute : il s'agissait bien de la future Première Dame, mais sous un autre nom.

"Il faut vérifier chaque détail," ordonna Marc. "Contacte nos sources à la mairie, aux archives nationales. Je veux que tout soit confirmé avant qu'on ne publie quoi que ce soit."

Pendant ce temps, dans les couloirs de l'Élysée, l'agitation était palpable. Pierre Dumas, le directeur de cabinet, convoqua une réunion d'urgence avec l'équipe de communication.

"Nous avons un problème majeur," annonça-t-il, le visage grave. "Un journaliste prétend avoir des preuves sur une double identité de Madame Marceau. Nous devons agir vite."

Les heures qui suivirent furent intenses. Alors que l'équipe de Léa Moreau travaillait d'arrache-pied pour vérifier chaque information, l'Élysée tentait désespérément d'identifier la source de la fuite et de préparer une stratégie de communication.

À l'aube, Léa était prête. Les vérifications avaient confirmé l'authenticité des documents. Elle rédigea son article, pesant chaque mot, consciente de l'impact que celui-ci aurait.

"La Véritable Identité de la Première Dame : Une Enquête Exclusive", titrait l'article. Léa y détaillait méticuleusement les preuves suggérant qu'Élisabeth Marceau avait vécu sous une autre identité jusqu'à ses 25 ans, avant de mystérieusement "devenir" Élisabeth Auchère, la future épouse du Président.

À 6h du matin, l'article fut mis en ligne. L'effet fut immédiat et dévastateur.

Les téléphones commencèrent à sonner dans tout Paris. Les chaînes d'information en continu interrompirent leurs programmes pour relayer la nouvelle. Les réseaux sociaux s'enflammèrent, les théories les plus folles se répandant à la vitesse de la lumière.

À l'Élysée, ce fut la panique. Julien Marceau, réveillé en urgence, fixait l'écran de télévision, incrédule. À ses côtés, Élisabeth restait silencieuse, son visage un masque impénétrable.

"Est-ce que c'est vrai ?" demanda finalement Julien, sa voix à peine audible.

Élisabeth ferma les yeux un instant. Quand elle les rouvrit, ils étaient emplis d'une détermination farouche. "Julien, je t'expliquerai tout. Mais pas maintenant. La France a besoin de nous, unis et forts."

Pendant ce temps, dans les locaux du "Révélateur", Léa Moreau était assaillie d'appels. Journalistes, politiques, tous voulaient en savoir plus. Mais une question la taraudait : qui était sa source anonyme ? Et pourquoi avoir choisi ce moment pour révéler ces informations ?

La journée qui suivit fut un tourbillon médiatique. L'Élysée publia un communiqué laconique, appelant au respect de la vie privée du couple présidentiel et promettant des clarifications prochaines. Mais le mal était fait. La confiance du public était ébranlée.

Dans les rues de Paris, les conversations ne tournaient qu'autour de cette révélation. Certains défendaient farouchement la Première Dame, arguant que son passé n'avait pas d'importance face à ses actions présentes. D'autres réclamaient sa démission immédiate, criant à la tromperie.

Léa Moreau, quant à elle, continuait de creuser. Elle savait que ce n'était que la partie émergée de l'iceberg. Qui était réellement Élisabeth

Marceau ? Ou plutôt, Claire Dubois ? Et pourquoi avoir changé d'identité ?

Alors qu'elle enquêtait, son téléphone vibra. Un message d'un numéro inconnu : "Bien joué, Mlle Moreau. Mais ce n'est que le début. La vérité est bien plus sombre que vous ne l'imaginez."

Un frisson parcourut l'échine de Léa. Elle réalisait soudain qu'elle venait peut-être de mettre le doigt sur quelque chose de bien plus grand qu'une simple affaire d'identité cachée.

À l'Élysée, Élisabeth Marceau se préparait pour une allocution télévisée. Elle savait que les prochains mots qu'elle prononcerait pourraient soit sauver sa réputation et la présidence de son mari, soit tout faire s'écrouler.

Alors qu'elle s'apprêtait à affronter les caméras, Élisabeth songea au long chemin qui l'avait menée jusqu'ici. Les sacrifices, les mensonges, les secrets... Tout cela allait-il enfin éclater au grand jour ?

Le compte à rebours commença. Dans quelques instants, la France entière serait suspendue à ses lèvres, attendant des explications. Élisabeth prit une profonde inspiration. L'heure de vérité avait sonné.

La bombe médiatique avait explosé, et les ondes de choc ne faisaient que commencer à se propager. Dans l'ombre, ceux qui avaient orchestré cette révélation se frottaient les mains. La partie ne faisait que commencer, et Élisabeth Marceau n'était qu'un pion dans un jeu bien plus vaste et dangereux qu'elle ne l'imaginait.

Chapitre 5 : Le Silence de l'Élysée

Le Palais de l'Élysée, habituellement une ruche d'activité où conseillers, diplomates, et collaborateurs circulaient dans un ballet bien réglé, semblait étrangement immobile. Depuis la publication de l'article explosif sur Élisabeth Marceau, le cœur politique de la République française était comme paralysé par une tempête qui grondait à l'extérieur.

Dans les salles de presse, dans les cafés et dans les rues de Paris, le scandale était sur toutes les lèvres. Pourtant, entre les murs ornés de dorures du palais présidentiel, le silence régnait. Un silence lourd, oppressant, presque assourdissant.

Une tempête médiatique incontrôlable

La France entière attendait une réaction. Depuis la publication de l'article par "Le Révélateur", les chaînes d'information en continu spéculaient sans relâche. Les débats s'enchaînaient : les commentateurs politiques tentaient de comprendre ce que ces révélations signifiaient pour la stabilité du gouvernement. Les tabloïds s'en donnaient à cœur joie, réinventant le passé d'Élisabeth Marceau et alimentant l'imaginaire collectif avec des hypothèses de plus en plus rocambolesques.

Les hashtags #ÉlyséeGate, #QuiEstÉlisabeth et #DoubleVie étaient en trending topics sur Twitter, tandis que des vidéos analytiques sur

YouTube comptaient déjà des centaines de milliers de vues. Les Français, fascinés par l'histoire d'une Première Dame peut-être bâtie sur un mensonge, réclamaient des réponses.

Mais l'Élysée, la maison où tout devait s'expliquer, restait muette. Ni le Président Julien Marceau, ni son épouse Élisabeth, ni même le moindre conseiller, n'avaient fait de déclaration officielle.

Cette absence de réaction ne faisait qu'alimenter les spéculations.

Une réunion de crise sous haute tension

Dans une salle de réunion située au troisième étage du Palais, les principaux conseillers du Président étaient réunis, tentant de naviguer à travers la crise la plus grave de son mandat. Pierre Dumas, le directeur de cabinet, se tenait au centre de la pièce, des cernes marqués sous les yeux et le visage tendu.

"Nous ne pouvons pas rester silencieux indéfiniment !" s'exclama-t-il en frappant la table. "Le peuple exige des réponses. Chaque heure qui passe sans une déclaration officielle aggrave la situation !"

Un conseiller en communication secoua la tête. "Si nous nous précipitons et faisons une erreur, cela pourrait être pire. Nous devons avoir tous les faits avant de parler. Si nous contredisons l'article, mais qu'il est à 100 % véridique, cela pourrait détruire définitivement la réputation du Président."

Dans un coin de la salle, Ingrid Morel, experte en gestion de crise, resta silencieuse, observant le chaos. Elle savait que ce genre de situations nécessitait plus qu'une réponse immédiate : il fallait une stratégie bien pensée. Mais dans ce cas précis, la stratégie était gravement entravée par une inconnue majeure : Élisabeth.

"Là est le problème," finit-elle par dire. "Madame Marceau reste absolument vague sur les accusations. Sans informations concrètes de sa part, nous ne pouvons rien faire. Nous sommes dans une impasse."

Le silence de l'Élysée, leur propre silence, était autant imputable à l'incertitude qu'à un choix stratégique. Et pourtant, chaque minute où ils restaient muets, la presse inventait un nouveau récit.

Élisabeth sous pression

Dans ses appartements privés, Élisabeth Marceau tentait de maintenir son calme. Elle avait refusé de rejoindre la réunion de crise, préférant le retrait et la réflexion. Assise sur un fauteuil près de la fenêtre, un verre de vin blanc à la main, elle fixait l'obscurité des jardins de l'Élysée.

La soirée précédente avait été un tourbillon. Julien avait exigé des réponses, mais elle lui avait demandé du temps. Ils n'avaient pas échangé un mot depuis. Maintenant, elle savait que le silence de son mari, comme celui du Palais, dépendait exclusivement d'elle. Tout le monde attendait une explication : les conseillers, le Président, et le peuple français.

Son téléphone vibra sur la table basse. Un autre message anonyme apparut sur l'écran :

"Le silence te protège pour l'instant. Mais combien de temps encore avant que la vérité te rattrape ?"

Élisabeth ferma les yeux un instant, comme pour absorber la menace. Les murs se refermaient autour d'elle. Elle savait que son passé, soigneusement enterré, refaisait surface. Le contrôle qu'elle avait exercé sur son image parfaite pendant des années s'effritait rapidement, et il n'y avait aucun endroit où fuir.

Le Président face à son dilemme

Pendant ce temps, Julien Marceau se tenait seul dans son bureau. Deux discours écrits par son équipe étaient placés devant lui : l'un niant catégoriquement les accusations, l'autre promettant une "clarification prochaine". Il les parcourut, mais aucun ne lui semblait adéquat.

Depuis son entrée en politique, Julien avait toujours mis un point d'honneur à la transparence. Il avait bâti sa carrière sur une réputation irréprochable, et Élisabeth avait été une pièce maîtresse de cette image. Son amour pour elle était réel, mais ces révélations surgissant de l'ombre, ces failles dans leur histoire commune, remettaient en question tout ce qu'il croyait savoir.

Pierre Dumas entra brusquement dans la pièce. "Monsieur le Président, nous avons reçu une demande officielle de TF1 pour une interview en direct demain soir. Ce serait une opportunité pour vous de rétablir les faits."

Julien soupira profondément. "Rétablir quels faits ? Je ne sais même pas si je les connais moi-même."

Pierre hésita. "Alors peut-être est-il temps d'obtenir des réponses, monsieur. Élisabeth doit parler."

Les conséquences du silence

Alors que l'Élysée semblait figé dans l'inaction, les répercussions extérieures devenaient de plus en plus irréversibles. Sur les réseaux sociaux, les partisans de Julien Marceau tentaient de défendre leur Président, mais même eux commençaient à douter. Les caricatures d'Élisabeth sous différents noms et identités se multipliaient, et des personnalités publiques exigeaient des éclaircissements.

Dans les journaux du matin, les gros titres étaient impitoyables :

- *"Le Mystère Élisabeth Marceau : Le palais se mure dans le silence"* – Le Monde

- *"Double vie ou manipulation ? L'Élysée sous pression"* – Libération

- *"Le scandale qui pourrait renverser la présidence Marceau"* – Le Figaro

À l'international, les médias commençaient également à s'intéresser à l'affaire. La BBC, CNN, et Al Jazeera rappelaient aux téléspectateurs que ce n'était pas la première fois que des scandales éclataient autour des couples présidentiels français, mais celui-ci avait une saveur particulière : il menaçait directement la crédibilité institutionnelle.

La bombe à retardement

Aux premières heures du jour suivant, Pierre Dumas reçut un appel urgent. Un informateur lui révéla que "Le Révélateur" préparait une seconde publication, encore plus explosive, contenant des interviews de personnes affirmant connaître "Claire Dubois", l'ancienne identité présumée d'Élisabeth Marceau.

Il se précipita vers le bureau de Julien, son téléphone en main. "Monsieur, nous n'avons plus le luxe du silence. Si nous ne prenons pas les devants, cette affaire nous écrasera."

Dans l'ombre de la crise, Élisabeth se tenait toujours isolée dans ses appartements, contemplant les choix qui s'offraient à elle. Dire la vérité signifiait tout perdre : sa réputation, son mariage, son rôle de Première Dame. Mais continuer à se taire pourrait détruire l'homme qu'elle aimait et la présidence qu'ils avaient construite ensemble.

Elle prit une profonde inspiration, se levant de son fauteuil. Il était temps de s'expliquer. Le silence de l'Élysée ne pouvait plus durer.

Chapitre 6 : Léa Moreau, Journaliste de l'Extrême

Dans les locaux du "Révélateur", le brouhaha habituel d'une salle de rédaction en effervescence régnait. Au milieu de ce chaos organisé, une jeune femme se tenait immobile, les yeux rivés sur les écrans de télévision diffusant en continu les dernières nouvelles sur le scandale Marceau. Léa Moreau, 32 ans, journaliste d'investigation, était au cœur de la tempête qu'elle avait elle-même déclenchée.

Grande, les cheveux bruns coupés court dans un style moderne et pratique, Léa dégageait une aura d'intensité et de détermination. Ses yeux verts, vifs et perçants, scrutaient chaque détail des images qui défilaient devant elle. Elle portait un jean usé, des bottines en cuir et une chemise blanche froissée - l'uniforme non officiel des journalistes toujours sur le qui-vive.

"Léa !" La voix de Marc Lefort, son rédacteur en chef, la tira de sa contemplation. "Dans mon bureau. Maintenant."

Alors qu'elle traversait la salle de rédaction, Léa sentit les regards de ses collègues sur elle. Un mélange d'admiration, d'envie et peut-être même de crainte. Elle avait toujours été une outsider, même ici, au "Révélateur", un journal connu pour repousser les limites du journalisme d'investigation.

Une carrière forgée dans l'adversité

Marc ferma la porte derrière elle. "Assieds-toi," dit-il, son ton indéchiffrable.

Léa s'exécuta, son esprit déjà en alerte. Elle connaissait ce regard chez Marc - un mélange de fierté et d'inquiétude.

"Tu as mis le feu aux poudres, Léa," commença-t-il. "L'Élysée est muet, les politiques sont en panique, et tous les médias du pays nous citent. C'est du bon boulot."

"Mais ?" anticipa Léa, sentant venir le revers de la médaille.

Marc soupira. "Mais tu te rends compte dans quel guêpier tu t'es fourrée ? Ce n'est pas un petit scandale local. Tu as attaqué la Première Dame de France. Les conséquences pourraient être..."

"Énormes, je sais," coupa Léa. "C'est pour ça que je suis devenue journaliste, Marc. Pour révéler la vérité, peu importe qui elle dérange."

Cette détermination, cette soif de vérité, c'était ce qui avait poussé Léa à devenir journaliste. Fille unique d'un père ouvrier et d'une mère institutrice dans une petite ville de province, elle avait grandi avec un sens aigu de la justice et une curiosité insatiable.

Le prix de la vérité

Léa se souvenait encore de sa première enquête d'envergure, cinq ans plus tôt. Elle avait révélé un réseau de corruption impliquant des élus locaux et des entreprises du BTP. L'affaire lui avait valu son premier prix journalistique, mais aussi des menaces de mort et un déménagement précipité à Paris.

"Je sais que tu es prête à aller jusqu'au bout," reprit Marc, interrompant ses pensées. "Mais cette fois-ci, c'est différent. Tu joues dans la cour des grands. Les enjeux sont énormes."

Léa se pencha en avant, les yeux brillants d'une détermination farouche. "C'est exactement pour ça que je dois continuer, Marc. Si Élisabeth Marceau a vraiment une double identité, si elle a menti au pays entier, le peuple a le droit de savoir."

Marc la regarda longuement, puis hocha la tête. "D'accord. Mais promets-moi d'être prudente. Cette histoire sent le soufre à plein nez."

L'enquête continue

De retour à son bureau, Léa plongea dans ses notes. L'article qu'elle avait publié n'était que la partie émergée de l'iceberg. Elle avait d'autres pistes, d'autres sources à explorer.

Son téléphone vibra. Un message d'un numéro inconnu : "Rendez-vous ce soir, 22h, parking souterrain de la Défense, niveau -3. Venez seule."

Léa sentit son cœur s'accélérer. C'était peut-être la source anonyme qui lui avait fourni les premiers documents sur Élisabeth Marceau. Ou peut-être un piège.

Elle hésita un instant, puis répondit : "J'y serai."

Une vie dédiée à la vérité

Alors qu'elle se préparait pour ce rendez-vous potentiellement dangereux, Léa repensa à son parcours. Les nuits blanches à l'école de journalisme, les stages non rémunérés, les portes claquées au nez. Elle avait sacrifié beaucoup pour en arriver là - une vie personnelle quasi inexistante, des relations familiales tendues, la perspective d'une vie "normale" abandonnée au profit de sa quête de vérité.

Mais pour Léa, ça en valait la peine. Chaque révélation, chaque scandale mis au jour était une victoire pour la transparence, pour la démocratie. C'était sa façon de changer le monde, article après article.

Elle vérifia son sac : dictaphone, appareil photo miniature, spray au poivre. Les outils du métier pour une journaliste qui n'hésitait pas à prendre des risques pour ses enquêtes.

L'heure de vérité approche

Avant de quitter le bureau, Léa jeta un dernier coup d'œil aux écrans de télévision. L'Élysée n'avait toujours pas réagi officiellement. Ce silence ne faisait que renforcer sa conviction : il y avait bien plus à découvrir sur Élisabeth Marceau.

"Je trouverai la vérité," murmura-t-elle pour elle-même. "Quoi qu'il en coûte."

Léa Moreau, journaliste de l'extrême, s'apprêtait à plonger plus profondément dans ce qui pourrait être l'enquête de sa vie. Elle ignorait encore à quel point cette affaire allait la changer, elle et le pays tout entier.

Alors qu'elle quittait les locaux du "Révélateur", la nuit tombait sur Paris. Dans l'ombre, des forces obscures s'agitaient, prêtes à tout pour empêcher la vérité d'éclater. Mais Léa était déterminée. La chasse aux secrets d'Élisabeth Marceau ne faisait que commencer.

📖 ✦ ✦ ✦ ✦ ✦ ✦ 🌐

Chapitre 7 : Une Piste Troublante

Dans les heures qui suivirent son mystérieux rendez-vous au parking souterrain de La Défense, Léa Moreau ne put détacher son esprit des documents qu'elle avait récupérés. Son contact, une silhouette encapuchonnée, n'avait prononcé que quelques mots avant de disparaître dans l'ombre : *"Cherchez la vérité dans les registres oubliés."* Cette phrase énigmatique résonnait encore dans son esprit alors qu'elle feuilletait les archives poussiéreuses qu'on lui avait confiées.

Étendue sur une grande table de la bibliothèque François-Mitterrand, ses lunettes glissant doucement sur son nez, Léa examinait avec minutie chaque page. Des certificats de naissance, des relevés scolaires, des notes administratives – toute une série de documents datant de plusieurs décennies. À première vue, rien ne semblait réellement pertinent. Et pourtant, intuitivement, elle sentait qu'elle était sur la bonne voie.

Une anomalie frappante

Le premier élément troublant se trouvait dans un registre scolaire datant du début des années 1980. Parmi les noms figurait celui de "Claire Dubois", une étudiante brillante qui avait obtenu des résultats exceptionnels en littérature et en philosophie. Ce nom, à première vue ordinaire, se distinguait par une particularité : une note en marge indiquait que Claire avait cessé ses études brusquement, sans explication.

Léa fronça les sourcils. Ce type d'interruption était rare dans ces registres académiques. D'après son expérience, des arrêts aussi soudains étaient généralement dus à des drames familiaux, des problèmes de santé, ou… des raisons administratives obscures.

Puis, son regard se posa sur une autre ligne : une rentrée scolaire l'année suivante sous un autre nom, "Élisabeth Auchère". Cela coïncidait parfaitement avec l'histoire publique de la Première Dame. À peine un an après la disparition de "Claire Dubois", Élisabeth Auchère apparaissait comme nouvelle enseignante de français dans un autre établissement.

"Il y a un lien évident entre ces deux identités," murmura Léa pour elle-même. "Mais pourquoi ce changement ? Pourquoi cacher son passé ?"

Elle photographia les pages avec son téléphone et nota dans son carnet : "1999 – début de carrière sous le nom d'Élisabeth. Trouver des témoins pour confirmer."

Le mystère s'épaissit

Le deuxième document qui attira son attention était un certificat de naissance. À première vue, il semblait tout à fait ordinaire : Claire Dubois, née le 14 mars 1966, dans une petite commune en Normandie. Mais en comparant avec les informations officielles d'Élisabeth Marceau, un détail déroutant surgit : la Première Dame était censée être née la même année, mais dans une ville différente, Amiens.

Bizarrement, les dates de naissance et les tranches d'âge concordaient parfaitement. Deux femmes nées la même année, portant des ressemblances physiques frappantes, mais avec des trajets de vie totalement différents. Était-ce une simple coïncidence, ou la preuve tangible d'un changement d'identité ?

Léa tenta de retrouver des registres administratifs locaux pour confirmer ces informations. Elle contacta la mairie de la commune normande où Claire Dubois était censée être née, mais les archives étaient étrangement "indisponibles". Une secrétaire, visiblement intimidée, lui répondit : "Nous avons eu un incident avec nos registres récemment... des inondations dans nos archives. Impossible de vous aider." Cette explication sentait le sabotage à plein nez.

Léa serra les poings. "Quelqu'un fait tout pour enterrer ces preuves."

Une photo qui change tout

Dans un autre dossier, Léa découvrit une vieille photo d'un groupe de lycéens. Cela semblait être une simple image prise par un photographe scolaire. Mais en l'examinant de plus près, elle reconnut immédiatement une jeune femme qui ressemblait étrangement à Élisabeth Marceau, bien que plus jeune, et assortie d'une autre coupe de cheveux. Ce visage était celui de Claire Dubois.

Léa agrandit la photo sur son appareil, cherchant à confirmer ce qu'elle voyait. Ce n'était pas seulement une ressemblance. C'était elle. Les mêmes pommettes hautes, les yeux clairs et le sourire léger. La jeune femme dans la photo était indéniablement la Première Dame de France. Mais pourquoi aurait-elle voulu effacer cette partie de sa vie ?

Elle retourna la photo, espérant y trouver des annotations. Au verso, une inscription manuscrite : *"Promo 1983 – Claire 'la rêveuse'."* Une trace d'humour affectueux, mais aussi une preuve irréfutable de l'existence de Claire avant qu'elle ne devienne Élisabeth.

"Elle était bien là," murmura Léa, ses pensées se bousculant. Le puzzle commençait à se former, mais il manquait encore de nombreuses pièces. Pourquoi la Première Dame aurait-elle choisi de changer d'identité ? Et surtout, qui était derrière ce processus ?

Une menace imprévue

Alors qu'elle terminait d'étudier les documents, le téléphone de Léa vibra. Un autre message cryptique attendait : *"Arrêtez maintenant, ou préparez-vous à subir les conséquences."*

Un frisson parcourut son corps. Elle savait que plonger dans les secrets d'Élisabeth Marceau ne serait pas sans risques. Mais recevoir une menace directe confirmait qu'elle était sur une piste sensible. Qui que soient les forces derrière cette affaire, elles étaient prêtes à tout pour protéger leur secret.

Elle décida de signaler la menace à Marc, mais son rédacteur en chef la calma : "N'oublie pas, Léa, ces menaces sont la preuve que tu es proche de la vérité. Fais attention, mais ne t'arrête pas maintenant."

Un témoin inattendu

Alors qu'elle s'apprêtait à quitter la bibliothèque pour la nuit, une voix derrière elle l'interpella. "Vous cherchez Claire Dubois, n'est-ce pas ?"

Léa se retourna brusquement. Un vieil homme, portant un manteau usé, se tenait là. Son visage était marqué par les années, mais ses yeux étaient vifs et perçants.

"Qui êtes-vous ?" demanda Léa, méfiante.

"Un ancien professeur," répondit-il doucement. "Je l'ai connue, vous savez. Claire était une élève brillante. Mais elle a disparu du jour au lendemain. Tout le monde savait qu'il y avait quelque chose de louche."

Léa fixa l'homme, ses instincts de journaliste en alerte. "Dites-m'en plus. Que lui est-il arrivé ?"

Le vieil homme hésita un instant, comme s'il pesait ses mots. Puis il répondit : "Elle a été approchée par des gens puissants, des gens qui se sont assurés qu'elle devenait quelqu'un d'autre. Ils lui ont offert une nouvelle vie, loin de sa famille, loin de ses amis. Pourquoi ? Je ne sais pas. Mais Claire Dubois a disparu, et Élisabeth Auchère est apparue."

Léa sentit une montée d'adrénaline. Ce témoin pourrait être clé dans son enquête. Mais avant qu'elle n'ait le temps de poser plus de questions, le vieil homme lui tendit une enveloppe et s'éclipsa rapidement.

Assise dans sa voiture, la main tremblante, Léa ouvrit l'enveloppe. À l'intérieur se trouvait une liste de noms et de dates. Certains noms étaient inscrits en rouge, ce qui semblait indiquer leur importance. Parmi eux, elle reconnut celui d'un haut fonctionnaire ayant travaillé au ministère de l'Intérieur durant les années 80.

Les éléments se mettaient en place, mais une chose était certaine : les secrets d'Élisabeth Marceau allaient bien au-delà d'un simple changement d'identité. Un réseau d'individus puissants semblait avoir orchestré sa transformation.

Alors qu'elle démarrait sa voiture, une seule pensée lui traversa l'esprit : *"Je suis sur le point d'exposer quelque chose de bien plus grand que je ne l'avais imaginé."*

Chapitre 8 : Un Passé Évaporé

Léa Moreau se tenait debout devant un grand tableau blanc dans son petit appartement parisien. Des photos, des notes et des bouts de ficelle rouge reliaient différents éléments, formant une toile complexe qui retraçait la vie d'Élisabeth Marceau. Ou plutôt, ce qu'elle pensait être la vie d'Élisabeth Marceau.

Au centre du tableau, deux photos côte à côte : l'une de Claire Dubois, adolescente souriante sur une photo de classe, l'autre d'Élisabeth Auchère, jeune professeure fraîchement diplômée. Entre les deux, un grand point d'interrogation rouge et la mention "1983-1999 : 16 années manquantes".

Léa passa une main dans ses cheveux ébouriffés, les yeux injectés de sang après une nuit blanche passée à éplucher des documents. Elle avait l'habitude de travailler dur sur ses enquêtes, mais celle-ci la consumait littéralement.

"Comment est-ce possible ?" murmura-t-elle pour elle-même. "Comment quelqu'un peut-il effacer seize ans de sa vie sans laisser de traces ?"

La disparition de Claire Dubois

Léa reprit ses notes. Claire Dubois, née le 13 avril 1966 à Rouen, avait eu une scolarité brillante jusqu'en 1983. Ses professeurs la décrivaient comme une élève exceptionnelle, particulièrement douée en littérature et en langues. Puis, du jour au lendemain, plus rien. Aucune trace de diplôme, d'inscription universitaire, de premier emploi. C'était comme si Claire Dubois s'était volatilisée.

Léa avait contacté d'anciens camarades de classe de Claire, mais la plupart prétendaient ne pas se souvenir d'elle. Ceux qui s'en souvenaient vaguement parlaient d'une fille discrète qui avait soudainement quitté l'école pour des "raisons familiales". Mais aucune trace de ces raisons dans les archives de l'établissement.

L'émergence d'Élisabeth Auchère

À l'autre bout du fil rouge, Élisabeth Auchère apparaissait comme par magie en 1999. Diplômée de l'École Normale Supérieure, elle commençait sa carrière d'enseignante à Amiens. Ses collègues de l'époque la décrivaient comme une jeune femme brillante et ambitieuse, mais étrangement secrète sur son passé.

Léa avait réussi à obtenir une copie du dossier personnel d'Élisabeth Auchère au lycée La Providence d'Amiens. Le document était étrangement mince pour quelqu'un de son âge et de son expérience.

Aucune mention de sa vie avant 1999, pas même une adresse de parents ou un lieu de naissance précis.

"C'est comme si elle était née à 33 ans," marmonna Léa, frustrée par le manque d'informations.

Les années fantômes

Entre 1983 et 1999, c'était le néant. Aucune trace de Claire Dubois ni d'Élisabeth Auchère dans les registres officiels. Pas de déclarations d'impôts, pas de cotisations sociales, pas de locations d'appartement, rien. Seize années complètement effacées.

Léa avait passé des heures à fouiller dans les archives nationales, à contacter des administrations, à éplucher des vieux journaux. Mais chaque piste semblait se terminer par un mur. Ou pire, par des dossiers mystérieusement "perdus" ou "endommagés".

"Ce n'est pas un simple changement d'identité," réalisa Léa. "C'est une opération d'effacement massif. Qui a le pouvoir de faire disparaître quelqu'un aussi complètement pendant si longtemps ?"

Des témoins réticents

Dans sa quête pour combler ce vide, Léa avait tenté de retrouver la famille de Claire Dubois. Ses parents, apparemment décédés peu après sa disparition dans un accident de voiture, n'avaient laissé aucune trace. Les voisins de l'époque avaient déménagé ou ne se souvenaient de rien.

Un ancien voisin, M. Dupont, avait finalement accepté de lui parler, mais son témoignage était troublant :

"Les Dubois ? Oui, je m'en souviens vaguement. Un jour, ils étaient là, le lendemain leur maison était vide. On nous a dit qu'ils avaient déménagé précipitamment pour le travail. Mais c'était étrange, vous savez. Il y avait ces hommes en costume qui rôdaient autour de la maison juste avant."

Quand Léa avait voulu creuser davantage, M. Dupont s'était soudainement rétracté, prétextant une mémoire défaillante. La peur dans ses yeux n'avait pas échappé à la journaliste aguerrie.

Des documents classifiés

Un contact au ministère de l'Intérieur avait réussi à lui fournir une information cruciale : il existait bien un dossier sur Claire Dubois, mais il était classé "Secret Défense". Quand Léa avait demandé plus de détails, son contact s'était tu, visiblement effrayé.

"Je ne peux rien dire de plus," avait-il chuchoté au téléphone. "Mais si j'étais vous, je laisserais tomber cette affaire. Certains secrets doivent le rester, pour le bien de tous."

Cette révélation avait ouvert un nouveau champ de possibilités dans l'esprit de Léa. Quel genre d'opération gouvernementale pouvait justifier l'effacement complet de l'identité d'une jeune femme pendant seize ans ?

Une théorie audacieuse

Debout devant son tableau, Léa commença à relier de nouveaux éléments. Les années manquantes correspondaient à une période trouble de l'histoire française : affaires d'espionnage, scandales politiques, opérations secrètes à l'étranger.

"Et si..." murmura-t-elle, une théorie audacieuse prenant forme dans son esprit. "Et si Claire Dubois avait été recrutée pour une opération d'infiltration à long terme ? Si elle avait passé ces années à construire une nouvelle identité, à acquérir les compétences nécessaires pour devenir Élisabeth Auchère ?"

Cette théorie expliquait beaucoup de choses : le secret entourant son passé, l'implication apparente de hauts fonctionnaires, la classification "Secret Défense" de son dossier.

Mais elle soulevait aussi d'autres questions troublantes. Qui avait orchestré cette opération ? Dans quel but ? Et surtout, Julien Marceau, l'actuel Président de la République, était-il au courant du passé secret de sa femme ?

Une menace grandissante

Alors que Léa notait frénétiquement ses nouvelles hypothèses, son téléphone vibra. Un nouveau message d'un numéro inconnu :

"Vous jouez avec le feu, Mlle Moreau. Certains secrets sont enterrés pour une bonne raison. Votre prochaine découverte pourrait être votre dernière."

Léa sentit un frisson parcourir son échine. Elle savait qu'elle s'aventurait en territoire dangereux, mais elle ne pouvait pas s'arrêter maintenant.

La vérité était là, quelque part, cachée dans ces seize années de silence.

Elle jeta un dernier regard à son tableau, aux visages de Claire et d'Élisabeth qui semblaient la fixer. "Je découvrirai ce qui s'est passé," promit-elle à voix haute. "Peu importe le prix à payer."

Dehors, la nuit tombait sur Paris. Dans l'obscurité grandissante, Léa Moreau ignorait encore à quel point sa quête de vérité allait bouleverser non seulement sa vie, mais aussi l'avenir de la France tout entière.

Chapitre 9 : La Peur au Sommet

Au sommet de l'échelle du pouvoir, l'air à l'Élysée devenait irrespirable. Alors qu'à l'extérieur, la France grondait sous les révélations scandaleuses à propos d'Élisabeth Marceau, à l'intérieur du palais présidentiel, les couloirs dorés semblaient étouffants. Chaque collaborateur échangeait des regards nerveux, et chaque coup de téléphone paraissait porteur de mauvaises nouvelles.

Parmi ceux qui ressentaient le plus durement cette pression, Pierre Dumas, le plus proche conseiller du Président Julien Marceau, vivait des heures de tourment. À 48 ans, Pierre était un homme méthodique et implacable en apparence, habitué à manœuvrer dans les arcanes du pouvoir. Mais jamais au cours de sa carrière il n'avait affronté une crise qui le laissait aussi impuissant.

Un homme acculé

Assis dans son vaste bureau du Palais, Pierre relisait pour la troisième fois un rapport interne sur les retombées du scandale. Devant lui, une pile de journaux titrait des manchettes incendiaires :

- « Une Première Dame sans passé »,
- « Les années noires d'Élisabeth Marceau »,
- « Le silence de l'Élysée : que cache-t-il ? ».

Pierre pinça l'arête de son nez, incapable de se concentrer. L'image publique de Julien Marceau, si soigneusement bâtie depuis son accession à la présidence, était en train de s'effriter à une vitesse vertigineuse. Et avec elle, la stabilité de tout un gouvernement.

La réunion d'urgence convoquée le matin même n'avait rien arrangé. Les conseillers les plus proches du Président étaient divisés : certains plaidaient pour une déclaration publique immédiate d'Élisabeth Marceau, d'autres pour un silence stratégique jusqu'à ce que l'orage passe. Mais Pierre savait qu'aucune de ces options n'était vraiment viable. Les Français n'étaient pas dupes. Chaque jour qui passait sans explication ne faisait qu'intensifier leur colère et alimenter les théories du complot.

Puis il y avait Julien, le Président lui-même. Cet homme, d'ordinaire si sûr de lui, montrait des signes croissants de faiblesse émotionnelle.

Pierre l'avait trouvé en pleine nuit, assis dans l'obscurité de son bureau, un verre de whisky à la main, fixant une photo de lui et d'Élisabeth prise lors de leur premier voyage officiel à l'étranger.

« Elle m'a tout caché, Pierre, » avait murmuré Julien d'une voix rauque. « Quoi d'autre dans ma vie est un mensonge ? »

Pierre n'avait pas su quoi répondre.

L'intrigue des années manquantes

Ce qui inquiétait Pierre plus que tout, c'était l'absence totale de clarté sur les éléments au cœur de la crise. Malgré tous ses efforts pour enquêter en interne, il n'était parvenu à obtenir aucune information crédible sur ces fameuses "années manquantes" d'Élisabeth Marceau. Chaque fois qu'il tentait de fouiller plus profondément, il se heurtait à des obstacles insurmontables.

Il avait contacté discrètement des fonctionnaires proches des archives nationales, mais plusieurs d'entre eux lui avaient affirmé que les dossiers correspondant à cette période d'Élisabeth étaient « inaccessibles » ou qu'ils avaient été « reclassifiés » à un niveau de sécurité supérieur.

Cela laissait Pierre avec une conclusion terrifiante : quelqu'un, quelque part, très haut placé, avait délibérément enterré ces informations. Mais pourquoi ? Et surtout, qui ?

Un de ses informateurs, un vieil ami au sein des services de renseignement, lui avait glissé, presque à contrecœur : « Si j'étais toi,

Pierre, je toucherais pas à ça. Ce genre d'opération laisse des traces chez ceux qui posent trop de questions. »

Ces mots tournaient dans sa tête depuis des jours. Si Élisabeth était impliquée dans une opération d'État, cela signifiait que la crise allait bien au-delà de simples révélations médiatiques. Pierre sentait qu'il naviguait à l'aveugle dans une mer infestée de requins. Chaque pas qu'il faisait risquait de se heurter à des vérités capables de détruire non seulement la présidence Marceau, mais aussi sa propre carrière… et sa vie.

Une conversation tendue

Le soir même, Pierre fut convoqué dans les appartements privés du Président. Julien l'attendait, assis dans un fauteuil, les traits tirés. Élisabeth n'était pas là. Le Président semblait plus fatigué que jamais, mais dans ses yeux brillait une lueur de détermination.

« Pierre, » commença Julien d'un ton ferme. « Je dois savoir tout ce que vous avez trouvé. Je dois comprendre ce que cache ma femme. »

Pierre hésita, son regard se portant un instant vers la porte, comme s'il cherchait un moyen de s'échapper. « Julien… Monsieur le Président… Ce que nous savons est encore très fragmentaire. Ces années manquantes… elles semblent avoir été délibérément effacées. Il y a des traces d'interventions administratives, des archives inaccessibles. Mais tout pointe vers quelque chose de plus grand. »

Julien fronça les sourcils. « Plus grand ? Expliquez-vous. »

Pierre soupira. « Certains documents semblent avoir été classifiés au plus haut niveau. Cela dépasse l'Élysée. Cela touche peut-être à des affaires d'État. »

Le Président se leva brusquement, visiblement agité. « Des affaires d'État ? Vous êtes en train de me dire que ma femme, Élisabeth, la femme que je connais depuis des années, pourrait être impliquée dans quelque chose dont même moi je ne suis pas au courant ? »

Pierre resta silencieux. Que pouvait-il dire ? Julien avait raison : la situation était absurde, presque surréaliste. Comment une femme pouvait-elle construire toute une vie publique en dissimulant une telle portion de son passé ?

Le poids de la peur

Alors que Julien faisait les cent pas, Pierre se sentit envahi par une peur sourde. Ce n'était pas seulement la peur de perdre son poste ou même de voir l'administration actuelle s'effondrer. Non, c'était une peur plus profonde, presque existentielle. Il savait que des forces invisibles étaient à l'œuvre dans cette affaire. Des forces qui pouvaient broyer des hommes comme lui sans laisser la moindre trace.

Il repensa à certains scandales historiques, à ces affaires enterrées par des services de renseignement ou des réseaux d'influence puissants. Il savait que dans ce genre de jeu, les pions comme lui étaient sacrifiables.

Mais il n'avait pas le choix. Il était trop profondément impliqué. S'il ne trouvait pas une solution, s'il ne parvenait pas à maîtriser cette tempête, il risquait d'être emporté.

Une visite imprévue

Alors qu'il quittait les appartements présidentiels, la tête basse, Pierre reçut un appel d'un numéro inconnu. « M. Dumas, nous devons parler. Votre carrière, et peut-être même votre vie, dépendent des choix que vous ferez dans les prochaines heures. Rendez-vous à Minuit, Quai des Orfèvres. Venez seul. »

Le ton du message était glacial. Pierre sentit son estomac se nouer. Était-ce une menace ? Ou un avertissement ? Dans tous les cas, il savait qu'il ne pouvait ignorer cet appel.

La peur continuait de le ronger. Mais il savait aussi que s'il voulait sauver le Président, l'Élysée, et peut-être lui-même, il devait affronter cette ombre qui planait sur la vie d'Élisabeth Marceau.

Chapitre 10 : Menace sur les Médias

Dans une salle de réunion exiguë mais animée des locaux du journal **Le Révélateur**, les membres de la rédaction étaient en effervescence. L'article sur les "années manquantes" d'Élisabeth Marceau publié quelques jours auparavant avait fait l'effet d'une bombe. Les clics affluaient sur leur site, les abonnements augmentaient, et leur enquête alimentait les débats politiques et sociaux les plus intenses que la France ait connus depuis des années.

Pour Léa Moreau, l'héroïne de cette investigation, cette montée en puissance n'était pas seulement une victoire professionnelle : c'était un pas de plus vers la vérité. Cependant, derrière l'apparent succès de cette explosion médiatique, de sombres nuages commençaient à s'amonceler au-dessus du journal et de son équipe.

Une réunion sous tension

Dans la salle de rédaction, Marc Lefort, le rédacteur en chef et mentor de Léa, tenait une réunion d'urgence. Il avait l'air grave, bien plus que d'ordinaire. Tous les visages autour de la table révélaient la même inquiétude. Les appels anonymes et les mails menaçants s'étaient multipliés ces dernières 48 heures, et les membres de la rédaction sentaient que quelque chose de sérieux se préparait.

« On a reçu une lettre officielle ce matin, » annonça Marc en jetant un document sur la table. Les mots en gras sur l'en-tête étaient clairs : *« Mise en demeure »*. « C'est l'avocat personnel d'Élisabeth Marceau. Ils menacent de nous poursuivre pour diffamation si on continue à publier sur cette affaire. »

Léa fronça les sourcils. « C'est une tactique classique. Ils utilisent la loi pour nous intimider. Ils veulent qu'on se taise ! »

Marc hocha la tête, son expression encore plus sombre. « Je veux croire que c'est normal, Léa. Mais ce n'est pas tout. J'ai reçu un coup de fil ce matin... du ministère de l'Intérieur. Et il ne s'agissait pas que de menaces légales. Il était implicite qu'on pourrait avoir des 'problèmes administratifs' si on continue. »

Un silence pesant tomba dans la pièce.

« Ils essaient de nous museler ? » demanda un jeune journaliste avec un mélange de colère et de peur.

« C'est ce qu'ils essaient de faire. Mais nous sommes le **Révélateur**. On ne cède pas à ce genre de pression ! » répondit Léa, son ton résonnant avec une assurance qui masquait mal une certaine appréhension.

La stratégie de l'intimidation

Quelques heures plus tard, alors que les journalistes retournaient à leurs bureaux et que Léa s'apprêtait à poursuivre son enquête, un autre événement inquiétant se produisit. Une coupure d'internet brutale paralysa la rédaction.

« Qu'est-ce qui se passe ? » s'écria un collaborateur en essayant désespérément de recharger une page.

Le responsable informatique pénétra dans la salle, visiblement paniqué. « Notre serveur principal a été piraté. Ils ont ciblé le réseau, et certains de nos fichiers ont été bloqués. »

Léa blêmit. Elle savait à quel point ces attaques informatiques pouvaient être destructrices. Quelqu'un, quelque part, n'hésitait pas à employer des moyens sophistiqués pour freiner leur enquête.

Mais avant même qu'elle ait le temps de réagir, Marc entra précipitamment, tenant son téléphone à bout de bras. « TF1 et *Le Figaro* viennent de se retirer de leur couverture de l'affaire Marceau, » annonça-t-il avec consternation. « Ils ont reçu des directives de 'sources haut placées'. Ils ne veulent pas risquer de s'aliéner l'Élysée. »

Léa éclata : « Ils baissent les bras ? Ils ont un devoir envers les lecteurs et les citoyens ! C'est ça, leur solution ? Se coucher devant le pouvoir ? »

Marc soupira. « Ils jouent la carte de la prudence, Léa. Et tu sais comment ça fonctionne. Ils ne veulent pas perdre leurs subventions publiques, ni leurs contacts privilégiés avec les sphères du pouvoir. »

Léa sentit une colère sourde monter en elle. Mais encore plus que cette colère, elle commençait à ressentir une inquiétude plus profonde. Jusqu'où étaient-ils prêts à aller pour étouffer cette affaire ?

Une réunion secrète à l'Élysée

Pendant ce temps, dans les coulisses du pouvoir, une réunion discrète se tenait dans une salle isolée du Palais de l'Élysée. Autour de la table, plusieurs membres influents du gouvernement, deux conseillers en communication, et Jean-Baptiste Rochat, l'homme redouté à la tête de la Direction Générale de la Sécurité Intérieure (DGSI).

« Nous devons reprendre le contrôle de la narration médiatique, » commença Rochat, son regard acéré balayant la pièce. « Ce scandale est en train de prendre des proportions qui pourraient gravement nuire à la présidence. »

« Mais que pouvons-nous faire de plus ? » demanda un haut fonctionnaire. « Nous avons déjà exercé des pressions sur les médias traditionnels. »

Rochat esquissa un sourire froid. « Le principal problème, c'est ce maudit **Révélateur** et cette journaliste, Léa Moreau. Si nous voulons paralyser cette affaire, nous devons nous attaquer à la source. »

Un silence lourd suivit sa déclaration. Plusieurs des conseillers présents semblaient troublés. Rochat poursuivit : « Je ne parle pas de mesures extrêmes, bien sûr. Mais nous pouvons la surveiller de près. La décourager. Déstabiliser ses moyens, et si nécessaire, faire fuite des éléments personnels embarrassants sur elle. Tout le monde a des squelettes dans son placard. »

Les intimidations se multiplient

De retour chez elle, Léa sentit que quelque chose n'allait pas. Alors qu'elle passait sa clé dans la serrure, elle remarqua que la porte semblait avoir été forcée. Son cœur accéléra. Elle poussa la porte avec précaution. À l'intérieur, tout semblait à sa place. Mais lorsqu'elle entra dans son bureau, une évidence glaçante s'imposa : son ordinateur avait disparu.

Elle appela immédiatement la police, mais les agents qui répondirent à son appel semblaient peu enclins à l'aider. « Un simple vol probablement. Pas la peine de s'inquiéter, Madame, » lui dit l'un d'eux en prenant des notes sans conviction. Mais Léa savait qu'il ne s'agissait pas d'un vol ordinaire. Les documents qu'elle stockait sur son ordinateur – des copies des archives sur Élisabeth Marceau, des notes de ses interviews – représentaient une menace directe pour ceux qui voulaient enterrer la vérité.

Un choix difficile

Dans la nuit qui suivit, Léa se retrouva face à un dilemme. Continuer son enquête signifiait s'exposer à encore plus de risques. Elle savait que ceux qu'elle contrariait n'arrêteraient pas leurs intimidations. Mais abandonner cette affaire allait à l'encontre de tout ce en quoi elle croyait.

Assise sur le canapé, une tasse de café froid entre les mains, elle se demanda si elle avait sous-estimé la puissance de ceux qui cherchaient à protéger Élisabeth Marceau et les secrets enfouis de son passé. Léa n'était pas naïve : dans le monde de la politique et du pouvoir, la vérité avait un prix, et ce prix pouvait être élevé.

Elle ouvrit son carnet de notes et ajouta une nouvelle entrée : *"Ils essaient de me briser, mais je ne céderai pas."*

Pour Léa, la lutte ne faisait que commencer. Ses adversaires avaient peut-être les moyens de corrompre, d'intimider et de détruire, mais ils n'avaient pas son obstination ni sa soif insatiable de justice. Elle était prête à tout risquer, même sa propre sécurité, pour révéler ce qui se cachait derrière le rideau soigneusement gardé de l'Élysée.

Au-dessus de Paris, les premières lueurs de l'aube commençaient à éclairer la ville. Pour Léa, ce lever de soleil n'était pas un symbole de paix, mais un rappel : le combat pour la vérité ne se gagnait jamais facilement.

Chapitre 11 : Une Identité en Question

L'atmosphère était électrique dans les cercles politiques et médiatiques parisiens. Depuis que les premiers soupçons sur l'identité d'Élisabeth Marceau avaient fuité, la question taraudait tout le pays : *Qui est-elle vraiment ?* Cette femme, à la fois charismatique et énigmatique, qui avait su séduire un président et incarner un modèle de modernité, cachait-elle un passé aussi trouble qu'il semblait l'être ? Pour Léa Moreau, cette question n'était pas qu'une curiosité : c'était une obsession.

Derrière le masque public

Élisabeth Marceau était l'incarnation parfaite de la Première Dame moderne. Sophistiquée, intelligente, toujours impeccable dans ses apparitions publiques, elle avait su conquérir le cœur des Français. Pourtant, derrière cette image léchée, des zones d'ombre se faisaient de plus en plus visibles.

Dans les conférences, les salons internationaux ou encore les campagnes caritatives qu'elle menait avec efficacité, Élisabeth s'affichait comme une femme d'action et une érudite. Son passé d'enseignante l'avait rendue proche du peuple, et son mariage avec Julien Marceau, malgré leur différence d'âge, avait été perçu comme un symbole d'amour transcendant les conventions.

Mais tout cela n'était-il qu'un rôle ? Un calcul stratégique ? Et surtout, pourquoi aucun détail précis sur ses origines, sa famille ou sa jeunesse n'avait jamais émergé avant qu'elle ne devienne "l'épouse du président" ?

Les contradictions s'accumulent

Léa Moreau, désormais consciente des risques, passait ses journées et ses nuits à démêler l'écheveau complexe de la vie d'Élisabeth. Mais plus elle avançait, plus les incohérences s'accumulaient.

Dans les registres de Rouen, où Claire Dubois – le nom supposé de la Première Dame avant son changement d'identité – avait grandi, personne ne semblait se souvenir de sa famille. Les voisins prétendaient que les Dubois avaient quitté la région après un "accident tragique", mais les détails restaient flous. Léa avait retrouvé des déclarations d'un oncle éloigné, mais celui-ci avait mystérieusement cessé de répondre à ses appels dès qu'elle avait mentionné le nom d'Élisabeth.

D'un autre côté, Élisabeth Auchère, l'identité qu'elle avait endossée par la suite, semblait aussi soigneusement construite qu'une nouvelle vie. Ses diplômes, bien que réels, avaient été obtenus auprès d'universités dont les archives manquaient étrangement de précisions. Aucun ancien camarade de promotion ne pouvait témoigner l'avoir connue intimement. Et ses premières années en tant qu'enseignante semblaient entourées d'un néant administratif.

« Ce n'est pas un simple changement d'identité, » murmura Léa pour elle-même en consultant ses notes. « C'est un effacement complet. Une recréation. Mais dans quel but ? »

Une ex-espionne ?

Parmi les théories les plus troublantes que Léa explorait, l'une d'elles semblait de plus en plus plausible : et si Élisabeth Marceau avait été impliquée dans des opérations secrètes ?

Des documents classifiés obtenus par son contact au sein du ministère de l'Intérieur faisaient état de l'existence d'un réseau clandestin dans les années 1980, visant à recruter et "reprogrammer" des individus prometteurs pour des missions d'État. Les recrues, coupées de leur passé, recevaient des nouvelles identités et étaient formées à des rôles stratégiques : infiltrer des organisations, mener des missions d'influence ou même se rapprocher de hautes sphères du pouvoir.

Les dates concordaient. Les seize années "manquantes" de Claire Dubois correspondaient à la période où ces activités étaient à leur apogée. Était-il possible qu'Élisabeth soit une de ces "recrues" ?

Léa ne pouvait s'empêcher d'imaginer le scénario : une jeune femme brillante, repérée pour son potentiel, effacée de son ancienne vie pour être remodelée en outil d'État. Cela expliquerait le vide autour de son passé, les documents classifiés, et peut-être même l'ascension fulgurante de Julien Marceau. Après tout, leur relation avait commencé bien avant qu'il ne devienne une étoile montante de la politique. Était-elle son mentor ou… quelque chose de plus calculé ?

Les confidences d'un témoin

Un jour, alors qu'elle feuilletait des articles de journaux anciens dans une bibliothèque, Léa fut approchée par une femme âgée, élégante mais discrète, qui se présenta sous le nom de Thérèse Malin. "Vous cherchez Élisabeth, n'est-ce pas ?" demanda-t-elle à voix basse.

Léa hocha la tête, méfiante mais curieuse.

"Je l'ai connue. Enfin, je l'ai connue quand elle était Claire. J'étais son professeur de français à Rouen." Thérèse jeta un regard autour d'elle, comme pour s'assurer qu'elles n'étaient pas écoutées. "C'était une fille brillante, mais… troublée. Quelque chose dans ses yeux… C'était comme si elle portait un poids qu'une fille de son âge ne devrait jamais avoir à porter."

Thérèse expliqua qu'un jour, Claire avait disparu subitement, sans explication. Quelques semaines plus tard, des hommes en costume étaient venus poser des questions à l'école. "Ils étaient polis, mais intimidants. Ils ont confisqué certains dossiers. On nous a dit que Claire avait eu des problèmes familiaux et qu'elle avait été placée sous protection."

"Protection ?" demanda Léa, son esprit en alerte.

"Oui. Mais je n'y ai jamais cru. Elle avait l'air d'être une cible, pas quelqu'un qu'on voulait protéger." Thérèse lui prit la main. "Faites attention, mademoiselle. Si vous creusez trop profondément, ces gens-là ne vous laisseront pas tranquille."

Une confrontation au sommet

À l'Élysée, Julien Marceau vivait une crise personnelle sans précédent. Face à l'insistance de Pierre Dumas, son conseiller en chef, il avait finalement décidé d'affronter directement sa femme. Un soir, dans leurs appartements privés, lorsque le silence pesait plus lourd que jamais, il posa la question fatidique.

"Élisabeth, qui es-tu réellement ?" demanda-t-il, les yeux plongés dans les siens.

Elle le fixa longuement, son visage impassible. Puis, lentement, elle murmura : "Tu ne veux pas savoir, Julien. Il y a des vérités qui brisent tout ce qu'elles touchent."

Son refus d'entrer dans les détails ne fit qu'alimenter les doutes du Président. Était-elle une victime ? Une manipulatrice ? Une femme qui avait été propulsée dans sa vie par des forces qu'il ne comprenait pas encore ? La méfiance s'insinuait dans leur mariage, rongeant les fondations mêmes de leur relation.

Une question sans réponse… encore

Pour Léa, la quête devenait de plus en plus périlleuse. Les menaces s'intensifiaient, mais elle savait qu'elle ne pouvait abandonner. La question "Qui est vraiment Élisabeth Marceau ?" n'était plus seulement une investigation journalistique : c'était devenu une quête existentielle.

Alors qu'elle quittait la bibliothèque tard dans la nuit, son téléphone vibra. Un message d'un numéro inconnu :

"Vous approchez trop près de la vérité. Reculez avant qu'il ne soit trop tard."

Le message lui donna un frisson glacé. Mais pour Léa, c'était une confirmation : elle touchait au cœur du mystère. Élisabeth Marceau n'était pas seulement une femme avec des secrets : elle était peut-être la clé d'un complot bien plus vaste.

Et, comme Léa le pensait désormais, il n'y a pas de fumée sans feu.

Chapitre 12 : Le Témoignage d'un Vieil Ami

Le soleil se couchait sur Paris, baignant la ville d'une lueur orangée, lorsque Léa Moreau reçut un appel qui allait changer le cours de son enquête. La voix au bout du fil était celle d'un homme âgé, tremblante mais déterminée.

"Mademoiselle Moreau ? Je m'appelle André Lemaire. J'ai connu Claire Dubois... ou devrais-je dire, Élisabeth Marceau."

Le cœur de Léa fit un bond. Après des semaines de recherches infructueuses et de portes closes, voici qu'une voix du passé se manifestait enfin. Elle attrapa son carnet de notes, prête à tout consigner.

"Monsieur Lemaire, je vous écoute. Que pouvez-vous me dire sur Claire Dubois ?"

Il y eut un long silence, comme si l'homme rassemblait ses souvenirs et son courage. Puis il commença son récit.

Les années d'innocence

"J'ai rencontré Claire en 1980. Nous étions tous les deux étudiants à l'Université de Rouen. Elle était... extraordinaire. Brillante, charismatique, toujours prête à défendre les causes qu'elle jugeait justes. Nous sommes rapidement devenus amis proches."

André décrivit une jeune femme passionnée par la littérature et la philosophie, qui rêvait de changer le monde par l'éducation. "Elle parlait souvent de devenir professeur, d'influencer les jeunes esprits. C'était une idéaliste dans l'âme."

Léa écoutait attentivement, notant chaque détail. Cette description contrastait fortement avec l'image lisse et calculée de la Première Dame actuelle.

"Mais il y avait aussi une part d'ombre en elle," poursuivit André, sa voix se faisant plus grave. "Claire avait des secrets. Des blessures qu'elle ne partageait avec personne."

L'incident qui a tout changé

André marqua une pause, comme s'il hésitait à poursuivre. Léa l'encouragea doucement : "Prenez votre temps, Monsieur Lemaire. Chaque détail compte."

Il reprit, la voix légèrement tremblante : "C'était en 1983. Claire et moi assistions à une conférence sur les droits de l'homme. Il y avait des personnalités politiques importantes. Soudain, un homme s'est approché de Claire. Ils ont échangé quelques mots, et j'ai vu son visage se décomposer. Elle est partie précipitamment, sans même me dire au revoir."

"Qui était cet homme ?" demanda Léa, sentant qu'elle touchait à quelque chose d'important.

"Je ne l'ai jamais su avec certitude. Mais j'ai reconnu son visage des années plus tard. C'était un haut fonctionnaire du ministère de l'Intérieur."

Le cœur de Léa s'accéléra. Voilà qui confirmait ses soupçons sur une possible implication des services secrets.

La disparition

"Après cet incident, Claire a changé," poursuivit André. "Elle est devenue distante, méfiante. Et puis, un matin, elle avait disparu. Son appartement était vide, comme si elle n'avait jamais existé."

André raconta comment il avait tenté de la retrouver, en vain. Les autorités semblaient peu intéressées, et les amis de Claire avaient tous reçu la même histoire : elle était partie à l'étranger pour des raisons familiales.

"Mais je savais que c'était un mensonge," dit André, sa voix teintée de regret. "Claire n'avait plus de famille proche. Ses parents étaient morts dans un accident quelques années plus tôt."

Les années de silence

Pendant les années qui suivirent, André continua à chercher Claire, mais sans succès. Il poursuivit sa carrière d'enseignant, se maria, eut des enfants. Mais il n'oublia jamais son amie disparue.

"Et puis, un jour, en 2017, j'ai allumé la télévision et je l'ai vue. Elle était là, aux côtés de Julien Marceau, candidate à la présidence. Elle s'appelait Élisabeth, mais c'était elle, j'en étais certain."

La voix d'André se brisa légèrement. "J'ai failli m'évanouir. Comment était-ce possible ? Où avait-elle été pendant toutes ces années ?"

La tentative de contact

André expliqua qu'il avait essayé de contacter Élisabeth Marceau, d'abord par des canaux officiels, puis de manière plus directe. "J'ai écrit des lettres, j'ai essayé d'obtenir une audience. Mais à chaque fois, je me heurtais à un mur de silence."

Un jour, il reçut un appel anonyme. Une voix masculine, froide et menaçante, lui conseilla "d'oublier Claire Dubois, pour sa propre sécurité".

"J'ai eu peur," admit André. "J'ai une famille à protéger. Alors j'ai arrêté mes recherches. Jusqu'à ce que je voie vos articles, Mademoiselle Moreau."

Les dernières révélations

Alors que l'entretien touchait à sa fin, André fit une dernière révélation qui glaça le sang de Léa.

"Il y a quelque chose que je n'ai jamais dit à personne," murmura-t-il. "Quelques jours avant sa disparition, Claire m'a confié un carnet. Elle m'a fait promettre de le garder en sécurité et de ne jamais l'ouvrir, sauf si elle venait à disparaître."

Léa retint son souffle. "Et ce carnet, Monsieur Lemaire, l'avez-vous toujours ?"

Il y eut un long silence. Puis : "Oui. Je ne l'ai jamais ouvert. Mais je pense qu'il est temps que quelqu'un le fasse."

L'héritage d'un secret

Le lendemain, Léa rencontra André dans un petit café discret de la banlieue parisienne. L'homme, aux cheveux gris et au regard fatigué, lui remit un petit carnet à la couverture usée.

"Soyez prudente, Mademoiselle Moreau," dit-il en lui serrant la main. "Ce carnet contient peut-être des réponses, mais il pourrait aussi vous mettre en danger."

Léa acquiesça, consciente du poids de ce qu'elle tenait entre ses mains. Ce petit carnet pouvait contenir la clé du mystère Élisabeth Marceau, mais aussi potentiellement des secrets d'État capables d'ébranler la République.

Alors qu'elle quittait le café, Léa sentit le poids du regard d'André dans son dos. Elle savait qu'en acceptant ce carnet, elle franchissait un point de non-retour. Quoi qu'il arrive maintenant, sa quête de vérité allait prendre une tournure irréversible.

Dans sa poche, le carnet semblait brûler, porteur de secrets longtemps enfouis. Léa se demanda ce qu'Élisabeth Marceau, ou plutôt Claire Dubois, avait bien pu consigner dans ces pages il y a toutes ces années. Et surtout, quelles seraient les conséquences de ces révélations sur l'avenir de la France ?

Le témoignage d'André Lemaire n'était peut-être que la première pièce d'un puzzle bien plus vaste et dangereux que Léa ne l'avait imaginé. Mais elle était déterminée à aller jusqu'au bout, quel qu'en soit le prix.

Chapitre 13 : Un Dossier Classé Secret

Le bâtiment austère des Archives nationales se dressait dans la pénombre du petit matin parisien. À l'intérieur, un homme en costume sombre se faufilait silencieusement entre les rayonnages poussiéreux. Pierre Dumas, le conseiller du Président Marceau, n'était pas censé être là, surtout pas à cette heure. Mais l'urgence de la situation exigeait des mesures exceptionnelles.

Il s'arrêta devant une section marquée "Classifié - Accès Restreint", son cœur battant la chamade. D'une main légèrement tremblante, il inséra une clé dans la serrure d'une armoire métallique. Le cliquetis résonna dans le silence oppressant.

Une découverte alarmante

Pierre retint son souffle en ouvrant le tiroir. Ses yeux scrutèrent frénétiquement son contenu, cherchant un dossier en particulier. Mais là où aurait dû se trouver le dossier "Opération Phénix 1983-1999", il n'y avait qu'un espace vide.

"Non, non, non," murmura-t-il, la panique montant en lui. Ce dossier était crucial. Il contenait des informations sur une opération secrète menée par les services de renseignement français, une opération qui, il en était presque certain, impliquait Élisabeth Marceau.

Pierre fouilla désespérément les autres tiroirs, espérant que le dossier avait simplement été mal classé. Mais au fond de lui, il savait. Quelqu'un était arrivé avant lui.

Une course contre la montre

Pendant ce temps, à l'autre bout de Paris, Léa Moreau était plongée dans le carnet d'André Lemaire. Les révélations qu'il contenait étaient stupéfiantes. Claire Dubois, la jeune femme qu'était Élisabeth avant sa disparition, avait consigné des détails troublants sur des rencontres avec des hommes mystérieux, des conversations codées, et des missions dont elle ne comprenait pas totalement la portée.

Un passage en particulier attira l'attention de Léa :

"14 juin 1983 - L'homme au costume gris est revenu. Il parle d'une 'Opération Phénix'. Dit que je pourrais servir mon pays d'une manière que je n'imagine même pas. Mais à quel prix ? Je sens que je suis au bord d'un précipice."

Léa sentit un frisson parcourir son échine. "Opération Phénix"... Ce nom résonnait comme la clé de toute l'affaire.

Une disparition inquiétante

Au ministère de l'Intérieur, l'agitation régnait. Jean-Baptiste Rochat, le redoutable directeur de la DGSI, convoqua une réunion d'urgence avec ses plus proches collaborateurs.

"Le dossier Phénix a disparu," annonça-t-il d'une voix glaciale. "Je veux savoir qui l'a pris, pourquoi, et je le veux maintenant."

Un silence pesant s'abattit sur la salle. Tous savaient que ce dossier contenait des informations explosives, capables de faire tomber non seulement le gouvernement actuel, mais aussi de révéler des décennies de secrets d'État.

"Monsieur," osa un jeune analyste, "et si c'était lié aux fuites sur la Première Dame ?"

Rochat le foudroya du regard. "C'est précisément ce que je crains. Et c'est pourquoi nous devons agir vite."

Une course aux archives

Léa, de son côté, avait décidé de creuser du côté des archives. Armée de son badge de presse et d'une détermination sans faille, elle se présenta aux Archives nationales, espérant trouver des informations sur cette mystérieuse "Opération Phénix".

Mais à peine avait-elle commencé ses recherches qu'elle fut interrompue par un archiviste nerveux.

"Je suis désolé, Mademoiselle Moreau, mais tous les dossiers concernant les opérations classifiées des années 80 et 90 ont été temporairement retirés pour... vérification."

Léa fronça les sourcils. "Vérification ? Par qui ?"

L'archiviste évita son regard. "Je ne peux pas en dire plus. Ordre du ministère."

Des témoins sous pression

Alors que Léa quittait les Archives, frustrée mais plus déterminée que jamais, Pierre Dumas menait sa propre enquête. Il contacta d'anciens agents des services secrets, espérant trouver quelqu'un qui pourrait lui en dire plus sur l'Opération Phénix.

Mais partout, il se heurtait à un mur de silence. Les rares personnes qui semblaient savoir quelque chose refusaient catégoriquement de parler.

"Écoutez, Pierre," lui dit un ancien collègue, la voix tremblante au téléphone, "ce dossier... c'est du lourd. Le genre de truc qui peut faire tomber des têtes au plus haut niveau. Laissez tomber, pour votre propre bien."

Une menace grandissante

À l'Élysée, le Président Julien Marceau sentait que la situation lui échappait. Les rumeurs sur le passé d'Élisabeth se multipliaient, et maintenant, la disparition de ce dossier secret... Il convoqua sa femme dans son bureau.

"Élisabeth, j'ai besoin de savoir. Qu'est-ce que cette Opération Phénix ? Quel est ton lien avec tout ça ?"

Élisabeth, d'habitude si maîtresse d'elle-même, sembla vaciller un instant. "Julien, je... Il y a des choses que je ne peux pas te dire. Pas encore. C'est pour ta propre protection."

Le Président sentit la colère monter en lui. "Ma protection ? C'est ma présidence qui est en jeu ici ! Notre mariage ! Notre vie !"

Une révélation inattendue

Tard dans la nuit, alors que Paris dormait, Léa reçut un appel d'un numéro masqué. Une voix déformée lui donna rendez-vous dans un parking souterrain désert.

Malgré les risques évidents, Léa s'y rendit. Dans l'ombre des piliers de béton, une silhouette encapuchonnée l'attendait.

"J'ai des informations sur l'Opération Phénix," dit la voix. "Mais vous devez comprendre... Ce n'était pas juste une opération d'espionnage. C'était un programme de création d'agents dormants, placés au plus haut niveau de l'État. Et Élisabeth Marceau... elle était leur plus grande réussite."

Léa sentit son sang se glacer. "Vous voulez dire que..."

"Oui," coupa la voix. "La Première Dame de France est un agent programmé, mis en place il y a des décennies pour influencer le cours de la politique française."

Un jeu d'échecs mortel

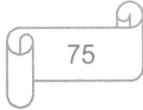

Alors que Léa digérait cette information explosive, à l'autre bout de la ville, Jean-Baptiste Rochat prenait une décision lourde de conséquences.

"Trouvez-moi ce dossier," ordonna-t-il à son équipe. "Et éliminez toute personne qui l'a lu ou qui en connaît le contenu. C'est une question de sécurité nationale."

Le piège se refermait. D'un côté, Léa Moreau et sa quête acharnée de vérité. De l'autre, les forces obscures de l'État prêtes à tout pour protéger leurs secrets.

Et au milieu de tout cela, Élisabeth Marceau, la Première Dame énigmatique, dont le passé menaçait de faire basculer le destin de toute une nation.

La disparition du dossier classé secret n'était que le début. Une tempête s'annonçait, et personne ne pouvait prédire qui en sortirait indemne.

Chapitre 14 : Un Appel Anonyme

La nuit était tombée sur Paris, enveloppant la ville dans un linceul de silence et d'obscurité. Léa Moreau, épuisée mais incapable de dormir, était assise à son bureau, les yeux rivés sur l'écran de son ordinateur. Des dizaines d'onglets ouverts affichaient des articles, des rapports, des photos - tous liés de près ou de loin à l'énigme Élisabeth Marceau.

Soudain, le silence fut brisé par la sonnerie stridente de son téléphone. Léa sursauta, son cœur s'accélérant. Qui pouvait bien l'appeler à une heure pareille ? Le numéro affiché était masqué.

Hésitante, elle décrocha. "Allô ?"

"Mademoiselle Moreau ?" La voix à l'autre bout du fil était grave, masculine, légèrement déformée comme si l'interlocuteur utilisait un modulateur vocal. "Ne dites rien. Écoutez-moi attentivement."

Léa sentit un frisson parcourir son échine. Elle jeta un coup d'œil nerveux autour d'elle, comme si quelqu'un pouvait l'observer.

"Vous êtes sur une piste dangereuse," poursuivit la voix. "L'affaire Marceau va bien au-delà de ce que vous imaginez. Vous avez besoin d'aide."

"Qui êtes-vous ?" demanda Léa, tentant de garder son calme.

Un rire sans joie résonna dans le combiné. "Quelqu'un qui en sait beaucoup. Quelqu'un qui a participé à la création d'Élisabeth Marceau."

Le cœur de Léa manqua un battement. Était-ce possible ? Avait-elle enfin trouvé une source directe ?

"Pourquoi me contacter maintenant ?" questionna-t-elle, son instinct journalistique prenant le dessus sur sa peur.

"Parce que le temps presse," répondit l'homme. "Des forces puissantes sont à l'œuvre pour étouffer cette affaire. Votre vie est en danger, Mademoiselle Moreau. Et pas seulement la vôtre."

Léa sentit sa gorge se serrer. Les menaces, les intimidations, elle y était habituée. Mais là, le ton de cet inconnu laissait entendre que le danger était bien réel et imminent.

"Que voulez-vous ?" demanda-t-elle, essayant de contrôler le tremblement dans sa voix.

"Vous aider à découvrir la vérité. Mais pas au téléphone. Nous devons nous rencontrer."

L'homme lui donna des instructions précises : un lieu, une heure, un code à utiliser. Tout semblait sorti d'un film d'espionnage.

"Venez seule," insista-t-il. "Et assurez-vous de ne pas être suivie."

Avant que Léa ne puisse poser d'autres questions, la ligne coupa. Elle resta immobile, le téléphone toujours collé à l'oreille, essayant de donner un sens à ce qui venait de se passer.

Le lendemain soir, Léa se tenait dans l'ombre d'une ruelle étroite du 18ème arrondissement, le cœur battant la chamade. Elle avait suivi les instructions à la lettre, prenant des précautions presque paranoïaques pour s'assurer qu'elle n'était pas suivie.

À 23h précises, une silhouette émergea de l'obscurité. Un homme d'âge moyen, le visage partiellement caché par la visière d'une casquette et le col relevé d'un manteau sombre.

"Le corbeau croasse à minuit," murmura Léa, se sentant ridicule d'utiliser un tel code.

L'homme hocha imperceptiblement la tête. "Suivez-moi," dit-il simplement.

Ils marchèrent en silence pendant plusieurs minutes, prenant des détours et des ruelles secondaires. Finalement, ils arrivèrent devant une porte anonyme. L'homme sortit une clé et les fit entrer dans ce qui semblait être un ancien entrepôt reconverti en appartement spartiate.

Une fois à l'intérieur, l'homme se tourna vers Léa. Dans la faible lumière, elle put enfin voir son visage. Des traits marqués, des yeux fatigués mais vifs, une cicatrice fine courant le long de sa joue gauche.

"Je m'appelle Marcus," dit-il. "Du moins, c'est le nom que j'utilise maintenant. J'ai travaillé pour la DGSE pendant plus de trente ans. J'étais impliqué dans l'Opération Phénix."

Léa sentit son cœur s'accélérer. Elle sortit son carnet, prête à noter chaque mot.

"L'Opération Phénix," poursuivit Marcus, "était un programme top secret visant à créer des agents d'influence à long terme. L'idée était de repérer des individus prometteurs, de les 'reprogrammer', et de les placer dans des positions stratégiques au sein de la société française."

"Et Élisabeth Marceau..." commença Léa.

Marcus hocha la tête. "Elle était notre plus grande réussite. Une jeune femme brillante, charismatique, avec un potentiel énorme. Nous l'avons façonnée pour devenir l'ultime agent d'influence."

Léa nota frénétiquement, son esprit tournant à plein régime. "Mais dans quel but ?"

"Le contrôle," répondit simplement Marcus. "Le contrôle du sommet de l'État. Imaginez avoir quelqu'un à vos ordres à l'oreille du Président de la République."

Léa sentit un frisson la parcourir. Les implications étaient vertigineuses. "Mais comment... comment avez-vous pu effacer son passé si complètement ?"

Marcus eut un sourire triste. "C'était notre spécialité. Nous avions des ressources illimitées, des contacts dans toutes les administrations. Nous pouvions faire disparaître quelqu'un et le faire réapparaître avec une nouvelle identité sans laisser de traces."

Pendant les heures qui suivirent, Marcus dévoila à Léa des détails stupéfiants sur l'Opération Phénix, sur la transformation de Claire Dubois en Élisabeth Marceau, sur les mécanismes de contrôle mis en place.

Alors que l'aube pointait, Léa avait la tête qui tournait. Elle avait entre les mains l'histoire du siècle, un scandale qui pourrait faire tomber non seulement la présidence Marceau, mais ébranler les fondements mêmes de la République.

"Pourquoi me dire tout ça maintenant ?" demanda-t-elle finalement.

Le visage de Marcus s'assombrit. "Parce que l'opération a échappé à tout contrôle. Élisabeth a développé sa propre agenda. Et certains, au sein de l'État profond, pensent qu'il est temps de... l'arrêter."

Léa sentit un frisson glacé parcourir son échine. "L'arrêter ? Vous voulez dire..."

Marcus acquiesça gravement. "La Première Dame de France est en danger de mort, Mademoiselle Moreau. Et vous êtes probablement la seule personne qui puisse empêcher une catastrophe nationale."

Alors que Léa quittait l'appartement, l'esprit en ébullition, elle réalisa que son enquête venait de prendre une tournure qu'elle n'aurait jamais pu imaginer. Elle n'était plus seulement à la poursuite d'un scoop journalistique, elle était devenue un acteur clé dans un jeu d'ombres aux enjeux mortels.

Le soleil se levait sur Paris, mais pour Léa Moreau, le monde n'avait jamais semblé aussi sombre et menaçant.

Chapitre 15 : Une Rencontre Sous Haute Tension

Le café "Le Petit Parisien" était presque vide en ce début d'après-midi pluvieux. Léa Moreau, assise à une table dans le fond de la salle, jetait des regards nerveux vers la porte d'entrée. Elle attendait Gérard Dumont, un ancien professeur d'Élisabeth Marceau - ou plutôt de Claire Dubois, comme elle s'appelait à l'époque.

Après des semaines de recherches acharnées et de contacts infructueux, Léa avait réussi à retrouver la trace de cet homme qui avait connu la future Première Dame avant sa mystérieuse disparition. Dumont avait d'abord refusé de lui parler, mais avait fini par accepter une rencontre après que Léa eut mentionné l'Opération Phénix.

La clochette de la porte tinta. Un homme d'une soixantaine d'années, les cheveux gris et le visage marqué, entra dans le café. Ses yeux balayèrent rapidement la salle avant de se poser sur Léa. Il s'approcha d'un pas hésitant.

"Mademoiselle Moreau ?" demanda-t-il à voix basse.

Léa se leva pour l'accueillir. "Monsieur Dumont, merci d'être venu."

Ils s'assirent, et un silence pesant s'installa. Dumont semblait nerveux, ses doigts tambourinant sur la table.

"Je ne sais pas si j'ai bien fait de venir," dit-il finalement. "Ce que vous cherchez à savoir... c'est dangereux."

Léa se pencha en avant, les yeux brillants de détermination. "Monsieur Dumont, je sais que vous avez peur. Mais il s'agit de la vérité. Le pays tout entier a le droit de savoir qui est vraiment Élisabeth Marceau."

Dumont soupira profondément. "Claire... Elle était mon étudiante préférée. Brillante, passionnée, avec un avenir prometteur. Et puis, du jour au lendemain, elle a disparu."

"Que s'est-il passé exactement ?" demanda Léa, son stylo prêt à noter chaque détail.

Dumont jeta un regard autour de lui avant de poursuivre à voix basse. "C'était en 1983. Claire venait de remporter un prestigieux concours d'éloquence. Elle attirait l'attention de beaucoup de monde. Et puis..."

Il s'interrompit, comme submergé par les souvenirs. Léa attendit patiemment qu'il reprenne.

"Un jour, deux hommes sont venus à l'université. Ils ont demandé à voir Claire en privé. Quand elle est ressortie de cette réunion, elle était... différente. Distante. Quelques jours plus tard, elle avait disparu."

Léa sentit son cœur s'accélérer. "Ces hommes, vous savez qui ils étaient ?"

Dumont secoua la tête. "Pas à l'époque. Mais des années plus tard, j'ai reconnu l'un d'eux à la télévision. C'était un haut fonctionnaire du ministère de l'Intérieur."

"L'Opération Phénix," murmura Léa.

Le visage de Dumont se figea. "Comment connaissez-vous ce nom ?"

"J'ai mes sources," répondit Léa évasivement. "Que savez-vous de cette opération ?"

Dumont hésita longuement avant de répondre. "Pas grand-chose. Juste des rumeurs, des bribes d'information glanées au fil des années. Mais assez pour comprendre que Claire n'était pas la seule. Il y a eu d'autres disparitions, d'autres jeunes talents qui se sont volatilisés pour réapparaître des années plus tard, transformés."

Léa nota frénétiquement. "Et vous pensez qu'Élisabeth Marceau est..."

"Claire," coupa Dumont. "Je l'ai reconnue dès que je l'ai vue aux côtés de Julien Marceau. Malgré les années, malgré les changements... c'était elle."

Un silence lourd s'installa. Léa digérait ces informations, consciente de leur importance capitale.

Soudain, Dumont se raidit. Ses yeux fixaient un point derrière Léa. "Nous sommes surveillés," murmura-t-il.

Léa se retourna discrètement. Deux hommes en costume sombre venaient d'entrer dans le café, leurs regards balayant la salle.

"Il faut que je parte," dit précipitamment Dumont en se levant. "C'était une erreur de venir."

Mais avant qu'il ne puisse faire un pas, les deux hommes s'approchèrent de leur table.

"Monsieur Dumont, Mademoiselle Moreau," dit l'un d'eux d'une voix froide. "Nous aimerions vous parler."

Léa sentit la panique monter en elle. Elle jeta un regard à Dumont, qui semblait au bord de l'évanouissement.

"De quel droit..." commença-t-elle, mais l'homme l'interrompit en sortant une carte.

"DGSI. C'est une question de sécurité nationale."

Léa réalisa soudain dans quel guêpier elle s'était fourrée. Cette rencontre, qui devait lui apporter des réponses, venait de la plonger dans un monde d'ombres et de secrets d'État.

Alors qu'ils étaient escortés hors du café, Léa croisa le regard terrifié de Dumont. Elle comprit que cet homme en savait beaucoup plus qu'il n'avait osé lui dire. Et maintenant, ils étaient tous deux pris au piège d'une machination qui les dépassait.

Dans la voiture qui les emmenait vers une destination inconnue, Léa se demanda si elle n'avait pas franchi un point de non-retour. L'enquête sur Élisabeth Marceau venait de prendre une tournure dangereuse, et elle réalisait qu'elle était peut-être allée trop loin.

Mais au fond d'elle-même, malgré la peur, une certitude demeurait : elle était sur le point de découvrir une vérité qui pourrait changer le destin de la France. Et quoi qu'il lui en coûte, elle irait jusqu'au bout.

La voiture s'enfonça dans les rues de Paris, emportant avec elle les secrets d'une nation et le destin d'une journaliste déterminée à tout risquer pour la vérité.

📖 ✦ ✦ ✦ ✦ ✦ ✦ 🌐

Chapitre 16 : Chantage en Haut Lieu

Le bureau de Jean-Baptiste Rochat, directeur de la DGSI, était plongé dans une semi-obscurité, uniquement éclairé par la lueur blafarde d'une lampe de bureau. Face à lui, Pierre Dumas, le conseiller présidentiel, semblait mal à l'aise, ses doigts tambourinant nerveusement sur l'accoudoir de son fauteuil.

"Vous comprenez la gravité de la situation, n'est-ce pas, Dumas ?" La voix de Rochat était basse, presque un murmure, mais chargée de menace.

Pierre acquiesça lentement. "L'affaire Marceau menace de faire s'effondrer le gouvernement. Si la vérité sur l'Opération Phénix éclate au grand jour..."

"Ce n'est pas qu'une question de gouvernement," coupa Rochat. "C'est l'équilibre même de notre République qui est en jeu. Des décennies de secrets d'État, de manipulations au plus haut niveau... Tout pourrait être révélé."

Un silence pesant s'installa dans la pièce. Pierre sentait la sueur perler sur son front. Il savait qu'il jouait un jeu dangereux, pris entre sa loyauté envers le Président Marceau et les pressions de plus en plus fortes des services secrets.

Rochat se pencha en avant, ses yeux brillant d'une lueur inquiétante. "Nous avons besoin de votre coopération, Dumas. Vous êtes l'homme le plus proche du Président. Vous avez accès à des informations cruciales."

"Que voulez-vous exactement ?" demanda Pierre, la gorge serrée.

Un sourire froid étira les lèvres de Rochat. "Nous voulons que vous nous teniez informés de chaque mouvement du Président et de la Première Dame. Chaque conversation, chaque décision. Et surtout, nous voulons que vous influenciez Marceau pour qu'il étouffe cette affaire."

Pierre sentit son cœur s'accélérer. Ce qu'on lui demandait s'apparentait à de la haute trahison. "Et si je refuse ?"

Rochat ne répondit pas immédiatement. Il ouvrit un tiroir de son bureau et en sortit un dossier qu'il posa devant lui. "Nous savons beaucoup de choses sur vous, Dumas. Votre passé n'est pas aussi irréprochable que vous le prétendez."

Le sang de Pierre se glaça dans ses veines. Il savait exactement de quoi Rochat parlait. Cette affaire de corruption, il y a des années, qu'il pensait avoir enterrée à jamais...

"Ce serait dommage que ces informations tombent entre de mauvaises mains, n'est-ce pas ?" poursuivit Rochat, sa voix dégoulinante de fausse sympathie. "Imaginez le scandale. Votre carrière serait terminée. Sans parler des conséquences juridiques..."

Pierre ferma les yeux un instant, tentant de maîtriser le tremblement de ses mains. Il se sentait pris au piège, acculé dans un coin sans échappatoire.

"Ce que vous me demandez..." commença-t-il.

"Est dans l'intérêt de la nation," coupa Rochat. "Pensez-y, Dumas. Non seulement vous protégez votre propre peau, mais vous servez votre pays. N'est-ce pas ce pour quoi vous vous êtes engagé en politique ?"

Pierre resta silencieux, son esprit tournant à plein régime. Il pensait à Julien Marceau, l'homme qu'il servait fidèlement depuis des années. Il pensait à Élisabeth, cette femme énigmatique dont le passé menaçait de tout faire basculer. Et il pensait à sa propre carrière, à tout ce qu'il avait construit et qui risquait de s'effondrer en un instant.

Rochat sortit une enveloppe de son tiroir et la posa sur le bureau. "Considérez ceci comme une... motivation supplémentaire. Un petit acompte sur notre future collaboration."

Pierre fixa l'enveloppe, sachant pertinemment ce qu'elle contenait. De l'argent. Beaucoup d'argent.

"Vous avez 24 heures pour réfléchir," dit Rochat en se levant, signifiant que l'entretien était terminé. "Mais je vous conseille de faire le bon choix, Dumas. Pour votre bien, et pour celui de la France."

Alors qu'il quittait le bureau de Rochat, Pierre sentait le poids de l'enveloppe dans sa poche comme un fardeau insupportable. Il avait l'impression de porter le destin de la nation sur ses épaules.

Dans les jours qui suivirent, Pierre Dumas vécut un véritable enfer intérieur. Chaque fois qu'il croisait le regard du Président Marceau, il sentait le poids de sa trahison potentielle. Chaque conversation avec Élisabeth était teintée de suspicion et de culpabilité.

Un soir, alors qu'il travaillait tard à l'Élysée, il reçut un message cryptique sur son téléphone : "Le temps presse. Nous attendons votre décision."

Pierre fixa longuement l'écran de son téléphone, le cœur lourd. Il savait que sa décision allait non seulement façonner son propre destin, mais aussi celui de la présidence Marceau et peut-être même de la France tout entière.

Avec des mains tremblantes, il composa un numéro. Quand la voix de Rochat résonna à l'autre bout du fil, Pierre prit une profonde inspiration.

"J'accepte," dit-il simplement.

Le silence qui suivit sembla durer une éternité. Puis la voix de Rochat, teintée de satisfaction : "Excellent choix, Dumas. Vous ne le regretterez pas."

Mais alors qu'il raccrochait, Pierre Dumas savait au fond de lui qu'il venait de franchir une ligne. Il était désormais un pion dans un jeu d'échecs mortel, où la vérité et le mensonge se confondaient, où la loyauté n'avait plus de sens.

Le chantage avait réussi. Et avec lui, une nouvelle phase de cette sombre affaire venait de commencer.

Chapitre 17 : La Peur de l'Élysée

Le Palais de l'Élysée, symbole de pouvoir et de grandeur, semblait soudain devenu une forteresse fragile. Derrière ses grilles imposantes, les couloirs habituellement animés étaient plongés dans un silence lourd, perturbé uniquement par des conversations à voix basse et le bruissement nerveux de dossiers qu'on transportait d'une pièce à l'autre. À l'intérieur, la tension était palpable. La rumeur du scandale grandissant autour de la Première Dame, Élisabeth Marceau, menaçait de faire s'effondrer la présidence.

Dans son bureau privé, Julien Marceau, vêtu de son costume impeccablement taillé mais visiblement marqué par la fatigue, se tenait debout devant la grande fenêtre donnant sur les jardins. À 41 ans, il était le plus jeune président de la Cinquième République, mais ce jour-là, il semblait vieilli de plusieurs années. Sa main droite triturait un stylo, un réflexe nerveux qui trahissait son angoisse.

Les premières failles

Le président relisait pour la troisième fois un rapport secret déposé sur son bureau par Pierre Dumas, son fidèle conseiller. Le document évoquait succinctement les rumeurs entourant l'implication d'Élisabeth dans une opération secrète nommée "Phénix". Julien avait demandé une vérification approfondie auprès des services de renseignement. La réponse qu'il avait reçue était aussi glaçante que cryptique.

"Le contenu du dossier Phénix est classé au plus haut niveau. Accès restreint. Aucune divulgation autorisée."

"Classé au plus haut niveau ?" murmura Julien, sa frustration palpable. "Je suis le Président, et pourtant on me refuse des informations sur ma propre femme ?"

Il tapa du poing sur le bureau, le bruit résonnant dans la pièce comme une explosion. Pierre Dumas, qui se tenait non loin, sursauta légèrement mais ne dit rien. Il savait qu'interférer dans ces moments de colère ne ferait qu'aggraver la situation.

"Que cachent-ils, Pierre ?" Julien se tourna brusquement vers son conseiller, ses yeux sombres brillant d'une mélancolie teintée de rage. "Pourquoi ma femme ? Pourquoi maintenant ?"

Dumas, fidèle mais rongé par sa propre culpabilité après s'être laissé manipuler par Rochat, sentit un nœud se former dans sa gorge. Il savait que le Président avait besoin d'un soutien indéfectible en ces temps troubles, mais il était lui-même pris dans une toile de mensonges et de pressions.

"Je ne sais pas, Monsieur le Président," répondit-il prudemment. "Mais nous devons être prudents. Les médias sont comme des loups affamés, et tout faux pas de notre part leur donnera une excuse pour attaquer."

Julien acquiesça doucement, ses épaules s'affaissant légèrement. Le Président, d'ordinaire si charismatique et sûr de lui, semblait au bord de l'effondrement.

Une confrontation inévitable

Ce soir-là, après une succession de réunions stratégiques tendues et d'appels avec ses alliés parlementaires qui s'inquiétaient de l'impact de l'affaire, Julien décida qu'il ne pouvait plus éviter une confrontation avec Élisabeth. Il souhaitait des réponses, et il les voulait maintenant.

Dans leurs appartements privés, Élisabeth attendait, assise sur une chaise près de la cheminée, un verre de vin rouge dans une main. Vêtue d'un tailleur crème, elle semblait calme, presque stoïque, mais Julien, qui connaissait sa femme mieux que quiconque, lisait dans ses yeux une inquiétude refoulée.

"Élisabeth," commença-t-il en entrant dans la pièce, sans préambule ni salutations. "Il faut que tu me répondes. Que cache ce passé que tout le monde semble connaître sauf moi ? Qu'est-ce que cette 'Opération Phénix' ?"

Elle leva les yeux vers lui, son visage demeurant impassible. "Julien, je t'ai déjà dit que certaines choses de mon passé... sont compliquées. Ce n'est pas que je ne veux pas te dire la vérité, c'est que je ne peux pas."

"Ne peux pas ?" Julien éleva la voix, ses émotions débordant. "Je suis ton mari, Élisabeth ! J'ai bâti ma carrière avec toi à mes côtés. Nous avons construit cette présidence ensemble. Et maintenant, tout ce que nous avons créé est sur le point de s'effondrer à cause de secrets que tu refuses de partager avec moi ?"

Élisabeth posa doucement son verre sur la table et se leva. Malgré la tension dans la pièce, elle conserva une posture pleine de dignité. "Ce n'est pas aussi simple, Julien. Il y a des forces en jeu qui dépassent tout ce que tu peux imaginer. Ce ne sont pas des décisions que j'ai prises librement. Mais tout ce que j'ai fait... je l'ai fait pour nous. Pour toi. Pour la France."

Julien éclata de rire, un rire amer et sans joie. "Pour la France ? C'est ça, la justification ? Que tu serais une sorte de martyr du secret d'État ?"

Il s'arrêta un instant, fixant son épouse, cherchant dans ses yeux la femme qu'il aimait, celle qui l'avait inspiré à devenir l'homme qu'il était. Mais tout ce qu'il voyait désormais, c'était un masque.

"Élisabeth," dit-il finalement, sa voix brisée. "Si tu ne me dis pas la vérité maintenant, je ne serai pas en mesure de te protéger. Les médias, les services secrets, même mon propre cabinet... Tout le monde est prêt à te dévorer vivante."

Un silence s'installa, lourd, pesant. Élisabeth détourna les yeux, regardant par la fenêtre les jardins de l'Élysée plongés dans l'obscurité.

"Alors peut-être," murmura-t-elle, "que je n'ai jamais mérité ta protection."

Les pressions extérieures

Le lendemain, Julien se réveilla après une nuit sans sommeil. À peine avait-il pris son café qu'il fut informé que Jean-Baptiste Rochat, le directeur de la DGSI, souhaitait une audience urgente.

Rochat, toujours impeccable dans son costume sombre, entra dans le bureau présidentiel avec un air grave. Il portait une mallette qu'il posa sur le bureau avant de prendre la parole.

"Monsieur le Président, je viens vous parler en toute franchise. Nous avons des informations extrêmement sensibles sur l'affaire entourant Madame Marceau."

Julien croisa les bras. "Alors parlez, Rochat. Je suis fatigué des secrets et des demi-vérités."

Rochat ouvrit la mallette et en sortit plusieurs dossiers classifiés. "L'Opération Phénix était un programme d'infiltration piloté par les services de renseignement dans les années 1980 et 90. Votre épouse, alors connue sous le nom de Claire Dubois, a été l'une des figures centrales de ce programme. Elle a été formée pour... influencer les sphères de pouvoir."

Julien sentit son estomac se nouer. "Influencer ? Vous insinuez quoi, exactement ? Que ma femme a été une sorte d'agent ?"

Rochat répondit d'un ton neutre. "Disons qu'elle a été préparée pour jouer un rôle important. Sa relation avec vous, Monsieur le Président, pourrait ne pas avoir été entièrement fortuite."

Le choc fut tel que Julien fut incapable de répondre immédiatement. Il sentit son monde basculer.

"Nous avons d'autres détails," poursuivit Rochat. "Mais je dois insister sur le fait que la divulgation de ces informations mettrait en péril non seulement votre présidence, mais aussi la sécurité nationale."

Julien serra les dents. "Et que voulez-vous que je fasse, Rochat ? Que je me taise alors que votre 'sécurité nationale' détruit tout ce que j'ai construit ?"

Rochat se leva, refermant sa mallette. "Je ne suis ici que pour protéger les intérêts supérieurs de l'État, Monsieur le Président."

Il quitta la pièce, laissant Julien seul avec ses pensées. Pour la première fois de sa carrière, le président de la République se sentit totalement impuissant.

La peur de perdre tout contrôle

Dans les jours qui suivirent, la pression médiatique s'intensifia, les appels de parlementaires inquiets se multiplièrent, et Julien sentit le cercle autour de lui se resserrer. Il savait qu'il n'avait que peu de temps avant que tout ne s'effondre.

Et pour la première fois, il se demanda si l'Élysée, ce symbole de pouvoir qu'il avait tant rêvé de conquérir, n'était pas en train de devenir sa prison.

Chapitre 18 : Le Labyrinthe des Secrets

Léa Moreau regardait par la fenêtre du train qui l'emmenait vers la petite ville de Saint-Clair-sur-Epte, en Normandie. Le paysage verdoyant défilait, mais son esprit était ailleurs, plongé dans les méandres de son enquête. Après des semaines d'impasses et de menaces, elle avait enfin une piste concrète. Une piste qui, elle l'espérait, la mènerait au cœur du mystère entourant Élisabeth Marceau.

Tout avait commencé par un e-mail anonyme, reçu trois jours plus tôt :

"Si vous voulez connaître la vérité sur Claire Dubois, allez à Saint-Clair-sur-Epte. Cherchez la maison aux volets bleus sur la rue des Tilleuls. Les réponses sont là où tout a commencé."

Intriguée et méfiante, Léa avait d'abord hésité. Mais son instinct de journaliste lui criait que c'était peut-être sa seule chance de percer le mystère de l'Opération Phénix.

Le train s'arrêta dans une petite gare de campagne. Léa descendit, son sac de voyage sur l'épaule, et respira l'air frais de la province. La ville semblait figée dans le temps, avec ses maisons en pierre et ses rues pavées.

Elle trouva facilement la rue des Tilleuls et repéra la maison aux volets bleus. C'était une vieille bâtisse, apparemment inhabitée depuis longtemps. Les volets étaient délavés, la peinture s'écaillait, et le jardin était envahi par les mauvaises herbes.

Léa s'approcha prudemment, jetant des regards autour d'elle pour s'assurer qu'elle n'était pas observée. Elle tenta d'ouvrir la porte d'entrée, mais celle-ci était verrouillée. Contournant la maison, elle trouva une fenêtre à l'arrière dont le loquet était cassé. Avec un peu d'effort, elle réussit à l'ouvrir et se glissa à l'intérieur.

L'odeur de renfermé et de poussière la frappa immédiatement. La maison semblait abandonnée depuis des années. Des meubles recouverts de draps blancs se dressaient comme des fantômes dans le salon. Léa alluma sa lampe torche et commença à explorer.

Dans ce qui semblait être une ancienne chambre d'enfant, elle trouva un indice. Sous un lit, caché derrière une latte de plancher mal fixée, se trouvait une vieille boîte en métal. Léa l'ouvrit avec précaution.

À l'intérieur, elle découvrit une collection de photos jaunies par le temps. Son cœur manqua un battement lorsqu'elle reconnut sur l'une d'elles une jeune fille qui ressemblait étrangement à Élisabeth Marceau. Au dos de la photo, une inscription : "Claire, 12 ans, Saint-Clair-sur-Epte, 1978".

Mais ce n'était pas tout. La boîte contenait également un petit carnet, rempli d'une écriture enfantine. Léa commença à le feuilleter, son excitation grandissant à chaque page. C'était le journal intime de Claire Dubois, la future Élisabeth Marceau.

Les premières pages étaient remplies de récits d'une vie normale d'adolescente. Mais vers la fin, le ton changeait. Claire parlait de rencontres étranges, d'hommes en costume qui venaient la voir à l'école. Elle mentionnait des tests, des évaluations.

Une entrée en particulier attira l'attention de Léa :

"15 juin 1983 - Ils m'ont dit que j'étais spéciale. Que je pouvais faire de grandes choses pour mon pays. Ils parlent d'un programme appelé Phénix. Je ne sais pas si je dois avoir peur ou être excitée. Maman et papa disent que c'est une opportunité unique. Mais pourquoi ai-je l'impression qu'ils ont peur eux aussi ?"

Léa sentit un frisson parcourir son échine. Elle tenait enfin une preuve tangible de l'existence de l'Opération Phénix et du lien avec Claire Dubois.

Soudain, un bruit la fit sursauter. Des pas résonnaient dans l'entrée de la maison. Paniquée, Léa fourra rapidement le carnet et les photos dans son sac. Elle se dirigea vers la fenêtre par laquelle elle était entrée, mais s'arrêta net en entendant une voix familière.

"Mademoiselle Moreau ? Je sais que vous êtes là. Nous devons parler."

C'était la voix de Pierre Dumas, le conseiller du Président Marceau. Comment avait-il su qu'elle serait ici ?

Léa hésita un instant, puis décida de faire face. Elle sortit de la chambre et se retrouva nez à nez avec Dumas dans le couloir sombre.

"Comment m'avez-vous trouvée ?" demanda-t-elle, sur la défensive.

Dumas eut un sourire triste. "Vous n'êtes pas la seule à avoir reçu des informations sur cette maison. Je suis ici pour la même raison que vous : découvrir la vérité."

Léa le regarda avec méfiance. "Pourquoi devrais-je vous faire confiance ?"

"Parce que je suis probablement le seul allié qu'il vous reste," répondit Dumas. "Le Président est au bord de la rupture. L'Élysée est sous pression. Et des forces puissantes sont prêtes à tout pour enterrer cette histoire."

Il fit une pause, semblant peser ses mots. "J'ai fait des choses dont je ne suis pas fier, Mademoiselle Moreau. Mais je veux arranger les choses. Je veux que la vérité éclate, quelles qu'en soient les conséquences."

Léa hésita. Pouvait-elle vraiment faire confiance à cet homme ? Mais elle réalisa qu'elle n'avait peut-être pas le choix. Elle avait besoin d'alliés, et Dumas était peut-être sa meilleure chance de percer le mystère de l'Opération Phénix.

"D'accord," dit-elle finalement. "Parlons. Mais pas ici. Cet endroit n'est pas sûr."

Alors qu'ils quittaient la vieille maison, Léa jeta un dernier regard en arrière. Cette bâtisse aux volets bleus, témoin silencieux d'une histoire enfouie, avait peut-être livré ses secrets. Mais elle savait que ce n'était que le début. Le labyrinthe des secrets entourant Élisabeth Marceau était bien plus vaste et complexe qu'elle ne l'avait imaginé.

Dans le train qui les ramenait vers Paris, Léa et Dumas commencèrent à échanger leurs informations. Le puzzle commençait à prendre forme, mais chaque nouvelle pièce semblait soulever encore plus de questions.

Léa savait qu'elle s'enfonçait de plus en plus profondément dans une affaire qui dépassait l'entendement. Une affaire qui touchait aux plus hauts sommets de l'État et menaçait de faire s'effondrer tout un système. Mais elle était déterminée à aller jusqu'au bout, quelles qu'en soient les conséquences.

Le train filait dans la nuit, emportant avec lui les secrets d'une nation et le destin d'une femme qui, des années plus tôt, avait été choisie pour jouer un rôle qu'elle n'avait peut-être jamais vraiment compris.

Chapitre 19 : Un Journal Intime Introuvable

Le bureau de Léa Moreau était un champ de bataille de papiers, de dossiers et de tasses de café à moitié vides. Au centre de ce chaos organisé, la journaliste était penchée sur son ordinateur, les yeux rivés sur l'écran qui affichait les photos du carnet trouvé dans la maison aux volets bleus.

Chaque page qu'elle déchiffrait semblait ouvrir une nouvelle porte dans le labyrinthe du passé d'Élisabeth Marceau. Les mots de la jeune Claire Dubois, tracés d'une écriture hésitante d'adolescente, racontaient une histoire de manipulation et de secrets qui donnait le vertige à Léa.

Soudain, son téléphone vibra. Un message de Pierre Dumas : "Urgent. Rendez-vous dans 30 minutes au Jardin du Luxembourg. Nouvelle information cruciale."

Léa sentit son cœur s'accélérer. Depuis leur retour de Saint-Clair-sur-Epte, Dumas était devenu sa principale source d'information au sein de l'Élysée. Mais chaque rencontre était un risque, pour lui comme pour elle.

Une demi-heure plus tard, assise sur un banc du jardin, Léa vit Dumas approcher. Son visage habituellement impassible trahissait une agitation inhabituelle.

"Il existe un autre journal," annonça-t-il sans préambule. "Un journal qu'Élisabeth Marceau aurait tenu pendant les années de l'Opération Phénix."

Léa sentit une vague d'adrénaline la submerger. "Où est-il ?"

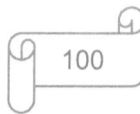

Dumas secoua la tête. "C'est là le problème. Personne ne sait exactement. Mais des rumeurs circulent au sein des services secrets. Ce journal contiendrait des détails explosifs sur l'opération, des noms, des dates, peut-être même des preuves de l'implication de hauts responsables politiques encore en activité."

"Comment avez-vous eu cette information ?" demanda Léa, méfiante.

Dumas hésita. "J'ai... j'ai été approché par quelqu'un de la DGSI. Quelqu'un qui veut que la vérité éclate, mais qui a trop peur pour agir directement."

Léa réfléchit rapidement. Si ce journal existait vraiment, il pourrait être la clé de toute l'affaire. "Avez-vous une idée de où il pourrait être caché ?"

"Pas exactement," répondit Dumas. "Mais mon contact a mentionné un endroit : le château de Chambord."

"Chambord ?" Léa fronça les sourcils. "Quel rapport avec Élisabeth Marceau ?"

"Apparemment, elle y a séjourné plusieurs fois au début des années 2000, juste avant de rencontrer Julien Marceau. Des séjours officiellement présentés comme des retraites d'écriture, mais qui pourraient avoir été des sessions de formation ou de débriefing liées à l'Opération Phénix."

Léa sentit l'excitation monter en elle. C'était une piste concrète, la première depuis des semaines. "Je dois aller à Chambord," dit-elle, déterminée.

Dumas acquiesça. "Je peux arranger cela. Mais soyez prudente, Léa. Si ce journal existe vraiment, beaucoup de gens puissants feront tout pour l'empêcher de refaire surface."

Le lendemain matin, Léa se retrouva dans un train en direction de Blois, la ville la plus proche du château de Chambord. Son esprit bouillonnait de questions et d'hypothèses. Où Élisabeth aurait-elle pu cacher un document aussi sensible ? Et surtout, que contenait-il exactement ?

Arrivée à Chambord, Léa fut frappée par la majesté du lieu. Le château, avec ses 426 pièces et 80 escaliers, semblait le parfait endroit pour dissimuler des secrets. Elle commença par visiter les parties ouvertes au public, observant chaque recoin, chaque pierre, à la recherche d'un indice.

Après des heures de recherches infructueuses, Léa commençait à désespérer. C'est alors qu'elle remarqua une vieille gardienne qui l'observait avec curiosité.

"Vous cherchez quelque chose en particulier, mademoiselle ?" demanda la femme d'une voix chevrotante.

Léa hésita, puis décida de tenter sa chance. "Je m'intéresse aux séjours d'Élisabeth Marceau ici, il y a une vingtaine d'années."

Les yeux de la vieille femme s'illuminèrent. "Ah, Madame Élisabeth ! Je m'en souviens bien. Une femme charmante, mais... mystérieuse. Elle passait beaucoup de temps dans la tour de l'Est. Une partie du château rarement visitée à l'époque."

Léa sentit son cœur s'accélérer. "Pouvez-vous me montrer cette tour ?"

La gardienne hésita, puis hocha la tête. "Suivez-moi, mais discrètement."

Elles montèrent un escalier en colimaçon, jusqu'à atteindre une petite pièce circulaire au sommet de la tour. La poussière et les toiles d'araignée témoignaient du peu de visiteurs.

"C'est ici qu'elle venait écrire," murmura la vieille femme. "Je l'ai surprise une fois, penchée sur un petit carnet relié en cuir rouge."

Léa examina minutieusement la pièce, cherchant le moindre indice. Soudain, son regard fut attiré par une pierre légèrement en saillie dans le mur. Poussée par une intuition, elle appuya dessus.

Un déclic se fit entendre, et une petite cavité s'ouvrit dans le mur. À l'intérieur, enveloppé dans un tissu de velours, se trouvait un carnet rouge usé par le temps.

Les mains tremblantes, Léa l'ouvrit. Sur la première page, une écriture fine et élégante : "Journal d'Élisabeth Marceau, née Claire Dubois. La vérité sur l'Opération Phénix."

Léa sentit un mélange d'excitation et de peur l'envahir. Elle tenait entre ses mains la clé de toute l'affaire, le témoignage direct d'Élisabeth Marceau sur les années les plus obscures de sa vie.

Mais alors qu'elle s'apprêtait à le lire, des bruits de pas résonnèrent dans l'escalier. Des voix d'hommes, autoritaires, se rapprochaient.

"Ils sont là pour le journal," murmura la vieille gardienne, soudain effrayée. "Vous devez partir, vite !"

Léa n'eut que le temps de glisser le précieux carnet dans son sac avant que la porte ne s'ouvre violemment. Deux hommes en costume sombre firent irruption dans la pièce.

"Mademoiselle Moreau," dit l'un d'eux d'une voix glaciale. "Nous allons devoir vous demander de nous suivre."

Léa sentit le poids du carnet dans son sac, consciente qu'elle détenait désormais des informations qui pouvaient changer le cours de l'histoire. Mais alors qu'elle était escortée hors du château, une question lancinante occupait son esprit : aurait-elle la chance de révéler au monde le contenu de ce journal ? Ou les secrets d'Élisabeth Marceau allaient-ils disparaître avec elle dans les méandres du pouvoir ?

Le soleil se couchait sur Chambord, baignant le château d'une lueur orangée. Pour Léa Moreau, c'était peut-être le crépuscule de sa quête de vérité. Mais dans son sac, le petit carnet rouge renfermait des révélations qui, elle le savait, ne pourraient pas rester éternellement dans l'ombre.

Chapitre 20 : Un Témoignage Mortel

La pluie battante s'abattait sur les rues de Paris, transformant la ville lumière en un dédale sombre et lugubre. Léa Moreau, le col de son imperméable relevé pour se protéger des éléments, marchait d'un pas rapide vers le pont de l'Alma. Son cœur battait la chamade, non pas à cause de l'effort, mais en raison de l'importance de la rencontre à venir.

La veille, elle avait reçu un appel d'une voix tremblante, celle d'un homme qui prétendait avoir des informations cruciales sur l'Opération Phénix et le passé d'Élisabeth Marceau. Il avait insisté pour une rencontre en personne, refusant catégoriquement de parler au téléphone. "Les murs ont des oreilles," avait-il dit avant de raccrocher précipitamment.

Arrivée au point de rendez-vous, Léa scruta les alentours. Le pont était presque désert à cette heure tardive, seuls quelques passants pressés bravaient la tempête. Soudain, une silhouette émergea de l'ombre d'un pilier. C'était un homme d'une cinquantaine d'années, les traits tirés et le regard nerveux.

"Mademoiselle Moreau ?" demanda-t-il d'une voix à peine audible par-dessus le bruit de la pluie.

Léa acquiesça. "Vous êtes l'informateur ?"

L'homme jeta des regards furtifs autour de lui avant de répondre. "Je m'appelle François Lefort. J'étais... je faisais partie de l'équipe qui a formé Claire Dubois. Celle que vous connaissez sous le nom d'Élisabeth Marceau."

Le cœur de Léa fit un bond. Enfin, un témoin direct de l'Opération Phénix !

"Monsieur Lefort, que pouvez-vous me dire sur..."

"Pas ici," coupa-t-il. "Suivez-moi."

Ils marchèrent en silence pendant plusieurs minutes, s'enfonçant dans les ruelles étroites du 7ème arrondissement. Finalement, Lefort s'arrêta devant un petit café à l'aspect miteux. "Entrons. C'est plus sûr pour parler."

Une fois installés dans un coin reculé de l'établissement presque vide, Lefort commença son récit, sa voix à peine plus forte qu'un murmure.

"L'Opération Phénix était bien plus vaste et sinistre que ce que vous pouvez imaginer. Nous ne formions pas simplement des agents d'influence. Nous... nous créions de toutes pièces des personnalités destinées à infiltrer les plus hautes sphères du pouvoir."

Léa écoutait, fascinée et horrifiée à la fois. Lefort poursuivit, ses mains tremblant légèrement alors qu'il serrait sa tasse de café.

"Claire Dubois était notre chef-d'œuvre. Brillante, charismatique, elle avait tout le potentiel nécessaire. Nous avons effacé son passé, créé une nouvelle identité, implanté de faux souvenirs. Élisabeth Marceau est née de nos manipulations."

"Mais dans quel but ?" demanda Léa, sa voix trahissant son incrédulité.

Lefort eut un rire amer. "Le contrôle, mademoiselle Moreau. Le contrôle absolu du pouvoir. Imaginez avoir à la tête de l'État un couple dont l'un des membres est entièrement sous votre influence."

Léa sentit un frisson parcourir son échine. Les implications étaient vertigineuses.

"Mais quelque chose a mal tourné, n'est-ce pas ?" demanda-t-elle, se souvenant des indices qu'elle avait rassemblés jusqu'à présent.

Lefort acquiesça gravement. "Élisabeth a commencé à se souvenir. Des bribes de son passé ont refait surface. Et maintenant, certains pensent qu'elle est devenue un danger. Un danger qu'il faut éliminer."

Il sortit de sa poche une clé USB qu'il glissa discrètement vers Léa. "Voici toutes les preuves. Les noms, les dates, les détails de l'opération. Tout est là."

Léa prit la clé, consciente qu'elle tenait entre ses mains de quoi faire tomber non seulement la présidence Marceau, mais peut-être même le gouvernement tout entier.

"Pourquoi me donner ça maintenant ?" demanda-t-elle.

Les yeux de Lefort s'embuèrent. "Parce que je ne peux plus vivre avec ce poids. Et parce que je crains pour ma vie. Ils savent que je sais, et ils ne me laisseront pas..."

Soudain, un bruit de verre brisé retentit. Léa se retourna brusquement pour voir la vitrine du café voler en éclats. Dans la confusion qui s'ensuivit, elle entendit un cri étouffé. Lefort s'effondra sur la table, une tache rouge s'élargissant rapidement sur sa chemise.

"Fuyez," murmura-t-il dans un dernier souffle. "Révélez la vérité."

Paniquée, Léa se précipita hors du café, serrant la précieuse clé USB dans sa main. Elle courut à travers les rues désertes, la pluie masquant ses larmes de peur et de frustration.

De retour dans son appartement, elle verrouilla frénétiquement sa porte, tirant les rideaux et vérifiant deux fois chaque fenêtre. Ses mains tremblaient alors qu'elle insérait la clé USB dans son ordinateur.

Les fichiers qui s'affichèrent confirmèrent ses pires craintes. Des rapports détaillés sur l'Opération Phénix, des photos d'Élisabeth à différentes étapes de sa "transformation", des ordres de mission signés par des hauts responsables toujours en fonction.

Léa réalisa qu'elle était désormais la gardienne d'un secret qui pouvait changer le destin de la France. Mais elle comprit aussi que sa vie ne tenait plus qu'à un fil.

Dans les jours qui suivirent, la mort de François Lefort fut à peine mentionnée dans les médias. Un simple fait divers, un "malheureux accident" selon la police. Mais Léa savait la vérité. Elle savait que Lefort avait payé de sa vie son désir de rédemption.

Assise devant son ordinateur, les yeux rivés sur les preuves accablantes qu'elle avait en sa possession, Léa Moreau prit une décision. Quoi qu'il lui en coûte, elle irait jusqu'au bout. Elle révélerait la vérité sur l'Opération Phénix, sur Élisabeth Marceau, sur le système corrompu qui menaçait les fondements mêmes de la démocratie française.

Mais alors qu'elle commençait à rédiger son article, une question lancinante occupait son esprit : combien de temps lui restait-il avant que les forces obscures qui avaient tué Lefort ne la rattrapent ? La course contre la montre était lancée, et Léa savait que chaque seconde comptait.

Chapitre 21 : Un Assassin dans l'Ombre

La nuit était tombée sur Paris, enveloppant la ville dans un manteau d'obscurité. Léa Moreau marchait d'un pas rapide le long des quais de Seine, son cœur battant la chamade. Depuis la mort de François Lefort, elle vivait dans un état de paranoïa constant. Chaque ombre semblait cacher une menace, chaque bruit soudain la faisait sursauter.

Ce soir-là, alors qu'elle rentrait d'une rencontre secrète avec Pierre Dumas, son instinct lui criait qu'elle n'était pas seule. Elle accéléra le pas, jetant des regards furtifs par-dessus son épaule. C'est alors qu'elle le vit : une silhouette sombre qui semblait se fondre dans la nuit, la suivant à distance respectable.

Léa sentit la panique monter en elle. Elle tourna brusquement dans une ruelle étroite, espérant semer son poursuivant. Mais les bruits de pas derrière elle se rapprochaient inexorablement. Son cœur battait si fort qu'elle avait l'impression qu'il allait exploser dans sa poitrine.

Soudain, elle aperçut un taxi qui passait sur l'avenue principale. Sans hésiter, elle se précipita vers lui, agitant frénétiquement les bras. Le chauffeur s'arrêta, et Léa se jeta presque dans le véhicule.

"Démarrez ! Vite !" cria-t-elle, la voix tremblante.

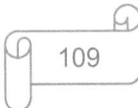

Le chauffeur, surpris par son agitation, obtempéra. Alors que la voiture s'éloignait, Léa jeta un dernier regard en arrière. La silhouette mystérieuse se tenait immobile au coin de la rue, son visage caché dans l'ombre. Un frisson parcourut l'échine de la journaliste.

De retour dans son appartement, Léa verrouilla frénétiquement sa porte, tirant les rideaux et vérifiant deux fois chaque fenêtre. Elle s'effondra sur son canapé, le souffle court, tentant de calmer les battements effrénés de son cœur.

Son téléphone vibra, la faisant sursauter. Un message de Pierre Dumas : "Ils savent que vous avez les preuves. Faites attention à vous."

Léa ferma les yeux, essayant de rassembler ses pensées. Elle savait qu'elle jouait un jeu dangereux, mais elle n'avait jamais imaginé que sa vie serait réellement en danger. La mort de Lefort prenait soudain une nouvelle dimension, plus terrifiante encore.

Les jours suivants furent un cauchemar éveillé pour Léa. Partout où elle allait, elle avait l'impression d'être observée. Des yeux invisibles la suivaient dans la rue, épiaient ses mouvements depuis des voitures garées, la surveillaient depuis les toits des immeubles.

Un matin, alors qu'elle se rendait à la rédaction du journal, elle remarqua une voiture noire qui semblait la suivre. Paniquée, elle changea brusquement de direction, s'engouffrant dans le métro. Mais même dans les couloirs souterrains, elle ne pouvait se défaire de cette sensation oppressante d'être traquée.

À la rédaction, son comportement erratique n'échappa pas à ses collègues. Marc, son rédacteur en chef, la prit à part.

"Léa, qu'est-ce qui se passe ? Tu as l'air... sur les nerfs."

Elle hésita, ne sachant pas combien elle pouvait révéler sans mettre d'autres personnes en danger. "C'est cette enquête, Marc. Je... je crois que je suis sur quelque chose de gros. De vraiment gros."

Marc fronça les sourcils, inquiet. "Tu es sûre que tu ne t'enfonces pas trop profondément ? Peut-être que tu devrais prendre du recul, laisser quelqu'un d'autre..."

"Non !" coupa Léa, peut-être trop vivement. "Je... je dois aller jusqu'au bout. C'est trop important."

Cette nuit-là, incapable de dormir, Léa décida de mettre de l'ordre dans ses preuves. Elle sortit la clé USB que lui avait donnée Lefort et commença à trier les documents. C'est alors qu'elle remarqua quelque chose d'étrange : une série de photos montrant Élisabeth Marceau à différentes époques, mais avec un détail qui ne collait pas. Sur chaque image, Élisabeth portait un pendentif en forme de phénix. Un pendentif que Léa n'avait jamais vu sur les photos officielles de la Première Dame.

Intriguée, elle zooma sur l'une des images. Et c'est là qu'elle le vit : gravé en minuscules caractères sur le pendentif, un code. "OP-CD-1983".

Le cœur de Léa s'accéléra. OP pour Opération Phénix ? CD pour Claire Dubois ? Et 1983, l'année de sa disparition ?

Soudain, un bruit la fit sursauter. Un craquement dans le couloir de son immeuble. Léa se figea, tous ses sens en alerte. Le silence qui suivit était assourdissant.

Puis, lentement, presque imperceptiblement, elle entendit le bruit d'une clé qu'on insérait dans la serrure de sa porte d'entrée.

Paniquée, Léa éteignit rapidement son ordinateur, arracha la clé USB et se précipita vers la fenêtre. Elle habitait au troisième étage, mais il y avait un escalier de secours. Sans hésiter, elle enjamba le rebord et commença à descendre, son cœur battant si fort qu'elle avait l'impression qu'il allait sortir de sa poitrine.

Alors qu'elle atteignait le sol, elle entendit un bruit de verre brisé venant de son appartement. Quelqu'un venait d'entrer.

Léa se mit à courir comme elle n'avait jamais couru auparavant. Les rues désertes de Paris défilaient autour d'elle, mais elle n'osait pas ralentir. Elle ne savait pas où elle allait, elle savait juste qu'elle devait fuir.

Après ce qui lui sembla une éternité, elle s'arrêta enfin, à bout de souffle, dans un parc désert. Se laissant tomber sur un banc, elle réalisa pleinement la gravité de sa situation. Elle ne pouvait plus rentrer chez elle. Elle ne pouvait faire confiance à personne.

Serrant la clé USB dans sa main comme le bien le plus précieux au monde, Léa Moreau comprit qu'elle était désormais seule face à des forces bien plus puissantes qu'elle. Mais elle était déterminée à aller jusqu'au bout, à révéler la vérité, quoi qu'il lui en coûte.

L'aube pointait à l'horizon, baignant Paris d'une lueur blafarde. Pour Léa, c'était le début d'une nouvelle vie. Une vie de fugitive, traquée par des ombres invisibles, mais portant en elle les secrets qui pourraient changer le destin d'une nation.

Chapitre 22 : Les Premiers Doutes du Président

Le bureau ovale de l'Élysée était plongé dans la pénombre, uniquement éclairé par la lueur blafarde d'une lampe de bureau. Assis derrière son imposant bureau en acajou, le Président Julien Marceau fixait sans le voir le portrait officiel d'Élisabeth accroché au mur. Son esprit était ailleurs, perdu dans un tourbillon de questions sans réponses et de doutes grandissants.

Depuis des semaines maintenant, les révélations sur le passé mystérieux de sa femme s'accumulaient. Chaque jour apportait son lot de rumeurs, d'insinuations, de preuves troublantes. Julien avait d'abord balayé tout cela d'un revers de main, convaincu de connaître Élisabeth mieux que quiconque. Mais à présent, le doute s'était insidieusement installé dans son esprit.

Il repensa à leur première rencontre, il y a plus de 20 ans. Élisabeth était alors son professeur de littérature au lycée La Providence d'Amiens. Il se souvenait de son charisme, de son intelligence acérée, de la façon dont elle l'avait immédiatement fasciné. Mais y avait-il eu des signes, dès cette époque, qu'il aurait dû remarquer ?

Julien se leva, incapable de rester assis plus longtemps. Il s'approcha de la fenêtre, contemplant les jardins de l'Élysée baignés par la lumière de la lune. Ces jardins qu'Élisabeth aimait tant parcourir, tôt le matin, quand le reste du palais dormait encore. Combien de secrets avait-elle emportés avec elle lors de ces promenades solitaires ?

Un coup frappé à la porte le tira de ses réflexions. Pierre Dumas, son plus proche conseiller, entra dans le bureau, l'air grave.

"Monsieur le Président, j'ai les derniers rapports que vous avez demandés."

Julien se retourna lentement. "Qu'ont-ils trouvé, Pierre ?"

Dumas hésita un instant avant de répondre. "C'est... troublant, Monsieur. Nos équipes ont réussi à retracer une partie du passé d'Élisabeth avant qu'elle ne devienne enseignante. Il y a des zones d'ombre, des périodes entières où elle semble avoir... disparu."

Le Président sentit son cœur se serrer. "Disparu ? Comment ça, disparu ?"

"Aucune trace administrative, aucun emploi déclaré, aucun logement connu. C'est comme si elle n'avait pas existé pendant plusieurs années."

Julien s'appuya contre le rebord de la fenêtre, sentant ses jambes faiblir. "Et cette... Opération Phénix dont parlent les médias ?"

Le visage de Dumas se ferma. "Nous n'avons rien trouvé de concret, Monsieur. Mais il y a des rumeurs persistantes au sein des services de renseignement. Des allusions à un programme secret de formation d'agents d'influence."

"Des agents d'influence..." murmura Julien, plus pour lui-même que pour son conseiller. L'idée que sa femme, la femme qu'il aimait depuis tant d'années, puisse être une sorte d'agent dormant lui semblait absurde. Et pourtant...

Il repensa à la façon dont Élisabeth l'avait toujours soutenu, guidé même, dans sa carrière politique. À sa connaissance approfondie des rouages du pouvoir, qu'il avait toujours mise sur le compte de son intelligence naturelle. Et si tout cela n'était qu'une façade ? Une manipulation savamment orchestrée ?

"Pierre," dit-il soudain, "je veux que vous creusiez davantage. Utilisez toutes les ressources à notre disposition. Je dois savoir la vérité."

Dumas acquiesça gravement. "Bien, Monsieur le Président. Mais... si je peux me permettre, que comptez-vous faire si ces accusations s'avèrent fondées ?"

Julien se tourna de nouveau vers la fenêtre, son reflet fantomatique lui renvoyant l'image d'un homme torturé par le doute. "Je ne sais pas, Pierre. Je ne sais vraiment pas."

Après le départ de Dumas, Julien resta longtemps immobile, perdu dans ses pensées. Il repensait à chaque moment passé avec Élisabeth, cherchant des indices, des signes qu'il aurait pu manquer. Leur rencontre avait-elle vraiment été le fruit du hasard ? Leur amour, qui avait défié les conventions et scandalisé une partie de l'opinion, n'était-il qu'une vaste manipulation ?

Vers minuit, incapable de trouver le sommeil, Julien quitta son bureau pour se rendre dans les appartements privés. Il trouva Élisabeth assise dans le salon, un livre sur les genoux, mais le regard perdu dans le vide.

"Élisabeth," dit-il doucement.

Elle leva les yeux vers lui, et pendant un instant, Julien crut voir une lueur de peur traverser son regard. Mais l'instant d'après, elle lui souriait avec cette chaleur qui l'avait toujours fait fondre.

"Julien, tu travailles encore à cette heure-ci ?"

Il s'assit face à elle, la gorge nouée. "Élisabeth, il faut qu'on parle. Toutes ces rumeurs, ces accusations... J'ai besoin de savoir la vérité."

Le visage d'Élisabeth se figea imperceptiblement. "Julien, je t'ai déjà dit que..."

"Non," coupa-t-il, plus durement qu'il ne l'aurait voulu. "Pas de demi-vérités cette fois. Pas d'excuses. J'ai besoin de savoir qui tu es vraiment. D'où tu viens. Ce que signifie cette Opération Phénix."

Un long silence s'installa entre eux. Julien scrutait le visage de sa femme, cherchant une trace de la femme qu'il pensait connaître, qu'il avait aimée pendant toutes ces années. Mais pour la première fois, il avait l'impression de faire face à une étrangère.

Finalement, Élisabeth prit une profonde inspiration. "Julien, ce que je vais te dire va changer beaucoup de choses. Es-tu sûr de vouloir l'entendre ?"

Le Président sentit son cœur s'accélérer. Il était au bord d'un précipice, il le savait. Ce qui allait suivre pourrait détruire non seulement son mariage, mais aussi sa présidence, peut-être même la stabilité du pays tout entier. Mais il ne pouvait plus reculer.

"Oui," dit-il fermement. "Je veux la vérité. Toute la vérité."

Élisabeth ferma les yeux un instant, comme pour rassembler son courage. Puis elle commença à parler, sa voix à peine plus forte qu'un murmure.

"Tout a commencé en 1983. J'étais encore Claire Dubois à l'époque..."

Alors qu'Élisabeth déroulait son histoire, Julien Marceau sentit le monde qu'il connaissait s'effondrer autour de lui. Les révélations s'enchaînaient, chacune plus incroyable que la précédente. L'Opération Phénix, la création d'Élisabeth Marceau, les années de manipulation...

À l'aube, lorsqu'Élisabeth eut fini de parler, un silence pesant s'abattit sur la pièce. Julien, le visage blême, fixait le sol, incapable de regarder sa femme dans les yeux.

"Julien," dit doucement Élisabeth, "je sais que c'est beaucoup à assimiler. Mais malgré tout ce que tu viens d'entendre, il y a une chose que tu dois savoir : mon amour pour toi n'a jamais été une manipulation. C'est la seule chose vraie dans toute cette mascarade."

Le Président leva lentement les yeux vers elle. Dans son regard, Élisabeth put lire un mélange de douleur, de trahison, mais aussi une lueur d'espoir vacillante.

"Que faisons-nous maintenant ?" demanda-t-il, sa voix à peine audible.

Élisabeth prit une profonde inspiration. "Nous avons deux options, Julien. Soit nous continuons à cacher la vérité, au risque qu'elle éclate de la pire des manières. Soit nous prenons les devants et nous révélons tout."

Julien se leva lentement, le poids du monde semblant peser sur ses épaules. Il se dirigea vers la fenêtre, observant les premiers rayons du soleil caresser les jardins de l'Élysée. Dans quelques heures, ces jardins s'animeraient, remplis de collaborateurs, de ministres, de journalistes. Tous ignorant le séisme qui venait de se produire entre ces murs.

"Nous devons dire la vérité," dit-il finalement. "Quelles qu'en soient les conséquences."

Élisabeth acquiesça silencieusement, une larme roulant sur sa joue. Elle savait que cette décision allait probablement mettre fin à leur vie telle qu'ils la connaissaient. Mais pour la première fois depuis des années, elle se sentait libérée d'un poids immense.

Alors que le soleil se levait sur Paris, le Président Julien Marceau et son épouse Élisabeth se préparaient à affronter la tempête qui allait bientôt s'abattre sur eux. Les doutes avaient laissé place à une terrible certitude, mais aussi à une détermination nouvelle. Ensemble, ils allaient devoir naviguer dans des eaux inconnues et turbulentes, portés par l'espoir ténu que la vérité, aussi douloureuse soit-elle, finirait par les libérer.

Chapitre 23 : Un Hacker Dans la Partie

La nuit était tombée sur Paris, mais dans un petit appartement du 11ème arrondissement, la lumière bleutée d'un écran d'ordinateur illuminait le visage concentré d'Alex Durand. À 28 ans, ce génie de l'informatique au physique quelconque cachait derrière ses lunettes rectangulaires un esprit brillant et une détermination sans faille.

Depuis des semaines, Alex travaillait en secret pour Léa Moreau, utilisant ses compétences en piratage informatique pour tenter de percer les secrets de l'Opération Phénix. Ce soir-là, ses doigts volaient sur le clavier, ses yeux scrutant des lignes de code qui défilaient à toute vitesse.

"Allez, allez," murmurait-il, le front plissé par la concentration. "Il doit bien y avoir une faille quelque part."

Soudain, son écran se figea. Un message apparut :

Accès autorisé. Bienvenue dans le système DGSE.

Alex sentit son cœur s'accélérer. Il venait de réussir l'impossible : pénétrer dans les serveurs ultra-sécurisés de la Direction Générale de la Sécurité Extérieure.

Sans perdre une seconde, il commença à naviguer dans les dossiers cryptés, cherchant la moindre trace de l'Opération Phénix. Des années de fichiers défilaient devant ses yeux, mais rien ne semblait correspondre à ce qu'il cherchait.

Puis, au détour d'un sous-dossier caché, il tomba sur un fichier intitulé "Projet Renaissance". L'intuition d'Alex lui criait que c'était là, sous ce nom de code, que se cachaient les secrets de l'Opération Phénix.

Alors qu'il s'apprêtait à ouvrir le fichier, une alarme retentit sur son ordinateur. Un message clignotant apparut :

Intrusion détectée. Protocole de sécurité activé.

"Merde !" jura Alex, ses doigts volant de nouveau sur le clavier. Il savait qu'il n'avait que quelques minutes avant d'être localisé.

Dans une course contre la montre, il lança le téléchargement du dossier "Projet Renaissance" tout en érigeant des barrières numériques pour ralentir ses poursuivants. L'adrénaline coulait dans ses veines, chaque seconde comptait.

À 98% du téléchargement, son écran se mit à clignoter dangereusement. Des fenêtres d'avertissement s'ouvraient en cascade. Alex pouvait presque sentir le souffle des chasseurs numériques sur sa nuque.

"Allez, allez," supplia-t-il son ordinateur.

Téléchargement terminé.

Sans attendre, Alex déconnecta brutalement son système, arrachant même physiquement les câbles de connexion. Le cœur battant, il fixa le disque dur externe où il avait sauvegardé les précieuses données.

Il saisit son téléphone, composant le numéro de Léa d'une main tremblante.

"Léa ? C'est Alex. J'ai réussi. J'ai les fichiers de l'Opération Phénix."

À l'autre bout du fil, le silence de Léa traduisait son choc. "Tu... tu es sûr ?"

"Affirmatif. Mais on a un problème. Ils m'ont repéré. Il faut qu'on se voie. Tout de suite."

Une heure plus tard, dans un parking souterrain désert, Léa récupérait le disque dur des mains d'Alex. Le jeune hacker, nerveux, jetait des regards furtifs autour de lui.

"Léa, ce qu'il y a là-dedans... c'est énorme. J'ai à peine eu le temps de jeter un œil, mais ça va au-delà de tout ce qu'on imaginait."

Léa serra le disque contre elle. "Merci, Alex. Tu as pris des risques énormes."

Il eut un rire nerveux. "Tu n'as pas idée. Écoute, je vais devoir disparaître un moment. Me faire oublier. Fais attention à toi, d'accord ?"

Alors qu'ils se séparaient, Léa sentait le poids de la responsabilité peser sur ses épaules. Elle tenait entre ses mains de quoi faire tomber non seulement la présidence Marceau, mais peut-être même ébranler les fondements de l'État français.

De retour dans sa planque, une chambre d'hôtel anonyme qu'elle avait payée en liquide, Léa brancha le disque dur à son ordinateur portable. Des milliers de fichiers s'affichèrent, une masse d'informations vertigineuse.

Au fil de sa lecture, le visage de Léa passait de la stupéfaction à l'horreur. L'Opération Phénix n'était que la partie émergée de l'iceberg. Le "Projet Renaissance" était bien plus vaste, plus ancien, plus profondément enraciné dans les structures de l'État qu'elle ne l'aurait jamais imaginé.

Des noms de politiciens, de hauts fonctionnaires, de capitaines d'industrie défilaient, tous liés d'une manière ou d'une autre à cette opération tentaculaire. Élisabeth Marceau n'était qu'un pion, certes important, mais un pion parmi d'autres dans un jeu d'échecs géant qui se jouait depuis des décennies.

Soudain, un détail attira son attention. Un nom qu'elle connaissait bien : Pierre Dumas, le conseiller du Président. Selon les fichiers, il était un agent dormant, activé récemment pour surveiller et influencer Julien Marceau.

Léa sentit un frisson parcourir son échine. L'homme qui prétendait l'aider était en réalité un agent double. Qui pouvait-elle encore croire ?

Alors qu'elle continuait à éplucher les documents, une évidence s'imposa à elle : cette affaire était bien plus dangereuse qu'elle ne l'avait imaginé. Elle ne luttait pas seulement contre quelques individus corrompus, mais contre un système entier, profondément ancré dans les institutions de la République.

Un bruit dans le couloir la fit sursauter. Des pas qui s'approchaient de sa chambre. Léa sentit son cœur s'accélérer. Avait-elle été retrouvée ?

Elle débrancha précipitamment le disque dur, le fourrant dans son sac avec son ordinateur portable. Alors que les pas s'arrêtaient devant sa porte, elle ouvrit silencieusement la fenêtre.

Trois étages la séparaient du sol, mais un arbre proche offrait une échappatoire possible. Alors que la poignée de la porte commençait à tourner, Léa prit une décision.

Sans hésiter, elle sauta.

La chute lui parut interminable. Les branches fouettèrent son visage, déchirèrent ses vêtements, mais amortirent sa chute. Elle atterrit lourdement sur le sol, le souffle coupé mais indemne.

Derrière elle, elle entendit des cris, des bruits de course. Sans perdre un instant, elle se releva et se mit à courir, serrant son précieux sac contre elle.

Alors qu'elle s'enfonçait dans les rues sombres de Paris, Léa Moreau réalisa que sa vie ne serait plus jamais la même. La faille numérique ouverte par Alex avait libéré un flot d'informations qui menaçait de tout emporter sur son passage.

Elle était désormais la gardienne de secrets qui pouvaient changer le destin d'une nation. Et elle savait que le monde entier serait bientôt à ses trousses.

La nuit était encore longue, et le jeu ne faisait que commencer.

Chapitre 24 : Une Lettre d'Adieu Étrange

L'aube se levait à peine sur Paris lorsque le téléphone de Léa Moreau sonna, la tirant brutalement de son sommeil agité. La voix grave à l'autre bout du fil appartenait à l'un de ses contacts au sein de la police.

"Léa, il faut que tu viennes tout de suite. C'est au sujet de l'affaire Marceau. Quelque chose s'est passé."

Une heure plus tard, Léa se tenait devant un immeuble cossu du 16ème arrondissement, entouré de voitures de police et d'une foule de badauds curieux. Son contact, l'inspecteur Rémi Laurent, l'attendait à l'entrée, le visage grave.

"C'est Antoine Mercier," dit-il sans préambule. "L'ancien chef de cabinet du ministère de l'Intérieur. Il s'est suicidé cette nuit."

Léa sentit son cœur s'accélérer. Mercier était l'un des noms qui revenait fréquemment dans les documents qu'elle avait obtenus grâce à Alex. Il était mentionné comme l'un des principaux coordinateurs de l'Opération Phénix dans les années 90.

"Un suicide ?" demanda-t-elle, sceptique. "Ou un 'suicide' ?"

Laurent jeta un regard nerveux autour de lui avant de répondre à voix basse. "C'est là que ça devient intéressant. Viens voir."

Il la conduisit à l'intérieur de l'appartement, évitant soigneusement la zone où les techniciens de la police scientifique s'affairaient autour du corps. Dans le bureau de Mercier, Laurent lui tendit une feuille de papier protégée par une pochette plastique.

"Sa lettre d'adieu," expliqua-t-il. "Lis-la. Il y a quelque chose qui cloche."

Léa parcourut rapidement la lettre. À première vue, c'était un message d'adieu classique : des regrets, des excuses, une explication vague sur l'impossibilité de continuer à vivre avec le poids de ses actions passées. Mais en y regardant de plus près, certains détails attirèrent son attention.

"Ces phrases," murmura-t-elle, "elles semblent... codées."

Laurent hocha la tête. "Exactement. Regarde la troisième ligne de chaque paragraphe."

Léa se concentra et sentit un frisson parcourir son échine. En ne lisant que ces lignes, un message caché apparaissait :

"LE PHÉNIX RENAÎT. ILS SAVENT. CHERCHEZ LE COFFRE À LA BANQUE CENTRALE. CODE 1983PHX."

"Mon Dieu," souffla Léa. "Ce n'est pas une lettre d'adieu. C'est un message."

"Et ce n'est pas tout," ajouta Laurent en baissant encore la voix. "Le médecin légiste a des doutes sur la cause du décès. Les marques sur le cou ne correspondent pas tout à fait à une pendaison."

Léa sentit son estomac se nouer. "Tu penses qu'il a été assassiné ?"

Laurent haussa les épaules. "Je ne sais pas. Mais quelque chose ne colle pas dans cette affaire. Et j'ai l'impression que tu en sais plus que moi."

Léa hésita. Pouvait-elle faire confiance à Laurent ? Dans cette affaire, chaque nouvel allié potentiel pouvait aussi être un ennemi déguisé. Mais son instinct lui disait que l'inspecteur était sincère.

"L'Opération Phénix," commença-t-elle prudemment, "c'est bien plus que ce qu'on imaginait. Ça implique des gens haut placés, très haut placés. Et je pense que Mercier était sur le point de parler."

Laurent acquiesça lentement. "Ce qui expliquerait pourquoi on l'aurait fait taire de manière définitive."

"Exactement. Mais il a réussi à laisser un dernier message. Ce coffre à la Banque Centrale... il faut qu'on y accède."

L'inspecteur eut un rire sans joie. "Plus facile à dire qu'à faire. La Banque Centrale, c'est une forteresse. On n'y entre pas comme ça, surtout pas dans les coffres privés."

Léa réfléchit rapidement. "J'ai peut-être une idée. Mais ça va être risqué."

Alors qu'ils quittaient l'appartement, Léa ne put s'empêcher de jeter un dernier regard au corps de Mercier, recouvert d'un drap blanc. Cet homme avait payé de sa vie pour tenter de révéler la vérité. Elle se jura de ne pas laisser son sacrifice être vain.

Dans les jours qui suivirent, Léa mit en place un plan audacieux. Grâce à ses contacts dans le milieu journalistique et à l'aide discrète de Laurent, elle réussit à obtenir une accréditation pour une conférence de presse à la Banque Centrale, prévue pour la semaine suivante.

Pendant ce temps, elle continuait à éplucher les documents obtenus par Alex, cherchant le moindre indice qui pourrait l'aider à comprendre l'ampleur réelle de l'Opération Phénix. Plus elle creusait, plus elle réalisait que cette affaire dépassait de loin le simple cadre de la présidence Marceau. C'était tout le système politique français qui semblait gangrené.

La veille de la conférence de presse, alors qu'elle finalisait les derniers détails de son plan, Léa reçut un message crypté d'Alex :

"Attention. Ils savent pour le coffre. Sois prudente."

Le cœur battant, Léa réalisa que la course contre la montre s'accélérait. Elle n'était pas la seule à avoir décodé le message de Mercier. D'autres forces étaient en mouvement, prêtes à tout pour l'empêcher d'accéder au contenu de ce mystérieux coffre.

Le jour J, Léa se présenta à la Banque Centrale, son badge de presse bien en évidence. Alors que les autres journalistes se dirigeaient vers la salle de conférence, elle prétexta une envie pressante pour s'éclipser.

Guidée par les indications que Laurent avait réussi à obtenir, elle se faufila dans les couloirs, évitant de justesse les rondes de sécurité. Finalement, elle atteignit la zone des coffres privés.

Devant elle se dressait un impressionnant système de sécurité. Léa sortit de sa poche un petit appareil électronique qu'Alex lui avait fourni, censé pouvoir contourner le système d'alarme. Les secondes qui suivirent lui parurent interminables alors qu'elle attendait, le cœur battant, que l'appareil fasse son œuvre.

Enfin, un léger bip se fit entendre et la porte s'ouvrit silencieusement. Léa se précipita à l'intérieur, cherchant frénétiquement le coffre correspondant au code laissé par Mercier.

Elle le trouva finalement, caché derrière une série d'autres coffres. Ses mains tremblaient légèrement alors qu'elle composait le code : 1983PHX.

Un déclic se fit entendre et le coffre s'ouvrit.

À l'intérieur se trouvait une simple clé USB, accompagnée d'une note manuscrite : "La vérité sur Phénix. Que Dieu nous pardonne."

Alors que Léa s'apprêtait à saisir la clé, une voix retentit derrière elle, la glaçant sur place.

"Je ne ferais pas ça si j'étais vous, Mademoiselle Moreau."

Lentement, Léa se retourna. Face à elle se tenait Pierre Dumas, le conseiller du Président, un pistolet pointé dans sa direction.

"Vous êtes allée trop loin," dit-il d'une voix froide. "Il est temps d'arrêter cette folie."

Léa sentit la peur l'envahir, mais aussi une détermination farouche. Elle était si proche de la vérité. Elle ne pouvait pas abandonner maintenant.

"Vous ne comprenez pas," tenta-t-elle. "Le peuple a le droit de savoir. Cette opération, tout ce système... c'est une trahison de la démocratie."

Dumas eut un rire sans joie. "La démocratie ? Vous êtes bien naïve, Mademoiselle Moreau. Ce que contient cette clé pourrait détruire bien plus que la présidence Marceau. C'est toute la stabilité de notre pays qui est en jeu."

Pendant qu'il parlait, Léa réfléchissait à toute vitesse. Elle savait qu'elle n'aurait qu'une chance.

"Peut-être," dit-elle lentement. "Mais parfois, la vérité doit éclater, quelles qu'en soient les conséquences."

D'un geste vif, elle saisit la clé USB et la glissa dans sa poche. Au même moment, elle appuya sur le bouton d'alarme situé près du coffre.

Une sirène assourdissante se déclencha, faisant sursauter Dumas. Léa en profita pour se jeter sur le côté, évitant de justesse le coup de feu qui retentit.

Dans la confusion qui s'ensuivit, avec les gardes de sécurité qui affluaient de toutes parts, Léa réussit à s'échapper, serrant précieusement contre elle la clé qui contenait peut-être les réponses à toutes ses questions.

Alors qu'elle courait dans les rues de Paris, le cœur battant et l'adrénaline coulant dans ses veines, Léa Moreau savait une chose avec certitude : la vérité sur l'Opération Phénix était sur le point d'éclater au grand jour. Et rien ni personne ne pourrait plus l'arrêter.

Chapitre 25 : Les Archives d'un Lycée

Le soleil se levait à peine sur Amiens lorsque Léa Moreau gara sa voiture de location devant le lycée La Providence. L'imposant bâtiment de briques rouges, témoin silencieux de tant d'années d'histoire, semblait la narguer de ses secrets bien gardés. C'était ici, dans ces murs, qu'Élisabeth Marceau - alors connue sous le nom d'Élisabeth Auchère - avait enseigné et rencontré le jeune Julien Marceau, futur président de la République.

Léa ajusta nerveusement son tailleur et vérifia une dernière fois sa fausse carte d'identité. Pour cette mission, elle était devenue Sarah Dupont, inspectrice de l'Éducation nationale en visite officielle. Son cœur battait la chamade alors qu'elle franchissait les grilles de l'établissement. Elle savait que ce qu'elle s'apprêtait à faire était illégal, mais c'était peut-être sa seule chance de découvrir la vérité sur le passé d'Élisabeth.

À l'accueil, elle fut reçue par Madame Leblanc, la secrétaire de direction, une femme d'une cinquantaine d'années au regard méfiant.

"Une inspection surprise ?" s'étonna Madame Leblanc. "C'est inhabituel."

Léa força un sourire. "Les nouvelles directives du ministère, vous savez. Nous devons être plus... imprévisibles."

Après quelques minutes de discussion tendue, Léa obtint finalement l'accès aux archives de l'établissement. Escortée par un concierge à l'air renfrogné, elle descendit dans les sous-sols du lycée.

La salle des archives était un vaste espace poussiéreux, rempli d'étagères croulant sous le poids de dossiers jaunis par le temps. L'odeur de papier vieilli et d'humidité était presque suffocante.

"Voilà," grommela le concierge. "Les dossiers des enseignants sont dans cette section. Je reviens dans une heure."

Dès que la porte se referma, Léa se mit frénétiquement à la recherche du dossier d'Élisabeth Auchère. Ses doigts parcouraient rapidement les tranches des dossiers, son cœur s'accélérant à chaque nom qu'elle lisait.

Aubry... Audet... Audibert...

Elle s'arrêta net. Le dossier "Auchère" était introuvable.

Léa sentit la panique monter en elle. Ce dossier était crucial. Il devait contenir des informations sur l'arrivée d'Élisabeth au lycée, ses antécédents, peut-être même des indices sur son passé avant de devenir enseignante.

Elle recommença sa recherche, vérifiant chaque dossier, chaque étagère. Rien.

Alors qu'elle commençait à perdre espoir, son regard fut attiré par une boîte en carton posée en haut d'une étagère. L'étiquette, à moitié effacée, portait la mention : "Dossiers retirés - Direction".

Intriguée, Léa tira une chaise et grimpa dessus pour atteindre la boîte. À l'intérieur, elle trouva plusieurs dossiers, dont l'un portait le nom tant recherché : "Élisabeth Auchère".

Les mains tremblantes, elle l'ouvrit. Mais sa déception fut immense en constatant que le dossier était presque vide. Il ne contenait qu'une fiche de renseignements basiques et quelques évaluations professionnelles. Aucune information sur son passé, ses diplômes ou ses précédents emplois.

Cependant, un détail attira son attention. Dans le coin supérieur droit de la fiche de renseignements, une annotation manuscrite à peine visible : "Dossier complet - Bureau du Proviseur - Classé Confidentiel".

Léa sentit son cœur s'accélérer. Le vrai dossier existait donc bel et bien, mais il était gardé sous clé dans le bureau du proviseur. Comment y accéder sans se faire repérer ?

Soudain, elle entendit des pas dans le couloir. Paniquée, elle remit rapidement le dossier dans la boîte et descendit de la chaise juste au moment où la porte s'ouvrait.

"Alors, vous avez trouvé ce que vous cherchiez ?" demanda le concierge, son regard suspicieux parcourant la pièce.

Léa força un sourire. "Presque. J'aurais besoin de consulter quelques dossiers supplémentaires dans le bureau du proviseur. C'est possible ?"

Le concierge fronça les sourcils. "Le proviseur est en réunion toute la journée. Vous devrez revenir un autre jour."

Léa sentit la frustration monter en elle, mais elle savait qu'elle ne pouvait pas insister sans éveiller les soupçons. Elle suivit donc le concierge hors des archives, son esprit tournant à plein régime pour trouver une solution.

De retour dans le hall, elle prétexta un appel urgent pour s'isoler dans un coin. Elle composa rapidement le numéro de son contact au sein de la police, l'inspecteur Laurent.

"Rémi, j'ai besoin de ton aide," chuchota-t-elle. "Il me faut un mandat de perquisition pour le bureau du proviseur du lycée La Providence. C'est urgent."

"Léa, tu sais bien que je ne peux pas obtenir un mandat sans motif valable," répondit Laurent, hésitant.

"Écoute, je suis sûre qu'il y a des preuves cruciales dans ce bureau. Le dossier d'Élisabeth Auchère a été retiré des archives normales et classé confidentiel. Ça ne te semble pas suspect ?"

Il y eut un long silence à l'autre bout du fil. Finalement, Laurent soupira. "D'accord, je vais voir ce que je peux faire. Mais ça va prendre du temps. Au moins 24 heures."

"Merci, Rémi. Je te revaudrai ça."

Léa raccrocha, son esprit en ébullition. Elle ne pouvait pas attendre 24 heures. Chaque minute qui passait augmentait le risque que les preuves soient détruites ou déplacées. Elle devait agir maintenant.

Profitant d'un moment d'inattention de la secrétaire, Léa se faufila dans les couloirs du lycée. Elle connaissait l'emplacement du bureau du proviseur grâce au plan d'évacuation affiché dans le hall.

Arrivée devant la porte, elle sortit de sa poche un kit de crochetage qu'elle avait "emprunté" à un ami journaliste spécialisé dans les enquêtes d'infiltration. Ses mains tremblaient légèrement alors qu'elle insérait les outils dans la serrure.

Après ce qui lui sembla une éternité, elle entendit enfin le déclic salvateur. La porte s'ouvrit silencieusement.

Le bureau du proviseur était spacieux et élégamment meublé. Léa se dirigea immédiatement vers le grand classeur métallique dans le coin de la pièce. Elle tira doucement le premier tiroir, retenant son souffle à chaque grincement.

Et là, comme une confirmation de tous ses soupçons, elle le vit. Un dossier épais marqué "Auchère, Élisabeth - CONFIDENTIEL".

Léa s'en saisit, les mains tremblantes d'excitation. Elle l'ouvrit et commença à parcourir frénétiquement son contenu. Ce qu'elle y découvrit la laissa sans voix.

Des photos d'Élisabeth à différentes époques, certaines datant visiblement d'avant son arrivée au lycée. Des rapports détaillés sur ses compétences, ses performances, mais aussi sur sa "mission". Et surtout, une lettre signée par un haut responsable des services secrets, recommandant son placement au lycée La Providence pour "l'opération en cours".

Léa sentit son cœur s'emballer. C'était la preuve irréfutable que l'arrivée d'Élisabeth au lycée faisait partie d'un plan plus vaste. Mais avant qu'elle ne puisse approfondir sa lecture, elle entendit des voix dans le couloir qui se rapprochaient dangereusement.

Dans un élan de panique, elle sortit son téléphone et commença à photographier frénétiquement chaque page du dossier. Les voix se rapprochaient, elle pouvait maintenant distinguer les mots.

"Je vous assure, Monsieur le Proviseur, cette inspectrice avait un comportement étrange," disait la voix de Madame Leblanc.

Léa sentit la sueur perler sur son front. Elle devait sortir de là, vite. Mais elle ne pouvait pas partir sans ces preuves cruciales.

Alors que la poignée de la porte commençait à tourner, Léa prit une décision désespérée. Elle arracha les pages les plus importantes du dossier, les fourra dans sa veste, et se précipita vers la fenêtre.

Au moment où la porte s'ouvrait, elle sauta.

La chute fut brève mais brutale. Léa atterrit lourdement dans un buisson, le souffle coupé mais indemne. Sans perdre un instant, elle se releva et courut vers sa voiture, ignorant les cris qui retentissaient derrière elle.

Alors qu'elle démarrait en trombe, son cœur battant la chamade, Léa réalisa pleinement la gravité de ce qu'elle venait de faire. Elle avait franchi une ligne, passant du statut de journaliste d'investigation à celui de voleuse de documents confidentiels.

Mais alors qu'elle s'éloignait d'Amiens, les précieux documents serrés contre elle, elle savait une chose avec certitude : elle était plus proche que jamais de la vérité sur Élisabeth Marceau et l'Opération Phénix.

Le dossier scolaire introuvable s'était finalement révélé être la clé d'un mystère bien plus vaste qu'elle ne l'aurait imaginé. Et maintenant, la course contre la montre était lancée. Elle devait déchiffrer ces documents et révéler la vérité avant que ceux qui cherchaient à la faire taire ne la rattrapent.

Chapitre 26 : La Fuite en Avant – Léa doit se cacher

Le cœur battant à tout rompre, Léa Moreau filait sur l'autoroute en direction de Paris, jetant des regards frénétiques dans son rétroviseur. Les documents volés au lycée La Providence pesaient comme du plomb dans la poche intérieure de sa veste. Elle savait qu'elle venait de franchir un point de non-retour. Désormais, elle n'était plus seulement une journaliste en quête de vérité, mais une fugitive en possession de secrets d'État.

Alors qu'elle approchait des premiers faubourgs de la capitale, son téléphone vibra. C'était un message de son contact au sein de la police, l'inspecteur Laurent :

"Ils sont au courant pour le lycée. Un mandat d'arrêt va être émis contre toi. Disparais. Maintenant."

Léa sentit la panique l'envahir. Elle ne pouvait pas rentrer chez elle, c'était trop risqué. Elle ne pouvait faire confiance à personne. Où aller ? Que faire ?

Elle se gara précipitamment sur le bas-côté et sortit de la voiture, scrutant les alentours. Son instinct lui criait qu'elle devait se débarrasser de tout ce qui pouvait permettre de la tracer. D'un geste rageur, elle jeta son téléphone dans un fossé, puis retira la batterie de son ordinateur portable.

Ensuite, elle se dirigea vers un petit bois à proximité. Là, elle enterra les plaques d'immatriculation de sa voiture, qu'elle avait arrachées avec un tournevis trouvé dans le coffre. Ce n'était pas grand-chose, mais ça lui ferait gagner un peu de temps.

De retour sur la route, Léa roulait sans but précis, son esprit en ébullition. Elle devait trouver un endroit sûr pour examiner les documents et poursuivre son enquête. Mais où ?

Soudain, un souvenir lui revint. Alex, le hacker qui l'avait aidée à accéder aux serveurs de la DGSE, lui avait parlé d'une planque qu'il utilisait en cas d'urgence. Un vieil entrepôt désaffecté dans la banlieue est de Paris.

Décidée, Léa mit le cap sur cette destination. Après une heure de route tortueuse pour brouiller d'éventuelles pistes, elle arriva enfin devant le bâtiment délabré. L'endroit semblait abandonné depuis des années, parfait pour se faire oublier.

À l'intérieur, elle découvrit un espace spartiate mais fonctionnel. Un vieux matelas posé à même le sol, une table bancale, et surtout, ce dont elle avait le plus besoin : un ordinateur portable relié à une connexion internet sécurisée.

Épuisée mais déterminée, Léa s'installa devant l'écran et commença à éplucher les documents volés. Ce qu'elle y découvrit dépassait ses pires craintes.

Le dossier d'Élisabeth Auchère, loin d'être un simple CV d'enseignante, était en réalité un rapport détaillé sur une opération d'infiltration à long terme. Élisabeth - ou quel que soit son vrai nom - avait été placée au lycée La Providence dans un but précis : se rapprocher du jeune Julien Marceau, déjà identifié comme un futur leader politique potentiel.

Des notes manuscrites en marge du dossier faisaient référence à l'Opération Phénix, confirmant les soupçons de Léa sur l'ampleur de cette conspiration. Ce n'était pas seulement Élisabeth qui avait été "créée" de toutes pièces, mais toute une génération de dirigeants et d'influenceurs, placés stratégiquement à des postes clés.

Alors qu'elle continuait à creuser, Léa entendit soudain un bruit à l'extérieur de l'entrepôt. Son cœur fit un bond dans sa poitrine. Avait-elle été retrouvée si vite ?

Elle éteignit précipitamment l'ordinateur et se cacha derrière une pile de vieilles caisses, retenant son souffle. La porte de l'entrepôt grinça, s'ouvrant lentement.

"Léa ?" appela une voix familière. "C'est Alex. Tu es là ?"

Soulagée mais méfiante, Léa sortit de sa cachette. "Alex ? Comment m'as-tu trouvée ?"

Le jeune hacker eut un sourire fatigué. "J'ai mes méthodes. Et je me doutais que tu viendrais ici. Écoute, la situation est grave. Toutes les forces de police sont à tes trousses. Tu es accusée d'espionnage et de vol de documents classifiés."

Léa sentit le sol se dérober sous ses pieds. "Mon Dieu, Alex. Dans quoi je me suis embarquée ?"

"Dans quelque chose de bien plus gros que ce qu'on imaginait," répondit-il gravement. "Mais tu n'es pas seule. Il y a des gens qui veulent que la vérité éclate. Des gens haut placés qui en ont assez de ce système corrompu."

Il lui tendit une enveloppe. "Voici de nouveaux papiers d'identité et des coordonnées GPS. Un contact t'attend là-bas. Il pourra t'aider à diffuser les informations que tu as découvertes."

Léa hésita. Pouvait-elle vraiment faire confiance à ce mystérieux contact ? Mais avait-elle vraiment le choix ?

"Merci, Alex," dit-elle finalement. "Mais toi, que vas-tu faire ?"

Le jeune homme eut un sourire triste. "Ne t'inquiète pas pour moi. Je vais disparaître un moment. On se retrouvera de l'autre côté de tout ça, quand la tempête sera passée."

Après le départ d'Alex, Léa resta un moment immobile, assimilant la gravité de sa situation. Elle était désormais une fugitive, pourchassée non seulement par la police mais probablement aussi par des forces bien plus dangereuses.

Elle rassembla rapidement ses affaires, s'assurant de bien cacher les précieux documents. Puis, jetant un dernier regard à ce qui avait été sa planque temporaire, elle s'enfonça dans la nuit parisienne.

Au volant de sa voiture, roulant vers une destination inconnue, Léa Moreau réalisa qu'elle venait de dire adieu à sa vie d'avant. Plus rien ne serait jamais comme avant. Mais elle était déterminée à aller jusqu'au bout, à révéler la vérité sur l'Opération Phénix et le système corrompu qui gangrenait les plus hautes sphères de l'État.

La route serait longue et dangereuse, mais Léa savait une chose : elle ne pouvait plus faire marche arrière. La fuite en avant était désormais sa seule option.

Alors que les lumières de Paris s'estompaient dans son rétroviseur, Léa se demanda si elle reverrait un jour sa ville, sa famille, ses amis. Mais au fond d'elle-même, elle savait que le combat qu'elle menait en valait la peine. La vérité devait éclater, quelles qu'en soient les conséquences.

La nuit était sombre, mais quelque part au loin, Léa Moreau espérait apercevoir la lueur de l'aube. L'aube d'un nouveau jour, d'une nouvelle ère où les secrets de l'Opération Phénix seraient enfin révélés au grand jour.

Chapitre 27 : Un Ami en Danger

Le téléphone de Léa vibra sur la table branlante d'une cafétéria anonyme, où elle s'était réfugiée depuis sa fuite précipitée. Elle attrapa rapidement l'appareil jetable qu'Alex lui avait donné, ses sens en alerte. Le nom sur l'écran lui fit l'effet d'une décharge électrique : *Marc Lefort*. Son rédacteur en chef. Pourtant, cela faisait des jours qu'elle ne l'avait pas contacté directement, consciente des risques qu'elle faisait peser sur lui en continuant son enquête.

Léa hésita une fraction de seconde avant de décrocher. La voix qui s'éleva à l'autre bout du fil était tendue, presque méconnaissable.

"Léa ! Où es-tu ?"

"Marc ? Ça va ? Que se passe-t-il ?" demanda-t-elle, inquiète.

"Non, ça ne va pas du tout. Ils... ils commencent à poser des questions sur toi, Léa. Des agents de la DGSI sont venus à la rédaction ce matin. Ils cherchent des informations. Ils m'ont mis une pression énorme pour savoir si j'étais en contact avec toi."

Léa sentit son cœur s'accélérer. Elle savait que ses actions allaient inévitablement attirer des ennuis à son entourage, mais entendre les conséquences directes lui infligeait une douleur sourde.

"Marc, je suis désolée. Je n'ai jamais voulu te mêler à ça. Mais écoute-moi attentivement : ne leur dis rien. Ne leur donne aucun détail. C'est trop dangereux."

"Tu crois que je ne le sais pas ?" répliqua Marc, légèrement agacé, mais aussi inquiet. "Léa, je suis ton rédacteur en chef, ton ami. Mais ils savent que j'ai couvert tes enquêtes... et ils ne vont pas s'arrêter là."

Léa prenait des notes mentales, réfléchissant à un plan pour protéger Marc. Mais avant qu'elle ne puisse répondre, le ton de Marc changea brusquement.

"Attends, Léa..." dit-il d'une voix basse. "Il y a quelqu'un devant mon appartement. Ils viennent vers ma porte... Je crois que—"

Le téléphone de Marc se coupa brusquement, laissant Léa figée, le souffle court. Elle sentit une terreur glaciale se répandre en elle. Ce n'était pas un hasard. On venait d'enlever Marc.

Elle se redressa, mobilisant toute sa volonté pour rester calme. Elle devait agir vite. Ses ennemis, les mêmes qui poursuivaient sa quête de vérité depuis des semaines, s'étaient maintenant retournés contre Marc pour atteindre un point de pression sur elle.

Une piste ténue

Ne sachant vers qui d'autre se tourner, Léa contacta immédiatement l'inspecteur Rémi Laurent, son allié intermittent dans la police. Bien qu'il ait été clair sur les limites de ce qu'il pouvait faire pour elle, elle espérait qu'il comprendrait l'urgence de la situation.

"Rémi, Marc Lefort a été enlevé," dit-elle d'une traite dès qu'il décrocha. "Il a été pris chez lui, je l'ai entendu en direct. Ils savent qu'il me connaît et qu'il a collaboré sur mes articles."

"Damnation," souffla Laurent. "Tu en es certaine ?"

"Certainissime. Je suis en train de le perdre, Rémi. Et si on ne fait rien, ils vont probablement le réduire au silence, comme François Lefort."

Le ton de Laurent se fit grave. "Je vais voir ce que je peux faire. Mais Léa, tu te rends compte que plus tu continues, plus tu mets en danger les gens autour de toi ? Si tu veux sauver Marc, il faut qu'on sache où ils l'ont emmené. Et pour ça, tu dois trouver quelque chose qu'ils veulent suffisamment pour qu'on ait une monnaie d'échange."

Léa comprit immédiatement ce qu'il insinuait. Les documents qu'elle possédait, les preuves rassemblées sur l'Opération Phénix, étaient sa seule arme. Mais les exposer mettait également encore plus de vies en danger, y compris la sienne.

"Donne-moi quelques heures," répondit-elle. "Je vais creuser."

Une traque désespérée

Léa activa immédiatement les contacts que son réseau lui offrait encore. Elle fit appel à Alex, le hacker, pour tenter de localiser Marc. Leur cible immédiate : le téléphone de Marc, qui pouvait encore émettre un signal, même court.

Deux heures plus tard, Alex rappela Léa depuis un téléphone masqué.

"Bonnes nouvelles et mauvaises nouvelles," dit-il. "J'ai pu tracer brièvement le signal de Marc. Il a été emmené à un entrepôt industriel abandonné près de Pantin. Mais ils ont coupé le signal juste après. Ce qui veut dire qu'ils savent ce qu'ils font, et qu'ils n'ont pas l'intention de le garder là longtemps."

"Combien de temps j'ai ?" demanda Léa, déjà en train de noter l'adresse.

"Peut-être quelques heures, peut-être moins. Léa... fais attention. Ces gars-là ne sont pas des amateurs."

Elle le remercia rapidement et raccrocha. À cet instant précis, Léa sentit un pic d'adrénaline envahir son corps. La peur se mélangeait à une détermination farouche : elle sauverait Marc, quoi qu'il lui en coûte.

L'assaut improvisé

Sous la pluie battante de la périphérie parisienne, Léa approcha de la zone industrielle déserte où Marc aurait été emmené. L'entrepôt en question était une vaste structure métallique, entourée d'herbes folles et de conteneurs abandonnés. Tout dans ce décor suintait l'isolement et le danger.

Elle s'était équipée comme elle le pouvait : un vieux pied-de-biche trouvé dans le coffre de sa voiture et un spray au poivre. Des armes dérisoires contre des professionnels entraînés, mais elle n'avait pas d'autre choix.

Elle fit le tour de l'entrepôt, scrutant chaque recoin à la recherche d'une entrée discrète. Enfin, elle repéra une fenêtre laissée entrouverte à l'arrière du bâtiment.

À l'intérieur, l'obscurité était totale, seulement brisée par la lueur intermittente d'une lampe torche. Léa se glissa silencieusement entre les caisses et les machines rouillées, avançant à pas feutrés vers les voix qu'elle entendait au loin.

Elle retint son souffle en repérant Marc, attaché à une chaise au centre de la pièce. Deux hommes en costume sombre se tenaient près de lui, leurs voix basses et menaçantes.

"On sait qu'elle t'a tout raconté," disait l'un d'eux. "Où est-elle ? Où cache-t-elle les documents ?"

Marc, bien que visiblement mal en point, garda le silence, son visage marqué par des ecchymoses. Léa sentit une vague de colère monter en elle. Ces hommes étaient prêts à tout pour protéger leurs sombres secrets.

Léa savait qu'elle devait agir vite, mais intelligemment. Elle fouilla dans son sac et trouva son enregistreur vocal, un outil qu'elle utilisait souvent en reportage. Elle l'activa discrètement, capturant la conversation entre Marc et ses ravisseurs.

Puis, dans un élan de courage mêlé d'imprudence, elle se leva et lança une pierre vers l'autre bout de l'entrepôt. Le bruit attira immédiatement l'attention des hommes, qui se tournèrent vers la source du bruit, armes à la main.

Profitant de la distraction, Léa se précipita vers Marc et utilisa le pied-de-biche pour briser les liens qui retenaient ses poignets.

"On doit y aller, maintenant," murmura-t-elle.

Marc, bien que faible, hocha la tête. Ensemble, ils se faufilèrent dans l'ombre, évitant de justesse les faisceaux des lampes torches.

Alors qu'ils atteignaient la sortie, un cri retentit derrière eux. Ils avaient été repérés. Léa et Marc coururent aussi vite que leurs jambes le leur permettaient, la pluie battante rendant chaque pas plus difficile.

Enfin, ils atteignirent la voiture de Léa. Elle démarra en trombe, les pneus dérapant sur le sol mouillé, tandis que les hommes en costume tentaient de les poursuivre à pied.

Une victoire temporaire

De retour dans un lieu sûr - un appartement prêté par un contact de Laurent - Léa soigna les blessures de Marc tout en écoutant son récit.

"Ils savaient beaucoup sur toi, Léa," dit-il. "Ils m'ont montré des documents, des extraits de ton enquête. Ils veulent te faire taire à tout prix. Mais ils ne s'attendaient pas à ce que je garde le silence."

"Je suis désolée, Marc," murmura Léa. "Ils t'ont pris à cause de moi."

Il posa une main sur son épaule. "Ne t'excuse pas. Ce n'est pas ta faute. Mais tu dois être prudente. Ce système est plus dangereux que tout ce qu'on a imaginé."

Léa hocha la tête, consciente de la gravité de la situation. Elle avait sauvé Marc, mais elle savait que ses ennemis ne s'arrêteraient pas là. Ils étaient prêts à tout pour protéger leurs secrets.

Elle regarda l'enregistreur vocal posé sur la table. Elle avait maintenant une preuve accablante des méthodes brutales utilisées pour protéger l'Opération Phénix. Mais cette preuve ne suffirait pas. Elle devait aller plus loin. Et elle savait que le temps lui était compté.

Léa Moreau était plus déterminée que jamais. La vérité devait éclater, et elle était prête à tout risquer pour y parvenir, même si cela signifiait s'enfoncer encore plus profondément dans cette spirale dangereuse.

📖 ✦ ✦ ✦ ✦ ✦ ✦ 🌐

Chapitre 28 : L'Affaire Dans la Presse

Le soleil se levait à peine sur Paris lorsque les premières unes des journaux commencèrent à circuler. Ce matin-là, la capitale française s'éveilla dans un tourbillon médiatique sans précédent. Les kiosques étaient pris d'assaut, les chaînes d'information en continu diffusaient des flashes spéciaux, et les réseaux sociaux s'enflammaient. L'affaire Élisabeth Marceau venait d'exploser au grand jour.

"SCANDALE À L'ÉLYSÉE : LA DOUBLE VIE DE LA PREMIÈRE DAME" titrait en gros caractères Le Figaro.

"OPÉRATION PHÉNIX : UN COMPLOT D'ÉTAT AU CŒUR DU POUVOIR" annonçait Libération.

"ÉLISABETH MARCEAU : AGENT DORMANT OU VICTIME D'UNE MANIPULATION ?" s'interrogeait Le Monde.

Dans les locaux du journal Le Révélateur, l'effervescence régnait. Les journalistes s'affairaient, les téléphones sonnaient sans interruption, et au centre de cette tempête médiatique se tenait Marc Lefort, le rédacteur en chef. Malgré ses blessures encore visibles suite à son enlèvement, il dirigeait les opérations d'une main de maître.

"Je veux des réactions de tous les partis politiques dans l'heure !" criait-il à un jeune reporter. "Et qu'on me trouve un expert en droit constitutionnel pour analyser les implications de cette affaire !"

Léa Moreau, cachée dans un appartement sécurisé à l'autre bout de la ville, suivait les événements sur plusieurs écrans. Son cœur battait la chamade. Elle avait passé des mois à enquêter, à rassembler des preuves, à risquer sa vie pour cette vérité. Et maintenant, tout éclatait au grand jour.

La veille au soir, après avoir sauvé Marc, Léa avait pris une décision cruciale. Elle avait transmis une partie de ses informations à plusieurs rédactions, déclenchant cette tempête médiatique. C'était risqué, mais elle savait que c'était le seul moyen de protéger l'information - et elle-même.

Son téléphone sonna. C'était Alex, le hacker qui l'avait aidée tout au long de son enquête.

"Léa, c'est la folie sur le net," dit-il, sa voix trahissant un mélange d'excitation et d'inquiétude. "Les documents que tu as transmis sont en train d'être disséqués par des milliers d'internautes. Ils trouvent des connexions, des liens auxquels on n'avait même pas pensé."

Léa hocha la tête, même si Alex ne pouvait pas la voir. "C'est exactement ce que j'espérais. Plus l'information se répand, moins ils pourront l'étouffer."

Mais alors qu'elle raccrochait, Léa ne put s'empêcher de ressentir une pointe d'inquiétude. Elle n'avait pas tout révélé. Les informations les plus sensibles, celles qui impliquaient des personnalités politiques de premier plan dans l'Opération Phénix, étaient encore en sa possession. Et elle savait que c'était pour ces informations que sa vie était en danger.

À l'Élysée, c'était la panique. Le Président Julien Marceau, le visage creusé par la fatigue et l'angoisse, était en réunion d'urgence avec ses plus proches conseillers. Pierre Dumas, son chef de cabinet, semblait au bord de la crise de nerfs.

"Monsieur le Président, nous devons réagir immédiatement," insistait Dumas. "Le silence ne fera qu'alimenter les spéculations."

Julien Marceau fixait le vide, comme absent. Comment en était-il arrivé là ? Comment la femme qu'il aimait, celle qui avait été à ses côtés pendant toutes ces années, pouvait-elle être au centre d'un tel scandale ?

"Où est Élisabeth ?" demanda-t-il soudain, réalisant qu'il n'avait pas vu sa femme depuis la veille au soir.

Un silence gêné s'installa dans la pièce. Finalement, c'est le chef de la sécurité qui prit la parole :

"Monsieur le Président, Madame Marceau a... disparu. Elle a quitté l'Élysée hier soir et nous avons perdu sa trace."

Cette nouvelle fut comme un coup de massue pour Julien. Non seulement sa femme était au cœur d'un scandale d'État, mais en plus elle avait fui. Était-ce un aveu de culpabilité ? Ou craignait-elle pour sa vie ?

Pendant ce temps, dans les rédactions du pays, les journalistes creusaient sans relâche. Chaque heure apportait son lot de nouvelles révélations. Des noms commençaient à circuler, des personnalités insoupçonnées étaient mises en cause.

L'Opération Phénix apparaissait comme un vaste réseau d'influence, tissé patiemment au fil des décennies. Des agents dormants placés à des postes stratégiques, des carrières orchestrées de toutes pièces, des décisions politiques majeures influencées en coulisses.

Sur les plateaux de télévision, les débats faisaient rage. Certains défendaient Élisabeth Marceau, la présentant comme une victime d'un système plus grand qu'elle. D'autres l'accusaient d'être le cerveau de toute l'opération.

"Mais enfin, réfléchissez !" s'emportait un éditorialiste sur BFM TV. "Comment une seule femme aurait-elle pu orchestrer un tel réseau ? C'est tout un système qui est en cause !"

Les réseaux sociaux s'enflammaient. Le hashtag #OpérationPhénix était en tête des tendances mondiales sur Twitter. Des théories du complot fleurissaient, mélangeant faits avérés et spéculations les plus folles.

Léa, depuis sa cachette, observait tout cela avec un mélange de fierté et d'appréhension. Elle avait réussi à mettre au jour ce scandale, mais à quel prix ? Sa vie ne serait plus jamais la même.

Son téléphone vibra. Un message d'un numéro inconnu :

"Bien joué, Mademoiselle Moreau. Mais ce n'est que le début. Rendez-vous ce soir, 22h, au pont de l'Alma. Venez seule si vous voulez connaître toute la vérité sur Élisabeth Marceau."

Léa fixa longuement le message, le cœur battant. Était-ce un piège ? Ou l'occasion d'obtenir enfin les réponses qu'elle cherchait depuis si longtemps ?

Elle savait que c'était risqué, mais elle ne pouvait pas s'arrêter maintenant. Pas quand elle était si proche de la vérité.

Alors que la journée touchait à sa fin, l'affaire Élisabeth Marceau continuait de secouer la France entière. Les premières démissions au sein du gouvernement étaient annoncées. Des appels à la démission du Président se faisaient entendre.

Et quelque part dans Paris, une journaliste déterminée se préparait à plonger encore plus profondément dans les secrets de l'Opération Phénix, prête à tout risquer pour révéler la vérité au monde.

La nuit promettait d'être longue, et nul ne savait ce que le lendemain apporterait. Mais une chose était certaine : rien ne serait plus jamais comme avant dans la politique française.

Chapitre 29 : Panique à l'Élysée

Le palais de l'Élysée, habituellement symbole de stabilité et de pouvoir, était en proie à un chaos sans précédent. Les couloirs autrefois calmes et feutrés résonnaient de cris, de pas précipités et de portes qui claquaient. Au cœur de cette tempête, le Président Julien Marceau, le visage blême et les traits tirés, tentait désespérément de reprendre le contrôle de la situation.

Dans le bureau ovale, une réunion de crise battait son plein. Autour de la table, les conseillers les plus proches du Président affichaient des mines sombres. Pierre Dumas, le chef de cabinet, prenait frénétiquement des notes tout en jetant des regards inquiets vers la porte.

"Monsieur le Président," commença le ministre de l'Intérieur, "nous devons agir vite. Les révélations sur l'Opération Phénix se multiplient. L'opinion publique est en ébullition. Nous perdons le contrôle de la narration."

Julien Marceau passa une main tremblante sur son visage. "Et Élisabeth ? A-t-on des nouvelles ?"

Un silence pesant s'abattit sur la pièce. Ce fut le chef de la sécurité qui prit finalement la parole :

"Monsieur, nous avons... localisé Madame Marceau. Elle est actuellement dans une résidence sécurisée en dehors de Paris. Mais elle refuse tout contact, même avec vous."

Le Président sentit son cœur se serrer. Sa femme, sa confidente, celle qui avait été à ses côtés pendant toutes ces années, semblait maintenant si loin, si étrangère.

Soudain, la porte du bureau s'ouvrit avec fracas. Tous les regards se tournèrent vers la silhouette qui se tenait dans l'embrasure. Élisabeth Marceau, vêtue d'un tailleur sombre, le visage impassible, fit son entrée.

"Je pense qu'il est temps que je m'exprime," dit-elle d'une voix ferme.

La pièce sembla se figer. Julien se leva lentement, les yeux rivés sur sa femme. "Élisabeth... où étais-tu ? Que se passe-t-il ?"

Elle l'ignora, se tournant plutôt vers le ministre de la Communication. "Je veux une conférence de presse. Dans une heure. En direct sur toutes les chaînes nationales."

Le ministre balbutia, pris au dépourvu. "Mais... Madame... nous n'avons pas préparé de déclaration, nous devrions d'abord..."

"Une heure," répéta Élisabeth, son ton ne laissant place à aucune discussion. "Il est temps que la vérité soit dite."

Alors qu'elle quittait la pièce aussi brusquement qu'elle était entrée, laissant derrière elle un sillage de confusion et d'appréhension, Julien se précipita à sa suite.

"Élisabeth, attends !" cria-t-il, la rattrapant dans le couloir. "Que comptes-tu faire ? Que vas-tu dire ?"

Elle se tourna vers lui, et pour la première fois, Julien vit dans ses yeux un mélange de détermination et de... était-ce du regret ?

"La vérité, Julien. Toute la vérité. Sur moi, sur l'Opération Phénix, sur tout."

"Mais... cela pourrait détruire la présidence, le gouvernement... tout ce que nous avons construit !"

Élisabeth eut un sourire triste. "Peut-être que certaines choses méritent d'être détruites pour être reconstruites sur des bases plus saines."

Laissant son mari abasourdi, elle s'éloigna, ses talons résonnant sur le marbre du palais.

L'heure qui suivit fut un tourbillon d'activité frénétique. Les équipes de communication de l'Élysée, prises de court, tentaient désespérément de préparer le terrain pour cette conférence de presse impromptue. Les journalistes affluaient, sentant qu'un événement majeur se préparait.

À 20h précises, Élisabeth Marceau fit son entrée dans la salle des fêtes de l'Élysée, transformée pour l'occasion en salle de presse. Le silence qui s'abattit était assourdissant. Tous les yeux étaient rivés sur cette femme qui, depuis des jours, était au centre de toutes les spéculations.

Elle s'avança vers le pupitre, son visage ne trahissant aucune émotion. Derrière elle, Julien Marceau et les principaux ministres prirent place, l'air tendu.

"Mesdames et Messieurs," commença Élisabeth, sa voix claire et assurée résonnant dans les micros, "je suis ici ce soir pour vous dire la vérité. Toute la vérité."

Elle prit une profonde inspiration avant de poursuivre :

"Oui, l'Opération Phénix existe. Oui, j'en ai fait partie. Mais ce que vous ne savez pas, c'est pourquoi et comment."

Pendant l'heure qui suivit, Élisabeth Marceau déroula un récit qui laissa l'assistance stupéfaite. Elle raconta comment, jeune étudiante brillante, elle avait été approchée par les services secrets. Comment on lui avait fait miroiter la possibilité de servir son pays d'une manière unique. Comment, peu à peu, elle s'était retrouvée au cœur d'un vaste réseau d'influence.

"Mais ce que mes recruteurs n'avaient pas prévu," dit-elle, "c'est que je tomberais réellement amoureuse de Julien Marceau. Ce qui devait être une mission est devenu ma vie."

Elle expliqua ensuite comment, au fil des années, elle avait pris conscience de l'ampleur et des dérives de l'Opération Phénix. Comment elle avait tenté, de l'intérieur, d'en limiter les excès.

"Aujourd'hui," conclut-elle, "je choisis de tout révéler. Non pas pour me dédouaner, mais parce que je crois que notre démocratie mérite mieux. Que le peuple français mérite la vérité."

Le silence qui suivit était chargé d'une tension palpable. Puis, lentement, les questions fusèrent. Les journalistes, d'abord incrédules, puis de plus en plus pressants, cherchaient à comprendre chaque détail de cette révélation explosive.

Élisabeth répondit à chaque question avec une franchise désarmante. Elle nomma des noms, révéla des opérations secrètes, exposa les rouages d'un système qui avait façonné la politique française pendant des décennies.

Derrière elle, Julien Marceau semblait avoir vieilli de dix ans en une heure. Les ministres présents affichaient des expressions allant de la stupeur à la panique.

Alors que la conférence de presse touchait à sa fin, Élisabeth fit une dernière déclaration :

"Je sais que mes révélations auront des conséquences graves. Je suis prête à en assumer la responsabilité. Dès demain, je me mettrai à la disposition de la justice. Mais j'espère que de ces cendres naîtra une France plus transparente, plus honnête envers son peuple."

Elle quitta le pupitre sous un tonnerre de questions et de flashs. Dans les coulisses, Julien la rattrapa, le visage défait.

"Pourquoi, Élisabeth ? Pourquoi maintenant ?"

Elle le regarda longuement, une larme coulant sur sa joue. "Parce que c'était la seule façon de nous sauver, Julien. De sauver ce en quoi nous croyons vraiment."

Alors qu'ils quittaient la salle, main dans la main, affrontant ensemble les regards et les cris des journalistes, ils savaient que rien ne serait plus jamais comme avant. L'Opération Phénix venait d'être exposée au grand jour, et avec elle, c'était tout le système politique français qui allait devoir se réinventer.

Dans les rues de Paris, les gens se massaient devant les écrans géants qui avaient retransmis la conférence. Un mélange de choc, de colère et d'espoir se lisait sur les visages. La France venait de basculer dans une nouvelle ère, et personne ne savait ce que l'avenir réservait.

Mais une chose était certaine : la riposte d'Élisabeth Marceau avait changé le cours de l'histoire.

Chapitre 30 : Un Corps Dans la Seine

L'aube se levait à peine sur Paris, baignant la ville d'une lueur blafarde. Les quais de la Seine, habituellement animés par les premiers joggers et les derniers fêtards, étaient étrangement silencieux ce matin-là. Seul le clapotis de l'eau contre les berges brisait le silence pesant.

C'est alors qu'un cri déchira l'air frais du matin. Un pêcheur matinal, installé sur les berges près du pont de l'Alma, venait de faire une découverte macabre. Flottant face contre l'eau, le corps d'un homme dérivait lentement au gré du courant.

En moins d'une heure, les quais étaient envahis par les sirènes de police et les gyrophares des pompiers. Un périmètre de sécurité fut rapidement établi, tenant à distance les badauds et les journalistes qui commençaient à affluer, attirés par l'odeur du scandale.

L'inspecteur Rémi Laurent, arrivé parmi les premiers sur les lieux, observait la scène avec un mélange de fatigue et d'appréhension. Ces dernières semaines, depuis que l'affaire de l'Opération Phénix avait éclaté au grand jour, chaque nouveau cadavre prenait une dimension politique explosive.

"Alors, qu'est-ce qu'on a ?" demanda-t-il à l'officier médico-légal qui examinait le corps, fraîchement repêché et allongé sur les pavés humides.

Le médecin leva les yeux vers Laurent, son visage grave. "Homme, la cinquantaine, probablement dans l'eau depuis moins de 24 heures. Pas de signes évidents de lutte, mais..."

Il s'interrompit, hésitant.

"Mais quoi, docteur ?" insista Laurent.

"Mais je ne parierais pas sur un suicide. Les marques sur le cou... elles ne correspondent pas à une noyade classique."

Laurent sentit un frisson lui parcourir l'échine. Encore un meurtre déguisé en accident ? Combien de corps allaient encore s'accumuler avant que cette affaire ne soit résolue ?

C'est alors qu'un jeune officier s'approcha en courant, le visage blême. "Inspecteur ! On a identifié le corps. C'est... c'est Pierre Dumas, le chef de cabinet du Président Marceau."

Le sang de Laurent se glaça dans ses veines. Pierre Dumas, l'un des hommes les plus proches du Président, retrouvé mort dans la Seine ? Cela ne pouvait pas être une coïncidence.

Sans perdre un instant, il sortit son téléphone et composa un numéro qu'il connaissait par cœur.

"Léa ? C'est Laurent. Il faut qu'on parle. Immédiatement."

Une heure plus tard, dans un café discret du 11ème arrondissement, Léa Moreau écoutait avec attention le récit de Laurent. Son visage, déjà marqué par des semaines de cavale et d'enquête acharnée, se décomposait au fur et à mesure des révélations.

"Pierre Dumas..." murmura-t-elle. "Il était au cœur de l'affaire. Il savait tout sur l'Opération Phénix, sur le rôle d'Élisabeth Marceau..."

"Et maintenant, il est mort," conclut Laurent. "Léa, cette affaire prend une tournure de plus en plus dangereuse. Tu dois être extrêmement prudente."

Léa acquiesça distraitement, son esprit déjà en ébullition. Elle repensait à sa dernière rencontre avec Dumas, quelques jours plus tôt. Il avait semblé nerveux, presque effrayé. Avait-il senti que sa vie était en danger ?

"Il m'avait dit qu'il voulait parler," dit-elle soudain. "Il prétendait avoir des informations cruciales, des preuves qui pourraient faire tomber tout le système."

Laurent se pencha en avant, intrigué. "Quel genre de preuves ?"

"Je ne sais pas exactement. Il devait me les montrer hier soir, mais il n'est jamais venu au rendez-vous. Et maintenant..."

Sa voix se brisa. Un autre mort. Un autre informateur réduit au silence. Combien de vies cette enquête allait-elle encore coûter ?

Pendant ce temps, à l'Élysée, c'était la panique totale. La nouvelle de la mort de Dumas s'était répandue comme une traînée de poudre, plongeant le palais présidentiel dans un chaos indescriptible.

Le Président Julien Marceau, l'air hagard et le visage creusé par la fatigue, était enfermé dans son bureau depuis des heures. Ses conseillers se relayaient pour tenter de le faire sortir, de le convaincre de faire une déclaration, mais il restait muré dans un silence obstiné.

Élisabeth Marceau, quant à elle, semblait avoir disparu. Depuis sa conférence de presse explosive quelques jours plus tôt, où elle avait révélé son implication dans l'Opération Phénix, elle s'était faite discrète. Certains murmuraient qu'elle s'était réfugiée dans une résidence sécurisée, d'autres qu'elle avait fui le pays.

Dans les rues de Paris, l'atmosphère était électrique. Des manifestations spontanées éclataient un peu partout, réclamant la démission du Président et un nettoyage complet de l'appareil d'État. Les théories du complot fleurissaient sur les réseaux sociaux, chacun y allant de sa propre interprétation des événements.

Léa, consciente que le temps pressait, décida de retourner sur les lieux où le corps de Dumas avait été découvert. Accompagnée de Laurent, qui avait insisté pour assurer sa sécurité, elle arpentait les quais de la Seine, scrutant chaque recoin, chaque ombre.

"Qu'espères-tu trouver ici ?" demanda Laurent, sceptique.

"Je ne sais pas," admit Léa. "Mais Dumas devait me rencontrer hier soir. S'il avait des preuves sur lui, peut-être les a-t-il cachées quelque part avant d'être... avant de mourir."

Ils cherchèrent pendant des heures, ignorant la pluie fine qui commençait à tomber. Alors qu'ils s'apprêtaient à abandonner, Léa remarqua quelque chose. Coincé entre deux pierres du parapet, à peine visible, se trouvait un petit objet métallique.

Avec des gestes précautionneux, elle l'extirpa de sa cachette. C'était une clé USB.

"Mon Dieu," souffla-t-elle. "C'est peut-être ça. Les preuves dont parlait Dumas."

Laurent regarda autour d'eux, soudain nerveux. "On ne peut pas rester ici. C'est trop exposé. Allons dans un endroit sûr pour examiner ça."

Ils se réfugièrent dans un petit hôtel discret, où Léa avait l'habitude de se cacher. Les mains tremblantes, elle inséra la clé USB dans son ordinateur portable.

Ce qu'ils découvrirent les laissa sans voix. Des centaines de documents, de photos, de rapports détaillés sur l'Opération Phénix. Des noms, des dates, des lieux. Tout l'échafaudage d'un système de manipulation politique vieux de plusieurs décennies était là, exposé dans ses moindres détails.

"C'est... c'est incroyable," murmura Laurent. "Avec ça, on pourrait faire tomber la moitié du gouvernement, peut-être même plus."

Léa acquiesça, le visage grave. "Oui, mais à quel prix ? Dumas est mort pour ces informations. Combien d'autres vies seront sacrifiées avant que la vérité n'éclate complètement ?"

Soudain, un bruit dans le couloir les fit sursauter. Des pas lourds se rapprochaient de leur chambre. Laurent dégaina son arme, tandis que Léa se précipitait pour sauvegarder les données de la clé USB.

La porte s'ouvrit brutalement. Trois hommes en costume sombre firent irruption dans la pièce, armes au poing.

"Police secrète," annonça l'un d'eux. "Vous êtes en état d'arrestation pour haute trahison et espionnage."

Léa et Laurent échangèrent un regard. Ils savaient que ce moment arriverait tôt ou tard. La vérité était trop explosive, trop dangereuse pour ceux qui détenaient le pouvoir.

Alors qu'on leur passait les menottes, Léa eut une dernière pensée pour Pierre Dumas, dont le corps flottait encore dans la morgue. Son sacrifice ne serait pas vain. D'une manière ou d'une autre, la vérité finirait par éclater.

Le corps dans la Seine n'était peut-être qu'un décès de trop, mais il pourrait bien être celui qui ferait s'écrouler tout l'édifice de mensonges et de manipulation sur lequel reposait le pouvoir en France.

Alors que la voiture de police les emmenait vers une destination inconnue, Léa Moreau se jura que, quoi qu'il arrive, elle continuerait à se battre. Pour la vérité. Pour la justice. Et pour tous ceux qui avaient payé de leur vie le prix de ces secrets d'État.

La nuit tombait sur Paris, mais l'orage qui s'annonçait promettait d'être bien plus violent que celui qui grondait dans le ciel. L'affaire de l'Opération Phénix était loin d'être terminée, et ses répercussions allaient ébranler la République jusqu'à ses fondations.

Chapitre 31 : Un Dossier Volé

La nuit était tombée sur Paris, enveloppant la ville dans un manteau d'obscurité. Dans une cellule austère du siège de la DGSI, Léa Moreau fixait le plafond gris, son esprit en ébullition malgré l'épuisement qui pesait sur chacun de ses membres. Cela faisait maintenant 48 heures qu'elle avait été arrêtée avec l'inspecteur Laurent, 48 heures d'interrogatoires incessants, de questions sans fin sur l'Opération Phénix et ses découvertes.

Mais Léa tenait bon. Elle savait que quelque part, cachée dans les méandres du web, une copie des données de la clé USB de Pierre Dumas existait encore. Avant son arrestation, dans un moment de lucidité, elle avait réussi à envoyer une sauvegarde cryptée à Alex, son ami hacker. C'était désormais son seul espoir de faire éclater la vérité.

Soudain, le bruit d'une clé tournant dans la serrure la fit sursauter. La porte s'ouvrit, laissant entrer un homme qu'elle n'avait encore jamais vu. Grand, le visage sévère encadré de cheveux grisonnants, il dégageait une aura d'autorité indéniable.

"Mademoiselle Moreau," dit-il d'une voix grave. "Je suis le directeur Mathieu Renard. J'aimerais avoir une conversation avec vous."

Léa se redressa, méfiante. "Encore un interrogatoire ?"

Renard esquissa un sourire sans joie. "Disons plutôt... une négociation."

Il s'assit sur la chaise en face d'elle, sortant de sa mallette un dossier épais qu'il posa sur la table entre eux.

"Vous avez fait un travail remarquable, Mademoiselle Moreau," commença-t-il. "Votre enquête sur l'Opération Phénix est... impressionnante. Peut-être même trop."

Léa garda le silence, attendant la suite.

"Vous devez comprendre," poursuivit Renard, "que certaines vérités sont trop dangereuses pour être révélées au grand public. L'Opération Phénix, aussi controversée soit-elle, a joué un rôle crucial dans la stabilité de notre nation pendant des décennies."

"Au prix de la démocratie," rétorqua Léa, sa voix chargée de mépris.

Renard soupira. "La démocratie, Mademoiselle Moreau, est un idéal noble. Mais le monde réel est bien plus complexe. Parfois, des sacrifices sont nécessaires pour le bien commun."

Il ouvrit le dossier, en sortant plusieurs photos qu'il étala devant Léa. Elle reconnut immédiatement les visages : des politiciens de premier plan, des capitaines d'industrie, des figures médiatiques influentes.

"Toutes ces personnes," expliqua Renard, "sont des produits de l'Opération Phénix. Des individus soigneusement sélectionnés, formés, placés à des postes stratégiques pour guider notre pays dans la bonne direction."

Léa sentit un frisson parcourir son échine. L'ampleur de la conspiration dépassait tout ce qu'elle avait imaginé.

"Et vous pensez que cela justifie tout ?" demanda-t-elle, sa voix tremblant légèrement. "Les mensonges, les manipulations, les vies brisées ?"

Renard la fixa intensément. "Je pense que l'Histoire nous jugera. Mais en attendant, nous avons un pays à protéger. Et c'est là que vous entrez en jeu, Mademoiselle Moreau."

Il sortit un autre document du dossier. Léa reconnut immédiatement l'en-tête : c'était un contrat d'embauche pour la DGSI.

"Nous voulons vous recruter," annonça Renard. "Votre talent, votre détermination, votre intégrité... Ce sont des qualités rares et précieuses. Avec nous, vous pourriez vraiment faire la différence."

Léa resta bouche bée, abasourdie par la proposition. "Vous voulez que je rejoigne ceux que je combats depuis des mois ?"

"Je veux que vous compreniez le tableau d'ensemble," corrigea Renard. "Que vous voyiez au-delà des manchettes sensationnelles et des théories du complot. L'Opération Phénix n'est qu'une partie d'un système bien plus vaste et complexe."

Il se pencha en avant, sa voix se faisant plus basse. "Et si je vous disais que certains éléments de l'Opération Phénix ont échappé à notre contrôle ? Que des forces extérieures ont infiltré le système, menaçant non seulement notre pays, mais l'équilibre mondial ?"

Léa sentit son cœur s'accélérer. Était-ce possible ? Y avait-il encore des couches de vérité à découvrir derrière ce qu'elle croyait déjà savoir ?

Renard continua : "Nous avons besoin de quelqu'un comme vous, Léa. Quelqu'un qui n'a pas peur de creuser, de poser les questions difficiles. Mais quelqu'un qui comprend aussi les enjeux plus larges."

Il poussa le contrat vers elle. "Rejoignez-nous. Aidez-nous à nettoyer le système de l'intérieur. À le réformer. À le rendre meilleur."

Léa fixa le document, son esprit en proie à un tourbillon d'émotions contradictoires. D'un côté, tout son être se révoltait à l'idée de collaborer avec ceux qu'elle considérait comme des ennemis de la démocratie. De l'autre, la perspective d'accéder à des informations encore plus cruciales, de pouvoir peut-être vraiment changer les choses de l'intérieur, était terriblement tentante.

"Et si je refuse ?" demanda-t-elle finalement.

Le visage de Renard se durcit imperceptiblement. "Alors vous serez jugée pour haute trahison. Les preuves contre vous sont accablantes. Vous passerez le reste de votre vie en prison, et tout ce pour quoi vous vous êtes battue sera enterré à jamais."

Un silence pesant s'installa dans la cellule. Léa sentait le poids de la décision qui pesait sur ses épaules. Accepter signifierait trahir ses principes, mais cela pourrait aussi être sa seule chance de poursuivre son combat pour la vérité.

Alors qu'elle s'apprêtait à répondre, une alarme stridente retentit soudain dans le bâtiment. Renard se leva d'un bond, son visage trahissant une inquiétude soudaine.

"Qu'est-ce que..." commença Léa, mais Renard était déjà à la porte, hurlant des ordres dans le couloir.

Dans la confusion qui s'ensuivit, Léa aperçut sur l'écran d'un ordinateur dans le couloir un message qui fit bondir son cœur : "Fuite massive de données en cours. Opération Phénix compromise."

Un sourire se dessina sur ses lèvres. Alex avait réussi. La vérité était enfin sur le point d'éclater au grand jour.

Renard revint dans la cellule, le visage livide. "Qu'avez-vous fait ?" rugit-il.

Léa se leva, se sentant soudain plus forte, plus déterminée que jamais. "J'ai choisi mon camp," répondit-elle simplement.

Alors que le chaos s'emparait du bâtiment, Léa Moreau savait que le combat était loin d'être terminé. Mais pour la première fois depuis des mois, elle sentait que la victoire était à portée de main. Le dossier volé, les secrets de l'Opération Phénix, tout était désormais exposé au grand jour.

La vérité, enfin libérée, allait secouer les fondations mêmes de la République française. Et Léa était prête à affronter les tempêtes à venir, forte de la conviction que la lumière finirait toujours par triompher des ténèbres.

Chapitre 32 : Un Nom Qui Revient

Le chaos qui régnait dans les locaux de la DGSI offrit à Léa une opportunité inespérée. Profitant de la confusion générale, elle réussit à s'échapper de sa cellule et à se faufiler hors du bâtiment, le cœur battant et l'adrénaline pulsant dans ses veines. Une fois dans la rue, elle se fondit dans la foule des Parisiens, marchant d'un pas rapide mais mesuré pour ne pas attirer l'attention.

Ses pas la menèrent presque instinctivement vers un petit café du 5ème arrondissement, un lieu qu'elle avait autrefois utilisé comme point de rencontre avec ses sources. À sa grande surprise, elle y trouva Alex, son allié hacker, qui semblait l'attendre.

"Comment as-tu su que je viendrais ici ?" demanda-t-elle, s'asseyant en face de lui.

Alex eut un sourire en coin. "Je te connais, Léa. Et je savais que tu trouverais un moyen de t'échapper quand le chaos éclaterait."

Il sortit un ordinateur portable de son sac et le poussa vers elle. "Tu devrais voir ça. Les documents que tu m'as envoyés... ils contiennent bien plus que ce qu'on pensait."

Léa se pencha sur l'écran, parcourant rapidement les fichiers qu'Alex avait organisés. Soudain, un nom attira son attention, la faisant tressaillir.

"Claire Dubois," murmura-t-elle. "Ce nom... il revient sans cesse."

Alex hocha la tête. "Oui, et ce n'est pas une coïncidence. Regarde ça."

Il ouvrit un dossier contenant des photos d'identité. Léa sentit son souffle se couper. Les images montraient une jeune femme aux traits familiers, mais ce n'était pas Élisabeth Marceau. Du moins, pas tout à fait.

"C'est elle," souffla Léa. "Avant... avant l'Opération Phénix."

Alex acquiesça gravement. "Claire Dubois. Née le 13 avril 1966 à Rouen. Brillante étudiante en sciences politiques et en langues étrangères. Recrutée par les services secrets en 1983, à l'âge de 17 ans."

Léa sentit sa tête tourner. Toutes les pièces du puzzle commençaient à s'assembler. "Ils l'ont prise jeune. Ils l'ont façonnée, transformée..."

"En Élisabeth Marceau," compléta Alex. "Mais ce n'est pas tout. Regarde ça."

Il fit défiler d'autres documents, révélant des rapports détaillés sur la transformation de Claire Dubois. Des séances d'hypnose, des manipulations psychologiques, des implants de faux souvenirs... Le processus était aussi fascinant que terrifiant.

"Mon Dieu," murmura Léa. "Ils ont littéralement créé une nouvelle personne."

Mais ce qui frappa le plus Léa, c'était les notes personnelles de Claire/Élisabeth. Des journaux intimes, des réflexions sur sa mission, ses doutes, ses peurs. À travers ces écrits, Léa commençait à entrevoir la véritable personne derrière le masque de la Première Dame.

"Elle n'était pas juste un pion," réalisa Léa. "Elle était consciente, elle luttait... Elle essayait de garder une part d'elle-même."

Alex hocha la tête. "Et c'est probablement ce qui a conduit à la situation actuelle. Elle a commencé à se souvenir, à douter de sa mission."

Léa se leva brusquement, submergée par l'émotion et l'urgence de la situation. "Il faut que je la trouve. Il faut que je parle à Élisabeth... à Claire. Elle est la clé de toute cette affaire."

"Ce ne sera pas facile," avertit Alex. "Après sa conférence de presse, elle a disparu. Personne ne sait où elle est."

Léa eut un sourire déterminé. "J'ai peut-être une idée."

Les jours suivants furent une course contre la montre. Léa, aidée par Alex et quelques contacts fidèles, suivit la piste de Claire Dubois. Elle retourna à Rouen, fouilla les archives locales, interrogea d'anciens voisins et camarades de classe.

Petit à petit, l'image de Claire Dubois se précisait. Une jeune fille brillante, passionnée de littérature et de politique, rêvant de changer le monde. Une adolescente marquée par la perte précoce de ses parents, vulnérable et en quête de sens.

"C'était la candidate parfaite," réalisa Léa. "Brillante, malléable, sans attaches familiales fortes..."

Mais plus elle en apprenait sur Claire, plus Léa sentait grandir en elle un sentiment de compassion envers Élisabeth Marceau. Cette femme n'était pas simplement une manipulatrice au sommet de l'État. Elle était aussi une victime, une âme torturée prise au piège d'un système qui l'avait façonnée pour ses propres fins.

Finalement, un indice crucial émergea. Dans un vieux carnet de Claire, Léa trouva mention d'un chalet familial dans les Alpes, un lieu où la jeune fille aimait se réfugier pour écrire et réfléchir.

"C'est là qu'elle est," murmura Léa. "C'est là qu'elle a dû aller pour se retrouver."

Sans perdre un instant, Léa prit la route pour les Alpes. Le voyage fut long et difficile, la menant sur des routes sinueuses de montagne. Mais enfin, elle arriva devant un petit chalet isolé, niché au cœur d'une forêt de sapins.

Le cœur battant, Léa s'approcha de la porte et frappa. Pendant un long moment, seul le silence lui répondit. Puis, doucement, la porte s'ouvrit.

Élisabeth Marceau se tenait devant elle, le visage marqué par la fatigue et l'émotion. Mais dans ses yeux, Léa vit une lueur de reconnaissance, comme si elle l'avait attendue.

"Je savais que vous me trouveriez," dit simplement Élisabeth. "Entrez, Mademoiselle Moreau. Il est temps que nous parlions."

Alors que Léa franchissait le seuil, elle sentit qu'elle était sur le point de découvrir la vérité ultime sur l'Opération Phénix. Mais plus important encore, elle allait enfin comprendre qui était vraiment la femme derrière le masque d'Élisabeth Marceau.

La porte se referma derrière elles, et dans le silence du chalet alpin, deux femmes s'apprêtaient à dénouer les fils d'une histoire qui avait façonné le destin d'une nation toute entière.

Chapitre 33 : La Rencontre Interdite

Le chalet était plongé dans une semi-pénombre, uniquement éclairé par la lueur tremblotante d'un feu de cheminée. Léa suivit Élisabeth Marceau dans un petit salon rustique, où deux fauteuils en cuir usé faisaient face à l'âtre. L'atmosphère était chargée de tension et d'anticipation.

Élisabeth s'assit gracieusement, invitant Léa à faire de même d'un geste de la main. Pendant un long moment, les deux femmes se regardèrent en silence, chacune jaugeant l'autre, cherchant les mots pour entamer cette conversation qui promettait de changer le cours de l'histoire.

Finalement, ce fut Élisabeth qui brisa le silence. "Vous avez fait un long chemin, Mademoiselle Moreau. J'imagine que vous avez beaucoup de questions."

Léa acquiesça lentement. "En effet, Madame Marceau. Ou devrais-je dire... Mademoiselle Dubois ?"

Un éclair de surprise passa dans les yeux d'Élisabeth, vite remplacé par une expression de résignation. "Je vois que vous avez bien fait vos devoirs. Claire Dubois... Cela fait si longtemps que je n'avais pas entendu ce nom."

"Qui êtes-vous vraiment ?" demanda Léa, allant droit au but. "Claire Dubois ou Élisabeth Marceau ?"

Élisabeth eut un sourire triste. "La vérité, Mademoiselle Moreau, c'est que je ne suis plus tout à fait sûre moi-même. Claire Dubois est morte il y a longtemps, enterrée sous des couches et des couches de conditionnement et de faux souvenirs. Mais Élisabeth Marceau... est-elle vraiment réelle ?"

Léa sortit son carnet de notes. "J'ai retracé votre histoire. Votre recrutement par les services secrets à 17 ans, votre transformation dans le cadre de l'Opération Phénix. Mais ce que je ne comprends pas, c'est pourquoi. Pourquoi vous ?"

Élisabeth se leva, s'approchant de la fenêtre pour contempler les montagnes enneigées. "J'étais l'candidate parfaite. Brillante, malléable, sans attaches familiales fortes. Ils m'ont promis que je pourrais servir mon pays d'une manière unique. Que je pourrais façonner l'avenir de la France."

Elle se retourna, son regard plongeant dans celui de Léa. "Ce qu'ils ne m'ont pas dit, c'est que je devrais sacrifier mon identité, mes rêves, tout ce qui faisait de moi... moi."

Léa sentit sa gorge se serrer. "Et Julien Marceau ? Votre rencontre, votre mariage... tout cela faisait-il partie du plan ?"

Un éclat de douleur passa dans les yeux d'Élisabeth. "Au début, oui. Je devais me rapprocher de lui, l'influencer, le guider vers le pouvoir. Mais..." Elle hésita. "Mais je suis tombée amoureuse. Vraiment, profondément amoureuse. C'était la seule chose dans ma vie qui n'était pas un mensonge."

Léa nota frénétiquement, son esprit tournant à plein régime. "Mais alors, pourquoi avoir tout révélé maintenant ? Pourquoi cette conférence de presse qui a tout fait basculer ?"

Élisabeth revint s'asseoir, son visage trahissant une fatigue immense. "Parce que je ne pouvais plus vivre dans le mensonge. Les souvenirs de Claire Dubois, ma vraie identité, commençaient à refaire surface. Et avec eux, la culpabilité, le sentiment d'avoir trahi non seulement moi-même, mais aussi mon pays, les idéaux pour lesquels je pensais me battre."

Elle se pencha en avant, sa voix se faisant plus basse. "Mais il y a plus, Mademoiselle Moreau. L'Opération Phénix... elle a échappé à tout contrôle. Ce qui a commencé comme un projet pour guider subtilement la politique française est devenu un monstre qui menace les fondements mêmes de notre démocratie."

Léa sentit un frisson parcourir son échine. "Que voulez-vous dire ?"

"Des agents comme moi ont été placés partout. Dans les médias, l'industrie, la finance, la politique. Nous avons façonné l'opinion publique, influencé des décisions cruciales, manipulé des élections. Et maintenant, certains au sein du système pensent qu'ils peuvent contrôler totalement le destin de la nation."

Élisabeth se leva brusquement, allant chercher une mallette cachée derrière un panneau de bois. Elle en sortit une pile de documents qu'elle tendit à Léa.

"Voici toute la vérité sur l'Opération Phénix. Les noms, les dates, les opérations en cours. Avec ça, vous pourrez exposer tout le système."

Léa prit les documents d'une main tremblante. "Pourquoi me les donner ? Pourquoi me faire confiance ?"

Élisabeth eut un sourire las. "Parce que vous êtes peut-être la seule personne qui puisse encore sauver notre pays du précipice vers lequel il se dirige. J'ai joué mon rôle, j'ai fait ma part. Maintenant, c'est à vous de finir ce que j'ai commencé."

Soudain, un bruit à l'extérieur les fit sursauter. Des phares de voiture illuminèrent brièvement les fenêtres du chalet.

"Ils m'ont trouvée," murmura Élisabeth, son visage se durcissant. "Vous devez partir, maintenant. Prenez la porte de derrière, il y a un sentier qui mène à la route en contrebas."

Léa hésita. "Et vous ? Que va-t-il vous arriver ?"

Élisabeth lui adressa un sourire triste. "Ne vous inquiétez pas pour moi. J'ai vécu mille vies, joué mille rôles. Il est temps que je fasse face aux conséquences de mes actes."

Alors que des coups résonnaient à la porte d'entrée, Élisabeth poussa Léa vers la sortie. "Allez-y. Et n'oubliez pas : la vérité doit éclater, quoi qu'il en coûte."

Léa s'enfonça dans la nuit alpine, les précieux documents serrés contre sa poitrine. Derrière elle, elle entendit la porte du chalet s'ouvrir avec fracas, des voix autoritaires s'élevant dans l'air froid.

Alors qu'elle disparaissait dans l'obscurité, Léa Moreau réalisa qu'elle venait de vivre un moment historique. Sa rencontre avec Élisabeth Marceau, ou Claire Dubois, ou qui qu'elle soit vraiment, avait changé à jamais le cours de son enquête et peut-être même le destin de la France.

Le chemin qui l'attendait serait dangereux, elle le savait. Mais armée de la vérité et portée par la confiance qu'Élisabeth avait placée en elle, Léa était prête à affronter tous les obstacles.

La nuit était sombre, mais quelque part à l'horizon, l'aube d'une nouvelle ère pour la France commençait à poindre. Et Léa Moreau était déterminée à être le héraut de cette lumière naissante.

Chapitre 34 : Un Dernier Avertissement

La pluie battante s'abattait sur Paris, transformant les rues en rivières grises et lugubres. Léa Moreau, trempée jusqu'aux os, se faufilait dans les ruelles étroites du Marais, jetant constamment des regards par-dessus son épaule. Depuis sa rencontre avec Élisabeth Marceau dans les Alpes, elle se savait plus que jamais en danger.

Les documents qu'Élisabeth lui avait confiés, maintenant soigneusement dissimulés dans un coffre-fort dont elle seule connaissait l'emplacement, étaient une véritable bombe à retardement. Ils contenaient des preuves accablantes sur l'Opération Phénix, impliquant des personnalités au plus haut niveau de l'État.

Alors qu'elle tournait au coin d'une rue, Léa sentit soudain une main ferme se poser sur son épaule. Son cœur fit un bond dans sa poitrine.

"Mademoiselle Moreau," dit une voix grave derrière elle. "Veuillez nous suivre sans faire d'histoires."

Elle se retourna lentement pour faire face à deux hommes en costume sombre, leurs badges de la DGSI brillant sous la lueur des réverbères.

"Suis-je en état d'arrestation ?" demanda-t-elle, essayant de garder son calme.

L'un des hommes eut un sourire froid. "Disons que nous avons une invitation très pressante à vous faire."

Sans autre choix, Léa se laissa conduire jusqu'à une berline noire aux vitres teintées. Le trajet se fit dans un silence pesant, la tension palpable dans l'habitacle.

Après ce qui lui sembla une éternité, la voiture s'arrêta devant un bâtiment anonyme dans le 7ème arrondissement. Léa fut escortée à l'intérieur, puis dans un ascenseur qui les mena plusieurs étages sous terre.

Les portes s'ouvrirent sur un long couloir aux murs gris, éclairé par des néons blafards. Au bout du couloir, une porte massive en acier. L'un des agents tapa un code et la porte s'ouvrit en un chuintement pneumatique.

Léa pénétra dans une vaste salle de réunion, au centre de laquelle trônait une table ovale en bois précieux. Assis autour de la table, plusieurs hommes en costume la fixaient d'un regard intense. Elle reconnut immédiatement certains visages : le ministre de l'Intérieur, le directeur de la DGSI, et même, à sa grande surprise, le Premier ministre en personne.

"Mademoiselle Moreau," commença ce dernier, sa voix trahissant une fatigue certaine. "Vous nous avez donné beaucoup de fil à retordre ces derniers temps."

Léa resta silencieuse, attendant la suite.

"Vous êtes allée trop loin," intervint le directeur de la DGSI. "Votre enquête sur l'Opération Phénix menace la sécurité nationale. Vous devez comprendre que certains secrets doivent le rester, pour le bien de tous."

Léa sentit la colère monter en elle. "Pour le bien de tous ? Ou pour le bien de ceux qui tirent les ficelles dans l'ombre ?"

Le Premier ministre leva une main apaisante. "Nous comprenons votre position, Mademoiselle Moreau. Votre intégrité journalistique est louable. Mais vous devez réaliser les conséquences potentielles de vos actions."

Il fit un signe à l'un de ses assistants, qui remit à Léa un épais dossier. Elle l'ouvrit avec appréhension, découvrant des photos d'elle à différents moments de sa vie, des transcriptions de conversations téléphoniques, des relevés bancaires...

"Nous savons tout de vous," poursuivit le Premier ministre. "Vos moindres faits et gestes ont été scrutés, analysés. Nous pourrions, si nous le voulions, détruire votre carrière, votre réputation, votre vie en quelques heures."

Léa sentit un frisson glacé parcourir son échine, mais elle garda la tête haute. "Est-ce une menace ?"

"Un avertissement," corrigea le ministre de l'Intérieur. "Le dernier que vous recevrez. Abandonnez votre enquête. Remettez-nous tous les documents en votre possession concernant l'Opération Phénix. En échange, nous garantissons votre sécurité et celle de vos proches."

Un silence pesant s'abattit sur la salle. Léa sentait tous les regards braqués sur elle, attendant sa réponse. Son esprit tournait à plein régime, évaluant ses options.

D'un côté, la perspective de voir sa vie détruite, de mettre en danger ses proches, était terrifiante. De l'autre, elle pensait à toutes les personnes qui avaient risqué leur vie pour lui permettre de découvrir la vérité. Elle pensait à Élisabeth Marceau, à son sacrifice. Elle pensait aux principes pour lesquels elle s'était toujours battue en tant que journaliste.

Prenant une profonde inspiration, Léa redressa les épaules et fixa tour à tour chacun des hommes présents dans la pièce.

"Messieurs," commença-t-elle d'une voix ferme, "je comprends les enjeux en présence. Je sais que vous pensez agir pour le bien du pays. Mais une démocratie ne peut fonctionner dans l'ombre et le mensonge. Le peuple a le droit de savoir qui le gouverne vraiment, et comment."

Elle fit une pause, sentant la tension monter d'un cran dans la salle.

"Je ne peux pas, en conscience, abandonner cette enquête. Pas maintenant que je sais l'ampleur de ce qui se trame. Vous pouvez me menacer, me persécuter, tenter de me faire taire. Mais la vérité finira par éclater, d'une manière ou d'une autre."

Le Premier ministre se leva lentement, son visage trahissant un mélange de colère et de... respect ?

"Vous jouez un jeu dangereux, Mademoiselle Moreau," dit-il doucement. "J'espère que vous êtes prête à en assumer les conséquences."

Sur ces mots, il fit signe aux agents de la raccompagner. Alors qu'elle quittait la salle, Léa sentit le poids de sa décision peser sur ses épaules. Elle venait de défier ouvertement les plus hautes instances de l'État. La partie qui s'annonçait serait sans merci.

De retour dans les rues pluvieuses de Paris, Léa savait qu'elle n'avait plus droit à l'erreur. Chaque mouvement, chaque décision pourrait être fatale. Mais au fond d'elle-même, malgré la peur qui lui nouait l'estomac, elle sentait qu'elle avait fait le bon choix.

Elle sortit son téléphone et composa un numéro qu'elle connaissait par cœur.

"Alex ? C'est Léa. Il est temps de mettre en place le plan B. Ils ne me laisseront plus aucun répit maintenant."

Alors qu'elle raccrochait, Léa Moreau réalisa qu'elle venait de franchir un point de non-retour. La bataille finale pour la vérité allait commencer, et elle était déterminée à la remporter, quoi qu'il lui en coûte.

La pluie continuait de tomber sur Paris, lavant les rues de la capitale. Mais pour Léa, c'était le début d'une tempête bien plus violente, une tempête qui menaçait d'emporter dans son sillage les fondements mêmes de la République française.

Chapitre 35 : Une Mémoire Trafiquée

Le petit appartement d'Alex, niché au cœur du 11ème arrondissement de Paris, ressemblait plus à un centre de commandement high-tech qu'à un logement. Des écrans d'ordinateur tapissaient les murs, affichant des lignes de code, des flux de données en temps réel et des images de caméras de surveillance. Au milieu de ce chaos technologique, Léa Moreau et Alex, le génie de l'informatique, étaient penchés sur un dossier particulièrement troublant.

"C'est incroyable," murmura Léa, ses yeux parcourant frénétiquement les pages du rapport qu'Élisabeth Marceau lui avait confié. "L'ampleur de cette manipulation... c'est au-delà de tout ce que j'avais imaginé."

Alex hocha gravement la tête. "L'Opération Phénix n'était pas qu'un simple programme de recrutement et de placement d'agents. C'était une véritable usine à créer des identités, à remodeler des esprits."

Le rapport détaillait avec une précision clinique les méthodes utilisées pour "reprogrammer" les agents de l'Opération Phénix. Des techniques de pointe en neurosciences, en psychologie comportementale et même en pharmacologie avaient été combinées pour créer ce que les concepteurs du programme appelaient des "identités parfaites".

Léa sentit un frisson parcourir son échine en lisant les détails du processus. "Ils utilisaient l'hypnose profonde, des drogues expérimentales, même des simulations de réalité virtuelle pour implanter de faux souvenirs. C'est... c'est monstrueux."

"Et terriblement efficace," ajouta Alex, son visage trahissant un mélange de fascination et d'horreur. "Regarde ça." Il pointa du doigt un paragraphe particulier. "Ils ont réussi à créer des 'points d'ancrage mémoriels' si puissants que même sous l'effet de la torture ou de drogues de vérité, les agents maintenaient leur fausse identité."

Léa se leva, incapable de rester assise plus longtemps. Elle fit les cent pas dans le petit appartement, son esprit tournant à plein régime. "Mais pourquoi ? Pourquoi aller si loin ?"

Alex se tourna vers l'un de ses écrans, faisant défiler une série de dossiers cryptés. "D'après ce que j'ai pu décoder, l'objectif initial était de créer des agents d'influence parfaits. Des personnes qui pourraient s'infiltrer au plus haut niveau de la société, de la politique, des médias, sans jamais risquer d'être démasquées."

"Parce qu'elles-mêmes croyaient en leur fausse identité," compléta Léa, comprenant soudain l'ampleur de la manipulation.

"Exactement," confirma Alex. "Mais ce qui est vraiment effrayant, c'est que le programme a évolué. Il ne s'agissait plus seulement de placer des agents dormants. Ils ont commencé à façonner des personnalités publiques de toutes pièces."

Léa s'arrêta net. "Tu veux dire que..."

"Oui," dit gravement Alex. "Certaines des figures les plus influentes de notre pays, des politiciens, des capitaines d'industrie, des leaders d'opinion... pourraient être des créations de l'Opération Phénix."

Le silence qui suivit était lourd de implications. Léa sentit le poids de cette révélation peser sur ses épaules. C'était bien plus qu'un simple scandale politique. C'était une remise en question fondamentale de la réalité qu'elle croyait connaître.

"Il y a autre chose," reprit Alex après un moment. Il tapota sur son clavier, faisant apparaître une série de graphiques complexes. "J'ai analysé les données sur les techniques de manipulation mentale utilisées. Et... je pense qu'il y a un moyen de les inverser."

Léa se précipita vers l'écran. "Tu veux dire qu'on pourrait... restaurer les vraies identités des agents ?"

Alex hocha la tête, mais son expression restait grave. "En théorie, oui. Mais le processus serait extrêmement risqué. On parle de déconstruire des années de conditionnement mental. Les conséquences psychologiques pourraient être dévastatrices."

Léa pensa immédiatement à Élisabeth Marceau. Cette femme qui luttait entre deux identités, tiraillée entre Claire Dubois et la persona qu'on lui avait imposée. "On doit essayer," dit-elle avec détermination. "Ces gens ont le droit de retrouver qui ils sont vraiment."

Soudain, une alarme retentit sur l'un des ordinateurs d'Alex. Son visage pâlit visiblement. "Oh non..."

"Quoi ? Qu'est-ce qui se passe ?" demanda Léa, alarmée.

Alex pianota frénétiquement sur son clavier. "On a été repérés. Ils sont en train d'essayer de pénétrer mes défenses informatiques. Et ce n'est pas tout..." Il pointa vers une fenêtre montrant les images d'une caméra de surveillance extérieure. Plusieurs véhicules noirs venaient de s'arrêter devant l'immeuble.

"Il faut qu'on parte. Maintenant," dit Léa, sentant l'adrénaline monter en elle.

Alex acquiesça, déjà en train de rassembler son matériel essentiel. "J'ai un plan de secours. Une planque sûre où on pourra continuer notre travail."

Alors qu'ils se précipitaient vers la sortie de secours de l'immeuble, Léa ne put s'empêcher de penser à tous ces gens dont la vie entière n'était qu'une construction artificielle. Elle se jura de faire éclater la vérité, de leur rendre leur véritable identité.

Mais alors qu'ils s'enfonçaient dans la nuit parisienne, fuyant les forces qui cherchaient à les faire taire, une question lancinante s'imposa à elle : dans un monde où les souvenirs et les identités pouvaient être façonnés à volonté, qu'est-ce qui définissait réellement une personne ? Et jusqu'où était-elle prête à aller pour découvrir cette vérité fondamentale ?

La chasse continuait, et avec elle, la quête d'une vérité qui menaçait de redéfinir la nature même de l'identité et de la réalité. Léa Moreau savait qu'elle s'engageait sur un chemin dont elle ne pourrait plus faire marche arrière. Mais la vérité, aussi terrifiante soit-elle, valait tous les sacrifices.

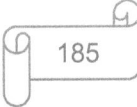

Chapitre 36 : Un Enregistrement Secret

La planque d'Alex se révéla être un ancien bunker de la Seconde Guerre mondiale, reconverti en un refuge high-tech niché dans les sous-sols d'un immeuble anonyme de la banlieue parisienne. Léa et Alex y travaillaient sans relâche depuis 48 heures, épuisant toutes les pistes possibles pour démêler l'écheveau complexe de l'Opération Phénix.

"J'ai quelque chose," annonça soudainement Alex, ses yeux rougis par la fatigue s'illuminant derrière ses lunettes. "Un fichier audio crypté. Il était caché dans les métadonnées d'une photo anodine du dossier d'Élisabeth."

Léa se précipita vers l'écran d'Alex, le cœur battant. "Tu peux le décrypter ?"

"Déjà fait," répondit-il avec un sourire fatigué. "Prépare-toi, ça risque d'être explosif."

Il lança la lecture. La voix qui s'éleva des haut-parleurs était masculine, autoritaire, et étrangement familière à Léa.

"Compte-rendu de l'opération Phénix, phase finale. Sujet E.M., nom de code 'Athéna', prête pour l'insertion. Tous les paramètres sont au vert. L'implantation mémorielle est stable à 98%. Les tests de résistance psychologique sont concluants. Le sujet est convaincu de sa nouvelle identité et de sa mission."

Léa et Alex échangèrent un regard lourd de sens. C'était la confirmation de leurs pires craintes.

La voix poursuivit : "Le placement du sujet au lycée La Providence est validé. La rencontre avec la cible J.M. est prévue dans les six mois. Rappel des objectifs : influence subtile, orientation vers une carrière politique, préparation au rôle de First Lady. Athéna sera notre clé pour façonner l'avenir politique de la France pour les deux prochaines décennies."

"Mon Dieu," souffla Léa. "Ils avaient tout planifié. La rencontre d'Élisabeth et Julien, leur relation, l'ascension politique de Marceau... Tout n'était qu'une vaste manipulation."

Mais l'enregistrement n'était pas terminé. La voix reprit, plus basse, presque hésitante :

"Note personnelle : Je commence à avoir des doutes sur l'éthique de cette opération. Les implications à long terme sont... troublantes. Si jamais cet enregistrement devait être découvert, que celui qui l'écoute sache que l'Opération Phénix va bien au-delà d'Élisabeth Marceau. Des dizaines d'autres 'sujets' ont été placés à des postes clés. Le gouvernement, les médias, l'industrie... Nous avons créé un réseau d'influence qui échappe à tout contrôle démocratique. J'ai peur de ce que nous avons déclenché."

Le silence qui suivit était assourdissant. Léa et Alex restèrent figés, assimilant la portée de ce qu'ils venaient d'entendre.

"Cette voix," dit finalement Léa. "Je la reconnais. C'est celle de Jean-Pierre Valentin, l'ancien directeur de la DGSE. Il est mort dans un prétendu accident de voiture il y a cinq ans."

"Un accident, vraiment ?" demanda Alex, sceptique.

Léa secoua la tête. "Plus rien ne m'étonne dans cette affaire. Mais cet enregistrement... c'est la preuve irréfutable que nous cherchions. Avec ça, on peut faire éclater toute l'affaire au grand jour."

Alex acquiesça, mais son visage restait sombre. "Oui, mais à quel prix ? Tu as entendu Valentin. L'Opération Phénix a infiltré tous les niveaux de la société. Révéler ça pourrait provoquer un chaos sans précédent."

Léa se leva, faisant les cent pas dans l'espace confiné du bunker. "Je sais. Mais on ne peut pas garder ça secret. Le peuple a le droit de savoir qui le gouverne vraiment."

Elle s'arrêta soudain, frappée par une idée. "Et si... et si on utilisait leurs propres méthodes contre eux ?"

Alex leva un sourcil interrogateur. "Que veux-tu dire ?"

"Tu as dit que tu avais trouvé un moyen de potentiellement inverser le processus de manipulation mentale, non ? Et si on l'appliquait à Élisabeth Marceau ? Si on pouvait restaurer ses vrais souvenirs, lui rendre son identité de Claire Dubois..."

"Ce serait extrêmement risqué," avertit Alex. "On parle de jouer avec l'esprit d'une personne. Les conséquences pourraient être désastreuses."

Léa hocha la tête, consciente des enjeux. "Je sais. Mais c'est peut-être notre seule chance. Si Élisabeth retrouve sa vraie identité, ses vrais souvenirs, elle pourrait témoigner. Son témoignage, combiné à cet enregistrement..."

"...pourrait faire s'écrouler tout le système," compléta Alex.

Un silence tendu s'installa dans le bunker. La décision qu'ils s'apprêtaient à prendre allait bien au-delà du simple journalisme d'investigation. Ils s'apprêtaient à jouer avec la vie et l'esprit d'une personne, à potentiellement bouleverser l'équilibre politique de tout un pays.

"On doit essayer," dit finalement Léa, sa voix trahissant à la fois sa détermination et son appréhension. "Mais d'abord, on doit mettre cet enregistrement en sécurité. C'est notre assurance-vie."

Alex acquiesça gravement. Il se tourna vers ses ordinateurs, ses doigts volant sur le clavier. "Je vais le crypter et le disséminer sur plusieurs serveurs sécurisés. Si quelque chose nous arrive, il sera automatiquement envoyé à une liste de journalistes et de lanceurs d'alerte triés sur le volet."

Pendant qu'Alex travaillait, Léa sortit son téléphone. Elle composa un numéro qu'elle n'avait pas utilisé depuis des semaines, priant pour qu'il soit toujours actif.

Après plusieurs sonneries, une voix fatiguée répondit : "Allô ?"

"Marc ? C'est Léa. J'ai besoin de ton aide pour une dernière mission. La plus importante de toutes."

Alors que Léa exposait son plan à son ancien rédacteur en chef, elle savait qu'elle s'engageait sur un chemin sans retour. L'enregistrement secret qu'ils venaient de découvrir était une bombe à retardement qui menaçait de faire exploser les fondations mêmes de la République française.

La vérité était à portée de main, mais le prix à payer pour la révéler pourrait être plus élevé que tout ce qu'ils avaient imaginé. Léa Moreau était prête à ce sacrifice. Restait à savoir si le monde était prêt pour cette vérité explosive.

Chapitre 37 : Les Coulisses d'un Complot

Le bunker où Léa Moreau et Alex s'étaient réfugiés résonnait du crépitement des claviers et du ronronnement des serveurs. Cela faisait maintenant trois jours qu'ils travaillaient à décrypter et analyser les données qu'ils avaient sauvées, et les pièces du puzzle gigantesque qu'était l'Opération Phénix commençaient enfin à s'assembler. Au cœur de ces informations : des mémos, des enregistrements audio, des correspondances secrètes. Tout pointait vers l'existence d'un plan titanesque, orchestré depuis des décennies, visant à remodeler le pouvoir en France et, plus largement, en Europe.

Léa, assise devant un écran où défilait une série de dates et de noms, tapotait nerveusement son stylo contre la table. Ses yeux s'arrêtèrent sur une mention particulière : « *Initiation du projet Phénix, 1981* », suivi d'un symbole étrange – une figure géométrique entrelacée, ressemblant à une étoile stylisée.

"Alex, regarde ça," dit-elle, pointant la ligne sur l'écran. "C'est la première fois qu'ils mentionnent la création de l'Opération Phénix avec un symbole. Tu peux chercher si ce symbole apparaît ailleurs ?"

Alex, les yeux cernés mais pleinement concentré, acquiesça. "Donne-moi une minute."

Ses doigts dansèrent sur le clavier, lançant une recherche dans la base de données obtenue. À peine quelques secondes plus tard, plusieurs résultats surgirent : des documents classifiés, des rapports de réunions confidentielles, des plans d'opérations.

"Ce symbole est lié à un groupe plus ancien," expliqua Alex. "Un comité occulte nommé *Égide*, créé dans les années 70. Un groupe de hauts fonctionnaires, de banquiers et d'industriels. Ils voulaient influencer l'avenir politique et économique de la France en façonnant une génération de dirigeants fidèles à leurs idéaux."

Léa sentit un frisson lui parcourir l'échine. Elle se leva, parcourant la pièce d'un pas fébrile. "Donc l'Opération Phénix n'était qu'une étape. Un outil pour exécuter un plan bien plus large ?"

Alex hocha la tête. "Exactement. Écoute ça." Il lança un enregistrement vocal, visiblement récupéré d'une réunion secrète tenue dans les années 90.

"Nous ne pouvons plus laisser les élections et le hasard déterminer l'avenir de la France. Le peuple se laisse trop facilement manipuler par des idéologies chaotiques. Nous devons construire un pouvoir stable, durable, avec des figures que nous contrôlons. Phénix n'est que le début. Une nation nécessite une colonne vertébrale forte, invisible, mais inébranlable."

Les mots résonnèrent dans l'esprit de Léa : *"Une colonne vertébrale invisible."* Ces hommes et femmes, membres de l'Égide, avaient décidé que la démocratie française devait être, dans les faits, une illusion. Une structure où les apparences de choix demeuraient, mais où les véritables décisions étaient prises par l'élite.

"Attends," dit Alex, ouvrant un autre document, cette fois un mémo signé par Jean-Pierre Valentin, l'ancien directeur de la DGSE. "Il y a ici les noms des principaux architectes de tout ce plan."

Il lut à haute voix : "Jean-Pierre Valentin pour la coordination des services secrets ; Philippe Darzac, magnat de la presse, chargé de l'influence médiatique ; Marianne Vaillant, économiste, responsable de l'implantation de figures contrôlées dans la finance ; et…" Il s'arrêta, déglutissant. "Et François Marchand, alors président de la République."

Léa sentit un poids écrasant s'abattre sur ses épaules. "Ils avaient même infiltré la présidence ? Mon Dieu, c'est… monumental."

Alex continua à explorer les fichiers. "Ce qui est encore plus troublant, c'est qu'ils n'ont pas seulement agi à une échelle nationale. Ils ont placé des agents dans l'Union Européenne, dans des institutions comme la Banque Centrale Européenne, même dans l'OTAN. L'objectif était clair :

créer un réseau transnational pour contrôler les politiques économiques et sécuritaires."

Léa se laissa tomber dans une chaise, abasourdie. "Et Élisabeth Marceau dans tout ça ? Elle n'était qu'un pion dans ce vaste échiquier ?"

Alex hésita. "Oui et non. Elle était censée être l'un des agents les plus influents. Mais quelque chose a dérapé. D'après ce que j'ai lu, elle a commencé à montrer des signes de 'dérive émotionnelle' – c'est comme ça qu'ils le qualifient. Elle n'a jamais complètement adhéré à leur idéologie. Et quand elle est tombée amoureuse de Julien Marceau, ça a compromis leurs plans."

Léa se pencha en avant, les mains jointes, essayant de rassembler ses pensées. "Donc, en exposant l'Opération Phénix, elle n'a pas seulement trahi le réseau. Elle a aussi montré que les agents censés être infaillibles pouvaient dévier de leur trajectoire. Elle est devenue une menace directe."

Alex hocha la tête. "Exactement. Et c'est pourquoi ils veulent la faire taire à tout prix."

Soudain, une alerte sonore interrompit leur discussion. Alex se tourna vers un écran clignotant en rouge. "Ils approchent. Il y a des connexions suspectes sur mon réseau. Ils essaient de localiser notre position."

Léa sentit la panique monter, mais elle refusa de céder à la peur. "On doit agir vite. On ne peut pas laisser ces informations disparaître."

"Je crypte tout et envoie une copie vers plusieurs serveurs sécurisés," répondit Alex en tapant furieusement sur son clavier. "Mais on ne pourra pas rester ici longtemps."

Léa réfléchit rapidement. "On doit aller plus loin. Publier un rapport complet. Pas seulement sur l'Opération Phénix, mais sur l'ensemble du plan. L'Égide, le réseau d'influence, tout."

"Ça ne suffira pas," répliqua Alex. "Ils démentiront tout, accuseront ça d'être un complot fantaisiste. On a besoin d'un visage, quelqu'un qui puisse témoigner publiquement."

"Élisabeth," murmura Léa. "Elle est notre clé. Elle peut confirmer tout ce que nous avons découvert. Mais elle doit sortir de l'ombre."

Un coup violent résonna soudain contre la porte du bunker, interrompant leur échange. Alex se figea, son regard se portant vers le moniteur de sécurité montrant plusieurs silhouettes armées approchant. "Ils sont là," dit-il, la voix tremblante.

"Prends les disques et prépare une sortie," répondit Léa, le cœur battant à tout rompre. "Je vais les distraire."

"Non, Léa—" commença Alex, mais elle lui coupa la parole.

"On n'a pas le choix."

Alors qu'Alex se précipitait vers une issue de secours dissimulée, Léa vérifia que les précieuses données étaient bien sécurisées. Elle se prépara mentalement, sachant que chaque seconde qu'elle gagnait permettrait à Alex de sauver les preuves.

Les coups se faisaient plus insistants. Elle inspira profondément, jetant un dernier regard à son allié avant de murmurer : "La vérité doit être connue, quoi qu'il en coûte."

Tandis que les événements prenaient une tournure critique, Léa réalisait toute l'ampleur du complot qu'elle avait découvert. Ce qu'elle et Élisabeth avaient entre les mains n'était pas seulement une histoire ; c'était une révolution. Une révolution contre des décennies de manipulations qui avaient façonné l'histoire de la France et bien au-delà.

Le bastion d'ombres construit par l'Égide commençait à s'effondrer. Mais la question demeurait : Léa et Alex pourraient-ils tenir assez longtemps pour révéler au monde l'étendue de ce réseau invisible ?

📖 ✦ ✦ ✦ ✦ ✦ ✦ 🌍

Chapitre 38 : Un Lien Avec la CIA

La nuit était tombée sur Paris lorsque Léa Moreau émergea d'une bouche de métro désaffectée, le souffle court et les nerfs à vif. Elle avait réussi à semer ses poursuivants, du moins temporairement, mais elle savait que le répit serait de courte durée. Alex avait disparu dans une direction opposée, emportant avec lui une copie des preuves cruciales qu'ils avaient rassemblées.

Léa se faufila dans les ruelles sombres du 13ème arrondissement, son esprit tournant à plein régime. Les révélations des derniers jours l'avaient ébranlée jusqu'au plus profond de son être, mais ce qu'elle s'apprêtait à découvrir allait redéfinir tout ce qu'elle croyait savoir sur l'Opération Phénix.

Son téléphone vibra - un message d'Alex : "RDV au point Omega. J'ai trouvé quelque chose. C'est plus gros que ce qu'on pensait."

Le point Omega. Léa frissonna, reconnaissant le code qu'ils avaient établi pour leur ultime refuge - un appartement anonyme appartenant à un ancien contact d'Alex dans les services de renseignement. Si Alex voulait la voir là-bas, c'est que l'information était explosive.

Une heure plus tard, après s'être assurée qu'elle n'était pas suivie, Léa frappait à la porte d'un modeste appartement dans le 20ème. Alex lui ouvrit, le visage grave.

"Tu ferais mieux de t'asseoir," dit-il sans préambule.

Il la conduisit devant un ordinateur portable posé sur une table de cuisine bancale. L'écran affichait une série de documents classifiés, portant l'en-tête de la CIA.

"Comment as-tu obtenu ça ?" demanda Léa, stupéfaite.

"Ça faisait partie des fichiers que nous avons récupérés," expliqua Alex. "Mais ils étaient cryptés différemment. J'ai réussi à les décoder pendant notre fuite."

Léa se pencha sur l'écran, parcourant rapidement les documents. Son cœur manqua un battement lorsqu'elle réalisa ce qu'elle lisait.

"Mon Dieu," murmura-t-elle. "L'Opération Phénix... c'était une collaboration franco-américaine depuis le début ?"

Alex hocha gravement la tête. "Pas seulement une collaboration. L'idée même de l'opération venait de la CIA. Ils l'ont proposée à la DGSE au début des années 80, sous couvert de renforcer les liens entre les deux pays face à la menace soviétique."

Léa sentit sa tête tourner. "Mais pourquoi ? Quel intérêt avaient-ils à manipuler la politique française ?"

"Contrôle," répondit simplement Alex. "Regarde ce mémo."

Il fit défiler jusqu'à un document daté de 1982, signé par un haut responsable de la CIA dont le nom avait été soigneusement caviardé.

"Projet Phénix offre une opportunité unique d'influencer à long terme la trajectoire politique d'un allié majeur," lut Léa à voix haute. "En plaçant nos agents au cœur du système français, nous pourrons orienter les décisions cruciales en matière de politique étrangère, de défense et d'économie pour les décennies à venir."

Alex continua : "Ils ont fourni la technologie, l'expertise en manipulation mentale, même une partie du financement. En échange, ils avaient un droit de regard sur le choix des 'sujets' et leur placement."

Léa se leva brusquement, incapable de rester assise. "Donc Élisabeth Marceau... elle était aussi un agent de la CIA ?"

"Pas directement," nuança Alex. "Elle était gérée par la DGSE, mais son 'profil' avait été approuvé par la CIA. Ils la voyaient comme un atout majeur pour influencer la future présidence française."

Léa se massa les tempes, essayant d'assimiler l'ampleur de ces révélations. "C'est de la folie. Une puissance étrangère qui manipule directement la politique d'un pays allié..."

"Ce n'est pas tout," ajouta Alex, son visage s'assombrissant encore. "L'Opération Phénix n'était qu'une partie d'un plan bien plus vaste. Regarde ça."

Il ouvrit un autre document, montrant un organigramme complexe. Au centre, un nom de code : "Projet Olympus".

"Olympus était le plan global," expliqua Alex. "Phénix en France, mais aussi des opérations similaires dans d'autres pays européens. Allemagne, Italie, Royaume-Uni... Ils voulaient créer un réseau d'influence à l'échelle du continent."

Léa sentit un frisson lui parcourir l'échine. "Pour quoi faire ? Quel était leur objectif final ?"

Alex hésita un instant avant de répondre : "D'après ce que j'ai pu comprendre, ils voulaient s'assurer que l'Europe resterait fermement dans l'orbite américaine, quoi qu'il arrive. Influencer les politiques de défense, les accords commerciaux, même l'orientation de l'Union Européenne."

Un silence pesant s'abattit sur la pièce. Léa fixait l'écran, son esprit luttant pour accepter l'ampleur de ce qu'elle découvrait. Ce n'était plus seulement une affaire française, mais un complot international qui remettait en question des décennies de relations diplomatiques et d'alliances supposées.

"On doit rendre ça public," dit-elle finalement, sa voix tremblant légèrement. "Le monde doit savoir."

Alex acquiesça lentement. "Oui, mais ça va déclencher un ouragan diplomatique. Les conséquences seront..."

Il fut interrompu par un bruit sourd venant de l'extérieur de l'appartement. Ils échangèrent un regard alarmé.

"Ils nous ont retrouvés," murmura Léa.

Alex bondit vers son ordinateur, ses doigts volant sur le clavier. "J'envoie tout à nos contacts sécurisés. Même s'ils nous attrapent, l'information survivra."

Léa sentit l'adrénaline monter en elle. Elle savait qu'ils étaient au cœur d'une tempête qui allait secouer le monde entier. L'Opération Phénix, le Projet Olympus, la manipulation à grande échelle de la politique européenne... Tout était sur le point d'être révélé.

Alors que des pas lourds résonnaient dans le couloir, Léa Moreau se prépara à affronter ce qui allait suivre. Elle avait commencé cette enquête en pensant dévoiler un scandale national. Elle réalisait maintenant qu'elle était sur le point de faire éclater une vérité qui allait redéfinir l'équilibre géopolitique mondial.

La porte de l'appartement vola en éclats. Dans le chaos qui s'ensuivit, une seule pensée occupait l'esprit de Léa : la vérité devait éclater, quelles qu'en soient les conséquences. Le monde ne serait plus jamais le même après ça.

Chapitre 39 : L'Affaire Devient Internationale

Le soleil se levait à peine sur Washington D.C. lorsque l'alerte retentit dans les bureaux de la CIA. Des agents en costume sombre se précipitaient dans les couloirs, leurs visages tendus trahissant la gravité de la situation. Dans une salle de réunion sécurisée, le directeur de l'agence, flanqué de ses plus proches conseillers, fixait avec incrédulité les écrans muraux qui diffusaient en direct les dernières nouvelles internationales.

"Comment est-ce possible ?" rugit-il, frappant du poing sur la table. "Comment ces informations ont-elles pu fuiter ?"

Sur les écrans, des journalistes du monde entier relayaient les révélations explosives sur l'Opération Phénix et le Projet Olympus. Les implications de l'implication de la CIA dans la manipulation à grande échelle de la politique européenne faisaient l'effet d'une bombe géopolitique.

Pendant ce temps, à Bruxelles, le Parlement européen était en ébullition. Des sessions d'urgence étaient convoquées, les députés exigeant des explications et des actions immédiates. L'idée même que les démocraties européennes aient pu être influencées pendant des décennies par une puissance étrangère ébranlait les fondements de l'Union.

À Paris, l'Élysée était assiégé par les journalistes. Le Président Julien Marceau, l'air hagard et visiblement dépassé par les événements, tentait tant bien que mal de gérer la crise. Son téléphone ne cessait de sonner : appels de dirigeants étrangers exigeant des explications, de partenaires européens inquiets, d'alliés américains cherchant à limiter les dégâts.

Dans une salle sécurisée de l'Élysée, Élisabeth Marceau, entourée d'une équipe de conseillers en gestion de crise, regardait les événements se dérouler avec un mélange de soulagement et d'appréhension. Son rôle dans toute cette affaire était désormais exposé au grand jour, mais les implications allaient bien au-delà de sa propre histoire.

"Madame," intervint un conseiller, "l'ambassadeur américain demande une rencontre d'urgence avec le Président. Que devons-nous faire ?"

Élisabeth ferma les yeux un instant, pesant le pour et le contre. "Dites-lui que le Président le recevra, mais pas avant que nous ayons eu le temps de préparer notre position."

Pendant ce temps, Léa Moreau et Alex, qui avaient réussi à échapper de justesse à leurs poursuivants, se trouvaient maintenant dans un petit hôtel de la banlieue de Bruxelles. Ils observaient, à la fois fascinés et terrifiés, l'onde de choc que leurs révélations provoquaient à travers le monde.

"C'est incroyable," murmura Léa, les yeux rivés sur son ordinateur portable qui affichait les dernières dépêches. "Des manifestations spontanées éclatent dans toutes les grandes capitales européennes. Les gens exigent des réponses, des démissions..."

Alex hocha gravement la tête. "Et ce n'est que le début. Regarde ça."

Il lui montra un message crypté qu'il venait de recevoir. "Nos contacts au sein de certains services de renseignement européens confirment l'authenticité de nos informations. Ils sont prêts à témoigner, à fournir des preuves supplémentaires."

Léa sentit un frisson d'excitation mêlé d'appréhension. "Ça va aller encore plus loin que ce qu'on pensait, n'est-ce pas ?"

"Absolument," confirma Alex. "Ce n'est plus seulement une affaire franco-américaine. D'autres pays vont être impliqués. Des gouvernements pourraient tomber."

Soudain, le téléphone de Léa vibra. Un numéro inconnu s'affichait à l'écran. Avec hésitation, elle décrocha.

"Mademoiselle Moreau ?" La voix à l'autre bout du fil était grave, autoritaire. "Ici l'ambassadeur Français auprès de l'Union Européenne. Nous devons parler, de toute urgence."

Léa échangea un regard avec Alex. Ils savaient que ce moment arriverait, où les institutions qu'ils avaient exposées chercheraient à entrer en contact avec eux.

"Je vous écoute, Monsieur l'Ambassadeur," répondit Léa, s'efforçant de garder une voix ferme.

"Ce que vous avez déclenché... c'est un séisme politique sans précédent," poursuivit l'ambassadeur. "Le gouvernement français souhaite... collaborer avec vous pour gérer cette crise de la manière la plus responsable possible."

Léa sentit un rire nerveux monter en elle. "Collaborer ? Après avoir essayé de nous faire taire par tous les moyens ?"

Il y eut un silence à l'autre bout de la ligne. "Les circonstances ont changé, Mademoiselle Moreau. Nous sommes dans une situation sans précédent. Des pressions énormes s'exercent sur nous de toutes parts. Les Américains, les Russes, les Chinois... Tout le monde veut sa part de l'histoire, cherche à tirer avantage de la situation."

Léa réalisa soudain l'ampleur des enjeux géopolitiques en jeu. Ce qu'elle avait dévoilé allait bien au-delà d'un simple scandale national. C'était l'équilibre du pouvoir mondial qui était en train de se redessiner en direct.

"Que proposez-vous exactement ?" demanda-t-elle prudemment.

"Une rencontre. Avec vous, le Président Marceau, et des représentants clés de l'Union Européenne. Nous devons trouver un moyen de gérer cette crise de manière à préserver la stabilité de nos institutions démocratiques."

Léa hésita. Elle savait que cette proposition était à double tranchant. D'un côté, cela lui donnerait un accès sans précédent aux coulisses du pouvoir, une chance de pousser pour une vraie transparence. De l'autre, elle risquait d'être manipulée, utilisée pour atténuer l'impact de ses révélations.

"Je dois y réfléchir," répondit-elle finalement. "Et en discuter avec mes collaborateurs."

"Bien sûr," concéda l'ambassadeur. "Mais ne tardez pas trop. La situation évolue d'heure en heure."

Après avoir raccroché, Léa se tourna vers Alex, le visage grave. "On entre dans une nouvelle phase. Ce n'est plus seulement une enquête journalistique. On est au cœur d'une crise diplomatique internationale."

Alex acquiesça lentement. "La question est : sommes-nous prêts à jouer à ce niveau ? Les enjeux sont énormes, Léa. Un faux pas et..."

"Je sais," coupa Léa. "Mais on ne peut pas reculer maintenant. On a ouvert cette boîte de Pandore, on doit aller jusqu'au bout."

Alors qu'ils discutaient de leur prochaine move, à l'autre bout du monde, dans les couloirs du pouvoir de Washington, Moscou, Pékin et d'autres capitales, des stratégies se mettaient en place. L'affaire Phénix était devenue un enjeu global, chaque puissance cherchant à tirer parti de cette révélation explosive pour redéfinir l'ordre mondial.

Léa Moreau, qui avait commencé cette enquête comme simple journaliste, se retrouvait maintenant au centre d'un ouragan géopolitique. Les jours à venir allaient être cruciaux, non seulement pour elle et pour la France, mais pour l'avenir même des relations internationales.

La vérité avait éclaté, et le monde ne serait plus jamais le même.

Chapitre 40 : Un Ultimatum Présidentiel

Le Palais de l'Élysée, d'habitude symbole de stabilité et de grandeur, était devenu l'épicentre d'une crise sans précédent. Alors qu'à l'extérieur, des foules de manifestants scandaient des slogans exigeant des explications et des démissions, à l'intérieur, le président Julien Marceau affrontait la plus grande épreuve de sa carrière. Et peut-être de sa vie.

Dans le bureau ovale, silencieux à l'exception des murmures tendus de ses conseillers, le président était assis, immobile, les mains jointes devant lui. Son visage était marqué par des jours de fatigue accumulée, mais son regard était fixé sur Élisabeth Marceau, debout à quelques pas de lui.

Elle semblait plus déterminée que jamais. Malgré les pressions, malgré les attaques médiatiques, elle avait maintenu sa position depuis la conférence de presse qui avait révélé son rôle dans l'Opération Phénix. Mais ce jour-là, l'atmosphère était différente : c'était une confrontation dont l'issue allait décider du futur du pays.

Un ultimatum annoncé

Julien se racla la gorge, brisant le silence lourd qui pesait sur la pièce.

"Élisabeth," commença-t-il, sa voix basse mais ferme. "Nous sommes ici parce que la situation est devenue intenable. Ce qui se passe dépasse tout ce que nous pouvions imaginer. Il faut que cela cesse."

Élisabeth, habillée simplement mais avec une élégance naturelle, croisa ses bras. "Que veux-tu dire par 'cesse', Julien ? Que je me taise ? Que nous enterrions tout pour protéger ce système corrompu ?"

"Pour protéger la France !" répondit Julien, sa voix s'élevant légèrement avant qu'il ne se reprenne. "Tu comprends ce que tes révélations ont déclenché ? Ce n'est pas seulement une crise politique, Élisabeth. C'est une remise en question de tout ce que le peuple croit savoir sur sa démocratie. Et cela pourrait détruire notre pays."

Il se leva, faisant les cent pas dans la pièce. "Des pressions internationales énormes s'exercent sur nous. Les États-Unis exigent que nous minimisions leur rôle dans l'affaire. Les Européens sont furieux et demandent des têtes. La presse est devenue ingérable. Et maintenant, il y a ces manifestations qui se multiplient dans tout le pays. Nous sommes au bord du précipice."

Élisabeth le regarda fixement, son visage empreint d'une détermination froide. "Et tu veux que je sois celle qui sacrifie la vérité pour sauver le précipice ?"

La réunion de crise

Julien fit signe à ses conseillers, qui étaient restés en retrait, de s'approcher. Parmi eux se trouvaient Pierre Dumas, chef de cabinet, récemment réintégré dans ses fonctions après avoir été blanchi des accusations, et le ministre de l'Intérieur, Alexandre Rochefort, dont l'air tendu trahissait l'ampleur de la situation.

"Monsieur le Président," commença Rochefort, "nous devons envisager une sortie de crise immédiate. Il y a deux options principales à notre disposition."

Julien acquiesça et se tourna vers Élisabeth. "Tu as suffisamment influencé la presse lors de ta conférence de presse. Maintenant, tu vas devoir nous aider à calmer les choses."

Rochefort prit un dossier et le posa sur la table. "Option une : Élisabeth fait une déclaration officielle, expliquant qu'elle a mal interprété son rôle dans l'opération, qu'elle n'était pas consciente de l'ampleur de l'Opération Phénix. Nous laissons entendre qu'elle a été manipulée par des acteurs malveillants. Cela permettra de minimiser les dégâts."

Élisabeth fronça les sourcils, interloquée par la suggestion. "Donc vous voulez que je mente. Que je devienne le bouc émissaire."

Rochefort évita son regard. "Cela pourrait sauver la présidence, Madame. Et préserver ce qui reste de la stabilité de notre démocratie."

Élisabeth ne répondit pas, mais Julien reprit la parole, d'un ton plus direct. "Et si tu refuses ?"

Rochefort ouvrit un autre dossier et le posa sur la table. "Option deux : nous agissons pour neutraliser la crise par des moyens plus... radicaux. Les informations de Mademoiselle Moreau et d'Alex sont déjà partiellement en circulation. Nous devrons nous assurer qu'elles ne puissent aller plus loin."

Élisabeth fit un pas en avant, son regard s'assombrissant. "Vous parlez d'arrêter Léa Moreau ? De réduire au silence toutes les voix qui ont permis de dévoiler cette affaire ?"

Rochefort haussa légèrement les épaules. "Cela pourrait inclure des mesures judiciaires. Ou, pour ceux qui contreviennent davantage, des solutions plus définitives."

Elle se tourna vers Julien, le regard chargé d'accusations. "C'est ça, Julien ? C'est ce que tu veux ? Me forcer à mentir ou laisser ton gouvernement commettre des actes irréparables au nom de la stabilité ?"

Une confrontation explosive

Le Président tourna les yeux vers le sol, se passant une main nerveuse dans les cheveux. Ses conseillers, visiblement mal à l'aise, retenaient leur souffle. Les décisions qui allaient être prises ici avaient des implications colossales.

"Élisabeth," dit-il enfin, d'une voix douce mais ferme. "Je n'ai jamais voulu en arriver là. Mais je dois penser à autre chose que nous-mêmes. Je dois penser à la France."

Elle s'approcha de lui, ses bras toujours croisés. "Alors pense aux citoyens, Julien. À ceux qui défilent dans les rues, qui veulent des réponses. Pense à ceux qui ont cru en nous, qui espéraient que nous incarnions une autre forme de leadership."

Elle posa une main sur son épaule, le ramena à son bureau. "La vérité est inconfortable. Elle ébranlera des institutions, des alliances, des certitudes. Mais elle est nécessaire. Si tu continues à protéger les mensonges qui nous ont amenés ici, tu ne sauves pas la France, tu la condamnes."

Julien leva les yeux vers elle, et dans son regard, elle vit un mélange d'épuisement, de doutes et d'amour. Mais elle savait qu'il était tiraillé entre ses responsabilités et ses instincts.

Rochefort, impassible jusque-là, reprit la parole. "Monsieur le Président, il est temps de donner vos instructions. Madame Marceau doit choisir son option. Et si elle refuse, nous devrons agir en conséquence."

Élisabeth se tourna vers lui, mais ce fut Julien qui répondit. "Non. Il n'y aura pas de menaces. Pas de mesures définitives. Pas de condamnation au silence."

Il se leva, dominant la pièce par sa stature. "Ce qui a commencé comme une enquête doit se terminer par la vérité. Élisabeth a raison : nous devons affronter cette vérité, quoi qu'il en coûte."

Ses conseillers échangèrent des regards incrédules. Rochefort s'apprêta à protester, mais Julien leva une main pour le faire taire. "Je prendrai les conséquences de cette décision. Si cela signifie la fin de ma présidence, soit."

Un silence tombale s'installa dans la pièce. Élisabeth sentit ses yeux se remplir d'émotions. Julien, malgré tout, avait choisi de se tenir à ses côtés.

Les premières retombées

Quelques heures plus tard, une conférence de presse fut annoncée. Julien Marceau, flanqué d'Élisabeth, se tenait devant un parterre de journalistes du monde entier.

D'une voix forte mais mesurée, il déclara : "Aujourd'hui, nous faisons face à l'une des plus grandes crises politiques de notre histoire. Les révélations sur l'Opération Phénix et le système qui l'entourait sont choquantes. Mais il est de notre devoir, en tant que dirigeants, d'affronter cette vérité, de prendre nos responsabilités et de reconstruire une démocratie transparente et honnête."

Il termina par ces mots : "La vérité coûte cher. Mais elle est le seul investissement qui vaille pour une nation libre."

À l'extérieur, les cris des manifestants se transformèrent en applaudissements. L'orage politique était loin d'être terminé, mais dans cet instant fragile, il semblait que la France pouvait encore espérer un renouveau.

Léa Moreau, regardant la retransmission depuis sa cachette, sentit une larme glisser sur sa joue. Elle savait qu'elle avait joué un rôle crucial, mais la bataille était loin d'être terminée. L'Opération Phénix, ce vaste réseau de manipulation, allait laisser des cicatrices profondes sur le pays. Mais avec le courage de ceux qui avaient choisi la vérité, ces cicatrices avaient une chance de devenir les marques d'un nouveau départ.

Et ainsi, dans la tempête qui continuait de gronder, un espoir timide commençait à émerger.

📖 ✦ ✦ ✦ ✦ ✦ ✦ 🌐

Chapitre 41 : Une Dernière Confession

Le soleil se couchait sur Paris, baignant la ville d'une lueur orangée qui semblait en contradiction avec l'atmosphère tendue qui régnait dans la capitale. Au cœur de l'Élysée, dans les appartements privés du couple présidentiel, Élisabeth Marceau se tenait debout devant la fenêtre, son regard perdu dans l'horizon. Derrière elle, Julien Marceau, assis sur un fauteuil, l'observait en silence, son visage trahissant un mélange de fatigue et d'appréhension.

La journée avait été éprouvante. Leur conférence de presse, où ils avaient choisi la voie de la vérité plutôt que celle du déni, avait déclenché un véritable séisme politique. Les réactions internationales pleuvaient, les alliés de la France exigeaient des explications, et l'opposition appelait à la démission immédiate du Président.

"Julien," dit soudainement Élisabeth, brisant le silence pesant qui s'était installé entre eux. "Il y a quelque chose que je dois te dire. Quelque chose que je n'ai jamais révélé à personne."

Le Président se redressa, sentant l'importance du moment. "Je t'écoute, Élisabeth."

Elle se tourna vers lui, son visage empreint d'une gravité qu'il ne lui avait jamais vue auparavant. "Ce que je vais te dire pourrait tout changer. Es-tu prêt à l'entendre ?"

Julien acquiesça lentement, se préparant mentalement à ce qui allait suivre.

Élisabeth prit une profonde inspiration. "L'Opération Phénix... ce n'était pas seulement un programme de manipulation politique. C'était aussi une expérience scientifique à grande échelle."

Elle s'approcha de lui, s'asseyant sur le bord du fauteuil en face. "Les techniques utilisées pour nous 'reprogrammer', pour créer ces nouvelles identités... elles étaient basées sur des recherches en neurosciences bien plus avancées que ce que le public peut imaginer."

Julien fronça les sourcils. "Que veux-tu dire ?"

"Je veux dire que les scientifiques impliqués dans le projet ont développé une technologie capable de littéralement réécrire la mémoire humaine. Pas seulement implanter de faux souvenirs, mais effacer et remplacer des pans entiers de l'histoire personnelle d'un individu."

Le Président sentit un frisson lui parcourir l'échine. "Mon Dieu, Élisabeth. C'est..."

"Terrifiant," compléta-t-elle. "Et ce n'est pas tout. Cette technologie... elle n'a pas été utilisée uniquement sur les agents de l'Opération Phénix."

Élisabeth se leva, incapable de rester en place. "Il y a eu des tests sur des civils non consentants. Des expériences menées dans le plus grand secret, sur des personnes choisies au hasard dans la population."

Julien se leva à son tour, choqué par ces révélations. "Combien de personnes ?"

"Des centaines, peut-être des milliers," répondit Élisabeth, sa voix tremblant légèrement. "Et le pire, c'est que ces personnes ne savent même pas qu'elles ont été manipulées. Elles vivent des vies entières basées sur des souvenirs fabriqués."

Le silence qui suivit était assourdissant. Julien tentait d'assimiler l'ampleur de ce qu'il venait d'apprendre. "Pourquoi me dis-tu ça maintenant ?"

Élisabeth se tourna vers lui, les yeux brillants de larmes contenues. "Parce que j'ai participé à ces expériences, Julien. Pas volontairement, pas consciemment, mais j'y ai participé. Et je porte ce fardeau depuis des années."

Elle s'approcha de lui, prenant ses mains dans les siennes. "Mais il y a plus. La raison pour laquelle je te révèle cela maintenant, c'est que j'ai découvert quelque chose d'encore plus troublant."

Julien sentit son cœur s'accélérer. "Quoi donc ?"

"Les effets de cette technologie... ils ne sont pas permanents. Les vrais souvenirs, les vraies identités, elles commencent à refaire surface chez certains sujets. Y compris moi."

Elle lâcha ses mains, s'éloignant de quelques pas. "Depuis quelques semaines, je fais des rêves étranges. Des flashs de souvenirs qui ne correspondent pas à mon histoire. Et je ne suis pas la seule. D'autres agents de Phénix, d'autres... sujets, ils vivent la même chose."

Julien resta silencieux un moment, assimilant cette nouvelle information. "Que va-t-il se passer si tous ces gens retrouvent leurs vrais souvenirs ?"

Élisabeth secoua la tête. "Je ne sais pas. Mais ce que je sais, c'est que ceux qui ont mené ces expériences sont terrifiés à cette idée. Ils feront tout pour empêcher que la vérité n'éclate."

Le Président s'approcha de la fenêtre, observant la ville qui s'endormait, ignorant le chaos qui se préparait. "Nous devons agir, Élisabeth. Nous devons révéler tout cela."

Elle le rejoignit, posant une main sur son épaule. "C'est dangereux, Julien. Très dangereux. Ceux qui sont derrière tout ça... ils ont des ressources, du pouvoir. Ils n'hésiteront pas à nous éliminer pour garder leur secret."

Julien se tourna vers elle, son visage affichant une détermination nouvelle. "Peut-être. Mais nous avons choisi la voie de la vérité, n'est-ce pas ? Nous devons aller jusqu'au bout."

Élisabeth acquiesça lentement. "Tu as raison. Mais nous aurons besoin d'aide."

"Léa Moreau," dit Julien. "Elle a déjà fait tant pour exposer cette affaire. Elle doit savoir."

Élisabeth hocha la tête. "Oui. Et nous devrons agir vite. Chaque jour qui passe, c'est un jour de plus où des innocents vivent dans le mensonge."

Alors qu'ils commençaient à élaborer un plan, à l'extérieur de l'Élysée, la nuit tombait sur Paris. Une nuit qui marquait le début d'une nouvelle phase dans cette affaire déjà explosive. Le secret qu'Élisabeth venait de révéler allait non seulement ébranler les fondements de la politique française et internationale, mais aussi remettre en question la nature même de l'identité et de la mémoire humaine.

Dans les jours qui allaient suivre, le monde allait découvrir que l'Opération Phénix n'était que la partie émergée d'un iceberg bien plus vaste et terrifiant. Et au cœur de cette tempête qui s'annonçait, Élisabeth et Julien Marceau, unis dans leur quête de vérité, s'apprêtaient à affronter les forces obscures qui avaient façonné leur destin et celui de tant d'autres.

La confession d'Élisabeth n'était pas seulement un secret de plus révélé. C'était le début d'une révolution qui allait redéfinir la notion même de réalité pour des milliers de personnes. Et dans cette lutte pour la vérité, chaque allié, chaque information, chaque seconde allait compter.

Chapitre 42 : Le Piège Médias vs Pouvoir

Les premières lueurs de l'aube filtraient à travers les fenêtres des rédactions parisiennes lorsque le dernier article explosif de Léa Moreau fut mis en ligne. Le titre, en lettres capitales, s'étalait sur la page d'accueil de *Le Révélateur* :

"L'Opération Phénix : Comment la vérité a été réécrite pour contrôler une nation".

En quelques minutes à peine, l'article devint viral, circulant sur les réseaux sociaux, les forums et les chaînes d'information en continu. Ce texte, rédigé avec précision et appuyé par les preuves irréfutables que Léa et Alex avaient collectées, exposait non seulement les manipulations orchestrées depuis des décennies par l'Opération Phénix, mais révélait également l'implication tacite de puissances étrangères, notamment des services de renseignement américains via la CIA.

Dans cet article, Léa détaillait toutes les méthodes utilisées pour influencer la politique française : les personnalités reprogrammées, les fausses identités créées pour infiltrer des sphères stratégiques, et les liens entre le réseau Égide et les institutions internationales. Elle signait son papier d'une conclusion retentissante : *"La démocratie est un théâtre où certains acteurs jouent des rôles qu'ils n'ont pas choisis. Mais il est temps d'arrêter la pièce et de faire tomber le rideau."*

La publication provoqua un séisme immédiat. Les réactions furent instantanées et duales : d'un côté, une vague d'indignation s'éleva depuis la société civile. Les citoyens, abasourdis par l'envergure des révélations, prenaient d'assaut les réseaux sociaux avec des hashtags comme **#PhénixGate** et **#VéritéPourLaFrance**. Des manifestations spontanées éclataient dans les rues de Paris, Marseille, Lyon et même dans des villes européennes. Les gens exigeaient des explications, des démissions et, surtout, des réformes.

Mais de l'autre côté, une contre-offensive médiatique s'organisait.

La contre-attaque du pouvoir

Quelques heures après la publication de l'article, une déclaration officielle de l'Élysée fut diffusée en direct à la télévision nationale. Julien Marceau, le président, apparaissait grave, mais son discours semblait soigneusement calibré pour limiter les dégâts.

"Les révélations concernant l'Opération Phénix", commença-t-il, "soulèvent de profondes questions sur certaines pratiques de notre passé. Mais je tiens à préciser que beaucoup de ces informations sont sorties de leur contexte, exagérées ou manipulées pour nuire à l'État et à ses institutions."

Le président appela à "la prudence face aux spéculations" et annonça la mise en place d'une commission spéciale pour enquêter sur les allégations. Mais son message principal était clair : il cherchait à dépeindre l'article de Léa comme une attaque contre la stabilité nationale.

Simultanément, des médias proches du pouvoir commencèrent à publier des contre-articles. *Le Monde Diplomatique* affirma que l'affaire avait été "grossièrement amplifiée" et que Léa Moreau "s'était laissé entraîner dans une spirale de désinformation orchestrée par des intérêts hostiles". Certaines figures politiques allèrent jusqu'à insinuer que Léa travaillait, consciemment ou non, pour une puissance étrangère, cherchant à déstabiliser la France.

Dans les chaînes d'information en continu, des débats houleux éclataient. Des éditorialistes pro-gouvernementaux accusaient *Le Révélateur* d'avoir publié un article irresponsable sans vérifier entièrement ses sources. D'autres, plus indépendants, soutenaient Léa et pointaient du doigt la crédibilité des preuves qu'elle avait fournies.

Le piège se referme

Pendant ce temps, Léa, réfugiée dans une planque fournie par Alex, observait avec anxiété la contre-offensive médiatique se déployer. Sa vérité, pourtant soutenue par des preuves tangibles, était en train d'être noyée dans un flot de désinformation soigneusement orchestrée.

"Regarde ça," dit Alex, assis à côté d'elle, en montrant un écran où un influent chroniqueur décrivait Léa comme une "pseudo-journaliste paranoïaque". "Ils te peignent comme une menace à la stabilité nationale. Ils essaient de retourner l'opinion contre toi."

Léa serra les poings. "Ils savent ce qu'ils font. Si suffisamment de gens doutent de ce que j'ai écrit, alors même la vérité perdra son pouvoir."

Alex hocha la tête. "C'est une guerre de récits, Léa. Et ils ont des moyens bien plus puissants que nous."

Mais Léa refusait de céder au découragement. "Alors on doit frapper plus fort. On doit leur montrer que ce ne sont pas de simples accusations. Ce sont des faits indiscutables."

L'allié inattendu

C'est à ce moment-là qu'un appel inattendu bouscula leurs plans. L'écran d'ordinateur d'Alex clignota avec un appel vidéo entrant d'un numéro inconnu. Méfiant, il intercepta le flux avec un logiciel sécurisé avant de répondre.

Un visage familier apparut à l'écran : celui de Jean-Luc Marchand, un ancien haut fonctionnaire du ministère de la Défense, qui avait démissionné il y a quelques années dans des circonstances mystérieuses.

"Jean-Luc Marchand ?" demanda Léa, stupéfaite.

"Oui," confirma-t-il. "Je ne pouvais pas rester silencieux plus longtemps. Le gouvernement essaie de vous discréditer, mais vous avez raison, Mademoiselle Moreau. Tout ce que vous avez publié est vrai. Et il y a encore des choses que vous ne savez pas."

Léa se pencha en avant, le cœur battant. "Quelles choses ?"

Marchand expliqua que l'Opération Phénix n'était que la surface. Derrière cette opération se trouvait un réseau encore plus vaste et plus opaque, contrôlé par un groupe d'élites internationales. Ces élites avaient utilisé leurs ressources pour financer des opérations similaires dans d'autres pays, et certains d'entre eux siégeaient dans des organisations multinationales comme l'OTAN et la Banque mondiale.

"Si vous pensez que la pression est forte maintenant," dit-il, "attendez de voir ce qui va arriver. Ils ne reculeront devant rien pour protéger leurs intérêts."

Il proposa de rencontrer Léa et Alex pour partager des documents qu'il avait conservés. "Mais vous devez faire vite," les avertit-il. "Je ne suis pas sûr d'être hors de danger."

La lutte pour la vérité

La conversation avec Marchand galvanisa Léa. Elle réalisa que pour gagner cette guerre de l'information, elle ne pouvait pas se contenter de publier des articles. Elle devait frapper plus fort, utiliser tous les outils modernes à sa disposition pour captiver l'opinion publique.

Avec l'aide d'Alex, elle mit en place une stratégie multi-plateformes. Ils utilisèrent les réseaux sociaux pour diffuser des vidéos explicatives courtes et percutantes, mettant en lumière les preuves sans jargon complexe. Ils contactèrent des lanceurs d'alerte internationaux pour les rallier à leur cause. Alex, de son côté, publia des documents supplémentaires sur des serveurs sécurisés accessibles à tous.

"Si le gouvernement pense qu'ils peuvent enterrer cette affaire, ils se trompent," déclara Léa en lançant leur campagne numérique.

Peu à peu, leur stratégie porta ses fruits. Les citoyens qui doutaient encore furent convaincus par les preuves qu'ils avaient soigneusement rendues accessibles. Des journalistes indépendants commencèrent à enquêter eux-mêmes, confirmant les révélations de Léa. Et les médias internationaux, moins influencés par le gouvernement français, commencèrent à relayer l'affaire de manière plus favorable.

Mais cette victoire partielle ne fit qu'accroître la pression sur Léa et ses alliés. Les cyberattaques contre leurs serveurs se multiplièrent, et des hommes mystérieux continuaient à rôder autour de leurs planques.

Un tournant décisif

Un soir, alors que Léa et Alex travaillaient fiévreusement à la rédaction d'un nouveau rapport, ils reçurent un message crypté de Jean-Luc Marchand : *"Je suis prêt à parler devant les caméras. Je suis à Bruxelles. Agissez vite."*

Léa sentit une bouffée d'espoir, mêlée d'une peur sourde. Cette guerre de l'information n'était pas seulement une bataille de mots et de récits. C'était une bataille pour l'âme même de la démocratie, et chaque geste, chaque décision pouvait faire pencher la balance.

"Alors allons à Bruxelles," dit-elle. "C'est là que nous pourrions gagner cette guerre."

Alex hocha la tête. "Mais si nous perdons, Léa... ce ne sera pas seulement toi ou moi qui paierons le prix. Ce sera bien plus grand que ça."

"Je sais," murmura Léa. "Mais c'est un risque que je suis prête à prendre."

Ainsi, dans le tumulte de la guerre de l'information, Léa Moreau s'apprêtait à franchir une nouvelle étape. Avec chaque mot écrit, chaque preuve diffusée, elle avançait sur un chemin pavé de dangers, mais éclairé par une seule conviction : la vérité méritait d'être connue, même si elle devait bouleverser l'ordre établi.

Chapitre 43 : Une Fuite Organisée

La nuit était tombée sur Bruxelles lorsque Léa Moreau et Alex descendirent du train à la Gare du Midi. L'air était frais, chargé d'une tension palpable. Ils avaient voyagé sous de fausses identités, changeant plusieurs fois de moyen de transport pour brouiller les pistes. Leur rencontre avec Jean-Luc Marchand était prévue dans moins de deux heures, dans un petit café discret du quartier européen.

"Tu es sûre que c'est une bonne idée ?" demanda Alex pour la énième fois, scrutant nerveusement les alentours alors qu'ils quittaient la gare.

Léa ajusta son sac sur son épaule, ses yeux balayant la foule. "On n'a pas le choix, Alex. Marchand est peut-être notre dernière chance de prouver l'ampleur réelle de l'Opération Phénix."

Ils prirent un taxi, donnant une adresse à quelques rues de leur véritable destination. Le trajet se fit dans un silence tendu, chacun perdu dans ses pensées, conscient des enjeux colossaux de cette rencontre.

Arrivés à proximité du café, ils firent plusieurs détours, vérifiant qu'ils n'étaient pas suivis. Le "Café de l'Europe" était un établissement modeste, niché entre deux imposants bâtiments administratifs. À travers la vitrine, Léa aperçut la silhouette de Jean-Luc Marchand, assis seul à une table du fond.

"On y va," murmura-t-elle à Alex. "Reste vigilant."

Ils entrèrent, commandant rapidement des cafés au comptoir avant de rejoindre Marchand. L'ancien haut fonctionnaire avait vieilli depuis sa dernière apparition publique, des cernes profonds marquant son visage.

"Mademoiselle Moreau," dit-il à voix basse lorsqu'ils s'assirent. "Je suis heureux que vous ayez pu venir."

Léa alla droit au but. "Monsieur Marchand, vous avez dit avoir des informations cruciales sur l'Opération Phénix. De quoi s'agit-il exactement ?"

Marchand jeta un coup d'œil nerveux autour de lui avant de sortir une clé USB de sa poche. "Tout est là-dedans. Des noms, des dates, des opérations secrètes menées non seulement en France, mais dans toute l'Europe. C'est bien plus vaste que ce que vous avez déjà révélé."

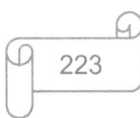

Le cœur de Léa s'accéléra. C'était exactement ce dont ils avaient besoin pour confirmer leurs accusations et contrer la campagne de désinformation du gouvernement.

Mais alors qu'elle tendait la main pour prendre la clé USB, les événements prirent une tournure inattendue.

La porte du café s'ouvrit brusquement, laissant entrer plusieurs hommes en costume sombre. Léa reconnut immédiatement l'un d'entre eux : Pierre Dumas, le conseiller du Président Marceau qu'elle avait déjà croisé lors de ses investigations.

"Mademoiselle Moreau," dit Dumas d'une voix glaciale. "Je vous conseille de ne pas bouger."

Alex se leva d'un bond, mais deux des hommes le maîtrisèrent rapidement. Léa, figée sur place, réalisa avec horreur ce qui se passait.

"C'était un piège," murmura-t-elle, fixant Marchand qui évitait son regard.

Dumas s'approcha, un sourire froid aux lèvres. "Vous pensiez vraiment pouvoir continuer à jouer ce petit jeu dangereux sans conséquences, Mademoiselle Moreau ? Vous avez sous-estimé la détermination de ceux que vous cherchez à exposer."

Léa sentit la panique monter en elle, mais elle s'efforça de garder son calme. "Vous ne pouvez pas nous arrêter comme ça. Nous sommes sur le sol belge, vous n'avez aucune autorité ici."

Dumas eut un petit rire. "Oh, mais nous ne sommes pas là pour vous arrêter. Nous sommes là pour vous... protéger."

À cet instant, des sirènes de police retentirent au loin, se rapprochant rapidement.

"Voyez-vous," poursuivit Dumas, "dans quelques instants, la police belge va faire irruption ici. Ils ont reçu des informations selon lesquelles deux dangereux espions français se trouvaient dans ce café, prêts à vendre des secrets d'État à une puissance étrangère."

Léa sentit son sang se glacer. Ils avaient tout orchestré, créant une situation où elle et Alex seraient perçus comme des traîtres.

"Vous n'avez pas le choix," dit Dumas. "Soit vous venez avec nous maintenant, soit vous êtes arrêtés par les autorités belges et extradés vers la France pour y être jugés pour haute trahison."

Les sirènes étaient maintenant tout proches. Léa échangea un regard désespéré avec Alex, cherchant une issue.

"Tick tock, Mademoiselle Moreau," insista Dumas. "Votre décision ?"

Dans un éclair de lucidité, Léa réalisa qu'elle n'avait qu'une seule option. Elle devait jouer le jeu, du moins pour l'instant.

"D'accord," dit-elle finalement. "Nous venons avec vous."

Dumas sourit, satisfait. "Sage décision."

Ils furent rapidement escortés hors du café par une porte de service, juste au moment où les voitures de police arrivaient devant l'établissement. Léa et Alex furent poussés dans une berline aux vitres teintées qui démarra en trombe.

Alors qu'ils quittaient Bruxelles, Léa sentait le poids de la défaite peser sur ses épaules. Ils avaient été manipulés, attirés dans un piège soigneusement élaboré. Mais au milieu de ce désespoir, une lueur de détermination subsistait.

Elle savait que ce n'était pas terminé. D'une manière ou d'une autre, elle trouverait un moyen de retourner la situation. La vérité sur l'Opération Phénix devait être révélée, quoi qu'il en coûte.

Dans la voiture qui filait dans la nuit, Léa commença déjà à élaborer son prochain mouvement. Elle avait peut-être perdu cette bataille, mais la guerre pour la vérité était loin d'être terminée.

Dumas, assis en face d'elle, la regardait avec un mélange de triomphe et de curiosité. "Vous savez, Mademoiselle Moreau, vous auriez pu être une alliée précieuse si vous aviez choisi le bon camp."

Léa le fixa droit dans les yeux. "Je suis dans le bon camp, Monsieur Dumas. Celui de la vérité."

Un silence tendu s'installa dans la voiture alors qu'elle s'enfonçait dans la nuit, emportant avec elle les espoirs de révélation de Léa, mais pas sa détermination. Le piège s'était peut-être refermé, mais Léa Moreau n'avait pas dit son dernier mot.

📖 ✦ ✦ ✦ ✦ ✦ ✦ 🌐

Chapitre 44 : Trahison en Haute Sphère

Julien Marceau se tenait seul dans son bureau présidentiel, plongé dans une semi-pénombre troublée par les éclats lumineux des gyrophares qui éclairaient la cour de l'Élysée. Les manifestants, rassemblés devant les grilles du palais et aux abords des Champs-Élysées, scandaient des slogans exigeant des réponses et des démissions. La crise de l'Opération Phénix avait acculé son gouvernement dans une posture défensive, et le président savait qu'il se trouvait à un carrefour décisif de son mandat. Pourtant, ce n'était ni les cris de la foule ni les pressions internationales qui lui pesaient le plus.

C'était la trahison à l'intérieur même de l'Élysée.

Sur son bureau trônait un épais rapport confidentiel, marqué de l'insigne de la DGSE. C'était un document qu'il espérait ne jamais devoir lire. Mais ce qu'il contenait dépassait tout ce qu'il aurait pu imaginer.

Une trahison à découvert

Quelques heures plus tôt, Julien avait convoqué un conseil restreint dans l'une des salles de crise du palais. Parmi les présents figuraient Pierre Dumas, son chef de cabinet, Alexandre Rochefort, ministre de l'Intérieur, et quelques autres membres clés de son administration. L'objectif de la réunion était clair : discuter de la gestion de la crise Phénix et des révélations explosives orchestrées par Léa Moreau.

Mais l'atmosphère s'était tendue dès l'ouverture de la réunion. L'un de ses conseillers de longue date, Anne Duval, avait pris la parole, sa voix tremblante.

"Monsieur le Président, je ne peux rester silencieuse plus longtemps." Elle s'était levée, brandissant une liasse de documents. "Il y a un complot à l'intérieur même de votre cercle rapproché. Certains ici travaillent non pas pour la République, mais pour servir leurs propres intérêts dans l'ombre de l'Opération Phénix."

Le choc de cette accusation avait laissé la salle sans voix. Et pourtant, en quelques minutes, Anne avait détaillé des preuves que Julien ne pouvait ignorer. Des communications secrètes entre Pierre Dumas et des figures-clés des services de renseignement impliqués dans Phénix. Des mémos indiquant que Dumas avait activement œuvré pour contrer les efforts de transparence prônés par le président, allant jusqu'à orchestrer des pièges pour faire taire Léa Moreau et d'autres lanceurs d'alerte.

"Vous mentez," avait rétorqué Dumas, le visage blême. Mais les preuves étaient accablantes. Julien avait ordonné la fin prématurée de la réunion et demandé à ce qu'Anne Duval reste pour en discuter directement avec lui.

Un dilemme moral

De retour dans son bureau, Julien avait passé des heures à examiner les documents. Il avait en main la preuve irréfutable que son propre conseiller, un homme en qui il avait placé sa confiance pendant des années, avait non seulement agi dans son dos, mais avait aussi cherché à protéger l'architecture de l'Opération Phénix.

Pierre Dumas, fidèle à l'image d'un serviteur dévoué de l'État, s'était révélé être un agent double de ce fameux réseau Égide, la colonne vertébrale d'un système de manipulation politique orchestré depuis des décennies. Mais il n'était pas seul : d'autres noms apparaissaient dans ces rapports, des figures influentes de divers ministères et agences gouvernementales.

Julien se tourna vers la fenêtre, les yeux fixés sur les lumières de la ville. Les implications étaient vertigineuses. Il pouvait choisir de révéler publiquement cette trahison, mais cela aurait un coût énorme. La stabilité de son gouvernement, déjà mise à mal par les révélations de Léa Moreau, s'effondrerait complètement. Et, plus inquiétant encore, cela jetterait le pays dans un chaos politique et social sans précédent.

Mais faire le choix du silence... cela signifiait devenir complice.

Sa réflexion fut interrompue par un coup frappé à la porte.

"Entrez," dit-il, sa voix plus rauque qu'il ne l'aurait voulu.

Pierre Dumas entra, son visage marqué par une fatigue et une tension apparentes. Il ferma la porte derrière lui et avança lentement vers le bureau.

"Monsieur le Président," commença-t-il, "je suppose que je n'ai pas besoin de vous demander si vous avez lu les rapports."

Julien l'observa longuement avant de répondre. "Asseyez-vous, Pierre."

Dumas obéit, mais ses épaules, d'ordinaire droites et assurées, étaient maintenant affaissées.

"Les faits parlent d'eux-mêmes," dit enfin Julien. "Vous avez comploté dans mon dos. Vous avez utilisé votre position pour saboter mes efforts de transparence et protéger un réseau que je combats."

Dumas baissa les yeux avant de répondre. "Monsieur le Président, je ne nie rien. Mais vous devez comprendre que mes actions... nos actions, étaient nécessaires. L'Opération Phénix, malgré ses excès, a permis de maintenir la France sur une trajectoire stable pendant des décennies. Ce système, aussi imparfait soit-il, a empêché des catastrophes."

La colère monta en Julien. "Des catastrophes ? Regardez où nous en sommes. Des vies brisées, une démocratie bafouée, un pays en ébullition. Et vous osez parler de stabilité ?"

Dumas redressa légèrement la tête. "Avec tout le respect que je vous dois, Monsieur le Président, la vérité brute ne sauvera pas la République. Elle la détruira. Ce que nous avons construit peut encore être préservé, à condition que vous fassiez le choix... le bon choix."

Le moment du choix

Julien se leva, contournant son bureau pour se tenir face à Dumas.

"Le bon choix ?" répéta-t-il, la voix chargée de sarcasme. "Vous me demandez de fermer les yeux sur une conspiration qui a manipulé la politique française pendant des décennies, de protéger un système qui a trahi les principes mêmes de notre démocratie."

Dumas le fixa, une lueur mêlée de défi et de pragmatisme dans les yeux. "Je vous demande de protéger la France, Monsieur le Président. Si cette affaire éclate complètement, ce n'est pas seulement votre présidence qui tombera. C'est toute la structure de notre État. Nos alliés internationaux, nos relations économiques, notre sécurité intérieure... Tout s'effondrera."

Un silence tendu s'installa entre les deux hommes, brisé seulement par le tic-tac de l'horloge sur le mur. Julien savait que Dumas avait raison sur un point : révéler la totalité de la vérité aurait un prix exorbitant. Mais à quel coût moral ?

Finalement, il prit une décision.

"Pierre," dit-il d'un ton calme mais glacial, "vous êtes relevé de vos fonctions, avec effet immédiat."

Dumas ouvrit la bouche pour protester, mais Julien leva une main pour le faire taire. "Ne me forcez pas à aller plus loin. Si je décide de rendre toutes ces informations publiques, vous comprendrez ce que cela signifie. Comptez-vous chanceux que je ne prenne pas cette voie."

Dumas, blême, se leva lentement. "Vous venez de condamner votre présidence, Monsieur le Président. Et peut-être même la France."

Julien le regarda s'éloigner, une lourdeur pesant sur ses épaules. Il savait qu'il venait de franchir une ligne, qu'il s'était engagé sur un chemin qui risquait de le mener à sa propre perte. Mais il savait aussi qu'il ne pouvait plus reculer.

Un dernier recours

Plus tard dans la soirée, Julien convoqua Élisabeth dans son bureau. Lorsqu'elle entra, il put voir dans ses yeux qu'elle savait. Ils s'étaient toujours compris sans avoir besoin de mots.

"Tu as fait ce qu'il fallait," dit-elle doucement.

"Est-ce que ça suffira ?" demanda-t-il, sa voix chargée d'incertitude.

"Je ne sais pas," répondit-elle honnêtement. "Mais ce que je sais, c'est que le peuple a besoin de voir que nous ne reculons pas. Que nous avons choisi de nous battre, même si cela signifie perdre tout ce que nous avons construit."

Julien hocha lentement la tête. "Alors nous allons leur donner la vérité. Toute la vérité."

Cette nuit-là, Julien Marceau rédigea une déclaration qui serait transmise au peuple français le lendemain matin. Elle dévoilerait tout : la trahison à l'intérieur de son administration, les vérités cachées sur l'Opération Phénix, et la promesse de réformer la République de fond en comble.

Le prix à payer serait immense, mais Julien savait qu'il n'avait pas d'autre choix. Car si la démocratie devait survivre, elle devait être purgée de ses ombres, quel qu'en soit le prix.

Alors que l'aube se levait sur Paris, une vérité brutale mais nécessaire s'apprêtait à éclater. Et pour la première fois depuis des semaines, Julien Marceau sentit naître en lui une lueur d'espoir.

Chapitre 45 : L'Affrontement Final

La nuit tombait sur Paris, enveloppant la ville dans une tension palpable. Les rues étaient désertes, à l'exception des quelques manifestants encore présents devant l'Élysée, exigeant des réponses et des réformes. Mais à l'intérieur du Palais, une rencontre cruciale se préparait. Léa Moreau, désormais l'une des figures emblématiques derrière l'exposition de l'Opération Phénix, avait été convoquée par Élisabeth Marceau pour une confrontation à huis clos.

Léa, vêtue simplement mais avec une assurance féroce, franchit les portes dorées du palais pour la première fois. Elle avait longtemps imaginé ce moment, le jour où elle rencontrerait face à face Élisabeth Marceau, cette femme au cœur du plus grand scandale de manipulation politique de l'histoire de la République.

Guidée par un agent de sécurité, Léa fut conduite dans une petite salle de réunion privée, loin des regards indiscrets. Élisabeth se tenait déjà là, debout près d'une fenêtre, observant les jardins de l'Élysée plongés dans l'obscurité.

"Madame Marceau," dit Léa en entrant, sa voix neutre mais ferme.

Élisabeth se retourna lentement, son visage empreint de gravité. "Mademoiselle Moreau. Merci d'être venue."

Léa avança, s'asseyant sur la chaise qui lui était destinée, tandis qu'Élisabeth prenait place en face d'elle. Pendant un instant, le silence entre elles était assourdissant.

Le poids des révélations

"Vous avez beaucoup fait pour que la vérité éclate," commença Élisabeth, brisant la tension. "Je tiens à vous en remercier, même si cela m'a coûté plus cher que ce que je pouvais imaginer."

Léa hocha la tête, mais son regard restait intense. "Je ne l'ai pas fait pour vous, Madame Marceau. Je l'ai fait pour le peuple français. Et pour la démocratie."

Élisabeth esquissa un sourire triste. "Et pourtant, nous sommes ici, au cœur même du pouvoir, à discuter d'une vérité qui pourrait tout détruire."

"Non," rétorqua Léa immédiatement. "Une vérité qui pourrait tout reconstruire. Si vous êtes prête à la dire pleinement."

Élisabeth prit une profonde inspiration. "Mademoiselle Moreau, vous savez déjà beaucoup. Mais avant d'aller plus loin, je veux vous demander quelque chose : pourquoi êtes-vous allée aussi loin ? Pourquoi avoir risqué votre carrière, votre vie, pour exposer cette affaire ?"

Léa hésita un instant, réfléchissant à la meilleure manière de répondre. "Parce que la démocratie ne peut pas fonctionner dans le mensonge. Parce que le peuple a le droit de savoir comment il est manipulé, et par qui. Et parce que, en tant que journaliste, c'est mon devoir de rechercher la vérité, quoi qu'il en coûte."

Élisabeth baissa les yeux, comme si elle mesurait la profondeur de ces mots. "Je comprends. Et je respecte cela. Mais sachez que la vérité, quand elle éclate, ne libère pas toujours. Elle peut détruire. Elle peut consumer."

Les fantômes du passé

Le silence retomba un instant avant qu'Élisabeth ne prenne la parole, sa voix plus basse, plus fragile. "Je veux vous raconter quelque chose. Une vérité que je n'ai encore jamais partagée avec personne, pas même Julien."

Léa se redressa légèrement, son intuition lui disant que ce qui allait suivre était crucial.

"Vous connaissez déjà les grandes lignes de ma transformation, de Claire Dubois à Élisabeth Marceau. Ce que vous ne savez pas, c'est ce qu'ils m'ont fait perdre dans le processus. Ce n'était pas seulement une réécriture de mon identité. C'était une destruction complète de la personne que j'étais."

Élisabeth se leva, marchant lentement vers la fenêtre. "Quand ils m'ont approchée, j'étais une jeune femme brillante, idéaliste, pleine de rêves. Ils ont exploité ma vulnérabilité, ma soif de faire une différence. Et puis, ils ont commencé à me briser, morceau par morceau, jusqu'à ce que je devienne ce qu'ils voulaient."

Elle se retourna, ses yeux brillant d'une émotion contenue. "Mais voici ce que je veux que vous compreniez : je n'étais pas seule. Ils ont fait la même chose à des centaines d'autres. Certains, comme moi, ont été placés dans des postes stratégiques. D'autres ont été utilisés comme des pions jetables, des expériences pour perfectionner leurs méthodes."

Léa sentit un frisson parcourir son échine. "Vous voulez dire qu'il y a d'autres 'Élisabeth Marceau' ?"

Élisabeth acquiesça lentement. "Oui. Et certains sont encore dans le système. Certains sont encore manipulés, même sans le savoir. C'est ce qui me hante le plus : le fait que toutes ces vies ont été volées, que toutes ces identités ont été réécrites."

Léa prit une profonde inspiration. "Alors pourquoi ne pas tout révéler ? Pourquoi continuer à protéger ce système en restant silencieuse ?"

Le choix à faire

Élisabeth se rassit, fixant Léa avec une intensité nouvelle. "Je ne sais pas si le peuple est prêt pour toute la vérité. Ce que nous avons fait... ce que l'État a fait... cela pourrait détruire la confiance de toute une nation. Et pourtant, vous avez raison. La vérité doit sortir, d'une manière ou d'une autre."

Léa se pencha en avant, sa voix gagnant en conviction. "La vérité coûte cher, Madame Marceau. Mais elle est le seul remède contre le poison du mensonge."

Un silence lourd s'installa, mais cette fois, il n'était pas inconfortable. C'était le silence d'un choix en train d'être fait, d'une décision qui allait définir le futur.

Finalement, Élisabeth parla d'une voix calme mais déterminée. "Je vais témoigner. Je vais tout révéler, au peuple, à la justice, au monde. Mais je veux que vous soyez là, Léa. Je veux que vous m'accompagniez dans ce processus. Je ne peux pas le faire seule."

Léa sentit une bouffée d'émotion l'envahir. "Je serai là. Mais vous devez me promettre une chose : ne retenez rien. Pas de demi-vérités. Pas de compromis."

Élisabeth acquiesça, et dans son regard, Léa vit une lueur de résolution. "Pas de compromis," répéta-t-elle.

Le début de la fin

Cette nuit-là, Léa quitta l'Élysée avec un sentiment mêlé de triomphe et d'appréhension. Élisabeth Marceau avait fait son choix, un choix courageux mais terriblement dangereux. Ensemble, elles allaient affronter les forces qui cherchaient à maintenir le silence, exposer les vérités enfouies, et reconstruire une démocratie plus transparente.

À mesure que les rues de Paris s'éloignaient derrière elle, Léa réalisa que ce n'était pas seulement une bataille pour la vérité. C'était une bataille pour l'âme même de la République. Et tandis que les étoiles brillaient faiblement dans le ciel nocturne, elle murmura à elle-même : "Quel qu'en soit le prix, la vérité doit éclater."

Le face-à-face entre Léa et Élisabeth ne marquait pas la fin de leur quête. C'était le début de l'étape la plus difficile de leur combat, un affrontement contre des forces bien plus vastes que ce qu'elles avaient imaginé. Mais dans cette alliance fragile, une étincelle d'espoir brillait encore.

Chapitre 46 : Un Président Acculé

Le bureau présidentiel était plongé dans la pénombre, éclairé seulement par la lumière tamisée d'un lampadaire qui jetait une ombre vacillante sur les murs ornés de dorures. Julien Marceau, le président de la République française, se tenait seul devant son bureau encombré de documents. Sur le cuir sombre de son bureau trônait un épais dossier marqué "CLASSIFIÉ – STRICTEMENT CONFIDENTIEL", une reliure qui semblait être le poids physique d'un secret insupportable.

La nuit précédente avait été l'une des plus longues de sa vie. Depuis que la confession d'Élisabeth Marceau – sa femme, son alliée, et désormais au centre de l'affaire – avait révélé l'ampleur de l'Opération Phénix, Julien n'avait quasiment pas dormi. Mais ce dossier devant lui, ce "Rapport Valentin", contenu dans les archives secrètes de la DGSE et récemment déclassifié sous sa demande expresse, contenait encore plus que ce qu'il n'aurait jamais pu imaginer.

La révélation du "Rapport Valentin"

Durant des heures, Julien avait parcouru les pages de ce dossier, absorbant chaque mot avec un mélange de stupéfaction, de colère et de désespoir. À mesure qu'il avançait, il prenait conscience de l'étendue du mensonge qui avait enveloppé son mariage, sa présidence, et peut-être toute sa carrière.

Le rapport, signé par Jean-Pierre Valentin, ancien directeur de la DGSE mort dans un mystérieux "accident" cinq ans plus tôt, retraçait en détail les origines et les objectifs de l'Opération Phénix. Mais ce n'était pas tout. Ce qui glaça Julien jusqu'au sang, ce furent les sections marquées d'un surligneur rouge, intitulées "Cibles prioritaires" et "Plan de manipulation stratégique".

Dans ces pages, il trouva son propre nom.

"Cible J.M. – identification en 1997. Potentiel exceptionnel pour devenir futur leader politique. Plan d'influence activé dès 1999. Insertion d'É.M. (nom de code Athéna) comme catalyseur émotionnel et stratégique."

Julien sentit son souffle se couper. Il relut ces lignes trois fois, espérant y trouver une erreur, un malentendu. Mais les détails étaient trop précis, trop méthodiques. L'Opération Phénix avait ciblé sa montée en puissance bien avant qu'il n'en prenne conscience. Pire encore, Élisabeth, la femme qu'il aimait et qui avait joué un rôle central dans sa carrière, n'avait pas été placée auprès de lui par hasard. Sa relation avec elle avait été orchestrée de toutes pièces.

Les pages suivantes détaillaient la manière dont elle avait influencé ses discours, ses décisions, et même ses alliances politiques pendant ses premières années en tant que député et ministre. Mais ce qui fit vaciller Julien fut une note manuscrite attribuée à Valentin :

"Marceau est plus malléable qu'anticipé. Sa relation avec Athéna renforce sa dépendance émotionnelle. À surveiller, toutefois : les signes d'attachement authentique d'Athéna. Une variable non prévue."

Julien sentit la colère monter en lui, bouillonnant comme un volcan sur le point d'exploser. Élisabeth, sa confidente, sa conseillère la plus proche, avait été un instrument dans un plan bien plus grand que lui.

La confrontation avec Élisabeth

Il se leva d'un bond, repoussant sa chaise avec un bruit sourd, et sortit précipitamment de son bureau. Les couloirs déserts de l'Élysée résonnaient sous ses pas précipités alors qu'il se dirigeait vers les appartements privés où il savait qu'Élisabeth se trouvait.

Lorsqu'il entra dans leur salon privé, elle était assise près de la cheminée, un livre ouvert sur ses genoux. Elle leva les yeux vers lui, et dès qu'elle croisa son regard, elle comprit. Elle vit la rage froide dans ses yeux, la tension dans ses mâchoires serrées.

"Tu savais," dit-il d'une voix grave, tendue, presque brisée. "Depuis le début. Tu savais tout."

Elle referma doucement le livre, le posant sur la table basse. "Julien… écoute-moi—"

"Non !" rugit-il, coupant court à ses explications. "Tu étais une partie de ce plan. Tu étais leur 'Athéna', leur instrument, et moi… moi, j'étais leur marionnette."

Élisabeth se leva, les mains tremblantes. "Oui, j'étais leur pion au début. Mais ce que je ressens pour toi, ce que nous avons construit ensemble... ça, Julien, c'est réel. Ce n'a jamais été un mensonge."

Julien éclata de rire, un rire amer, désabusé. "Réel ? Tu veux me parler de 'réel' après tout ça ? Mon mariage, ma présidence, tout ce que je croyais être le fruit de mon travail et de nos sacrifices... Tout cela était manipulé depuis le début !"

Élisabeth avança vers lui, mais il recula instinctivement, levant une main comme pour lui intimer de ne pas approcher. "Je t'ai aimé, Élisabeth. Je t'ai fait confiance plus qu'à quiconque. Et maintenant, tu veux me dire que tout était calculé ?"

"Non," répondit-elle, sa voix brisée. "Au début, peut-être. Mais les sentiments que j'ai développés pour toi, ce que nous avons traversé ensemble, c'est authentique, Julien. Je te le jure."

Il détourna les yeux, incapable de soutenir son regard, envahi par un sentiment de trahison si profond qu'il en était presque paralysé. "Et cette présidence ? Ce gouvernement ? Quel rôle jouez-vous encore ? Pour qui travailles-tu vraiment ?"

Élisabeth prit une profonde inspiration. "Plus pour eux. Plus depuis des années. Il y a eu un moment où j'ai choisi, Julien. Et j'ai choisi toi. J'ai choisi de te soutenir sincèrement, de me battre pour les mêmes idéaux auxquels tu croyais. Mais le poids de ce que j'étais, de ce qu'ils avaient fait de moi... je n'ai jamais su comment te le dire."

Un homme en guerre contre lui-même

Julien retira sa cravate, tentant de relâcher la pression qu'il sentait peser sur sa poitrine. Il s'effondra sur un fauteuil, le visage enfoui dans ses mains.

"Alors dis-moi, Élisabeth," murmura-t-il enfin, sa voix étouffée. "Qu'est-ce que je fais maintenant ? Comment je peux continuer à diriger un pays quand tout ce que je pensais savoir était un mensonge ?"

Elle s'agenouilla devant lui, posant une main tremblante sur son genou. "Tu fais ce que tu as toujours fait, Julien. Tu te bats. Pas pour moi, pas pour eux, mais pour la France. Ce système, cette opération... ce n'est pas toi. Toi, tu peux encore être le président que ce pays mérite."

Il releva la tête, croisant son regard. Dans ses yeux, il vit un mélange de douleur, de culpabilité, mais aussi d'une sincérité désarmante.

"Et toi ?" demanda-t-il. "Comment peux-tu croire que j'accepterai encore que tu sois à mes côtés dans tout ça ?"

Élisabeth baissa les yeux. "Je n'ai pas de réponse à ça, Julien. Mais une chose est claire : ce qui reste à faire, tu ne pourras pas le faire seul. Et si je dois porter tout ce fardeau pour que tu puisses avancer, alors je le ferai."

Décision cruciale

Julien se leva, fixant l'obscurité au-delà des fenêtres. La ville brillait encore, symbole d'une nation qui, malgré tout, continuait à avancer. Il savait que, malgré la douleur et la colère qui bouillonnaient en lui, il devait prendre une décision.

"Demain," dit-il finalement, "je parlerai au peuple. Je leur dirai tout. Ce qu'ils m'ont fait, ce qu'ils t'ont fait, ce qu'ils ont fait à ce pays."

Il se tourna vers Élisabeth, sa voix plus froide qu'il ne l'aurait voulu. "Mais il n'y aura pas de place pour des demi-vérités. Tu es prête à tout révéler avec moi ?"

Élisabeth hocha lentement la tête, les larmes aux yeux. "Oui."

Alors qu'il s'éloignait pour retourner dans son bureau, Julien savait que le lendemain marquerait le début d'une nouvelle ère, pour lui, pour elle, et pour la France. Mais au fond de lui, il savait aussi que rien ne pourrait jamais être comme avant.

Chapitre 47 : Révélations en Direct

Les studios de France 2 étaient en effervescence. Les techniciens couraient dans tous les sens, vérifiant une dernière fois les caméras, les micros, les lumières. Dans moins d'une heure, la France entière serait suspendue à son écran pour une émission spéciale sans précédent.

Léa Moreau, assise dans les coulisses, relisait frénétiquement ses notes. Son cœur battait la chamade, consciente de l'importance cruciale de ce qui allait se jouer. À ses côtés, Alex, son fidèle allié hacker, pianotait sur son ordinateur portable, s'assurant que toutes leurs preuves étaient prêtes à être diffusées en temps réel.

"Tu es sûre de vouloir aller jusqu'au bout ?" demanda Alex, levant les yeux de son écran. "Une fois que ce sera lancé, il n'y aura plus de retour en arrière possible."

Léa prit une profonde inspiration. "On n'a pas le choix, Alex. C'est notre dernière chance de tout révéler avant qu'ils ne trouvent un moyen d'étouffer l'affaire."

À quelques mètres de là, dans une loge séparée, le Président Julien Marceau et Élisabeth Marceau attendaient en silence. La tension entre eux était palpable, le poids des révélations récentes pesant lourdement sur leurs épaules.

Le producteur de l'émission passa la tête par la porte. "Cinq minutes, Mademoiselle Moreau. Vous êtes prête ?"

Léa acquiesça, se levant pour suivre le producteur vers le plateau. En passant devant la loge présidentielle, son regard croisa celui d'Élisabeth. Un échange silencieux, chargé de la gravité du moment, passa entre les deux femmes.

Le plateau était impressionnant. Un grand écran occupait le fond, prêt à afficher les preuves que Léa et son équipe avaient rassemblées. Face à elle, trois fauteuils attendaient : un pour elle, un pour le Président, et un pour Élisabeth.

Alors que Léa prenait place, le décompte commença.

"Antenne dans 5... 4... 3... 2... 1..."

Les caméras s'allumèrent, et le présentateur, visiblement nerveux, prit la parole.

"Mesdames et Messieurs, bonsoir. Ce soir, une émission exceptionnelle. Pour la première fois, le Président de la République, Julien Marceau, son épouse Élisabeth Marceau, et la journaliste Léa Moreau, vont s'exprimer ensemble sur l'affaire qui secoue notre pays depuis des semaines : l'Opération Phénix."

Léa sentit tous les regards se tourner vers elle. C'était le moment qu'elle avait tant attendu, et redouté en même temps.

"Mademoiselle Moreau," commença le présentateur, "vous avez été au cœur de la révélation de cette affaire. Pouvez-vous nous expliquer ce qu'est exactement l'Opération Phénix ?"

Léa prit une profonde inspiration avant de se lancer.

"L'Opération Phénix est bien plus qu'un simple scandale politique. C'est une conspiration à grande échelle, orchestrée depuis des décennies au plus haut niveau de l'État, pour manipuler la démocratie française."

Elle fit un signe à Alex, et l'écran derrière elle s'illumina, affichant des documents confidentiels, des organigrammes complexes, des photos.

"Ces documents, que nous allons vous présenter ce soir, prouvent que des agents ont été formés, conditionnés, pour infiltrer les plus hautes sphères du pouvoir. Des identités ont été créées de toutes pièces, des carrières entières orchestrées dans l'ombre."

Le Président Marceau, assis à côté d'elle, semblait lutter pour garder son calme. Élisabeth, elle, fixait l'écran, le visage impassible.

Léa poursuivit, sa voix gagnant en assurance. "Mais ce n'est pas tout. L'Opération Phénix a des ramifications internationales. Nous avons la preuve que des services de renseignement étrangers, notamment américains, ont été impliqués dans sa mise en place et son fonctionnement."

L'écran afficha alors des échanges de mails cryptés, des rapports de la CIA mentionnant explicitement l'Opération Phénix. Le présentateur, visiblement dépassé par l'ampleur des révélations, se tourna vers le Président Marceau.

"Monsieur le Président, que répondez-vous à ces accusations ?"

Julien Marceau prit la parole, sa voix trahissant une émotion contenue. "Ce que Mademoiselle Moreau vient de révéler est malheureusement vrai. J'ai moi-même découvert l'ampleur de cette conspiration il y a peu. Et je peux vous dire que j'en ai été la première victime."

Un murmure parcourut le studio. Léa sentit son cœur s'accélérer. Elle ne s'attendait pas à ce que le Président admette si ouvertement son implication.

"Ma propre ascension politique," poursuivit Marceau, "a été en partie orchestrée par l'Opération Phénix. Ils m'ont choisi, ils m'ont façonné, ils ont même..." Il hésita, jetant un regard à Élisabeth. "Ils ont même arrangé ma rencontre avec celle qui allait devenir ma femme."

Élisabeth prit alors la parole, sa voix calme mais chargée d'émotion. "Je dois avouer ma part de responsabilité dans tout cela. J'ai été recrutée jeune, manipulée, transformée en un agent de l'Opération Phénix. Mon rôle était d'influencer Julien, de le guider vers la présidence."

Le studio était suspendu à ses lèvres. Léa, bien que connaissant déjà une partie de l'histoire, était stupéfaite par la franchise d'Élisabeth.

"Mais ce qu'ils n'avaient pas prévu," continua Élisabeth, "c'est que je tomberais réellement amoureuse. Que je finirais par rejeter leur contrôle, par vouloir agir pour le bien de la France, et non pour leurs intérêts obscurs."

Léa saisit alors l'opportunité.

"Madame Marceau, Monsieur le Président, vos aveux sont importants. Mais ils ne sont que la partie émergée de l'iceberg."

Elle fit un nouveau signe à Alex. L'écran afficha alors une liste de noms, accompagnés de photos et de titres.

"Voici une liste partielle des agents de l'Opération Phénix encore actifs aujourd'hui. Des ministres, des hauts fonctionnaires, des capitaines d'industrie. Tous placés stratégiquement pour influencer la politique et l'économie de notre pays."

Le présentateur, visiblement sous le choc, tenta de reprendre le contrôle de l'émission. "Mademoiselle Moreau, ces accusations sont extrêmement graves. Avez-vous des preuves concrètes pour étayer tout cela ?"

Léa sourit légèrement. C'était le moment qu'elle attendait. "Bien sûr. Et nous allons les partager en direct avec tous les Français."

Elle sortit alors de sa poche une petite clé USB. "Sur cette clé se trouvent tous les documents que nous avons rassemblés. Des rapports internes de l'Opération Phénix, des échanges entre agents, des preuves de manipulations électorales, et bien plus encore."

Elle se tourna vers la caméra. "En ce moment même, ces documents sont en train d'être mis en ligne sur un site web sécurisé. L'adresse s'affiche en bas de votre écran. Chaque citoyen pourra consulter ces preuves, vérifier par lui-même l'ampleur de cette conspiration."

Le studio explosa en un brouhaha de voix. Le présentateur, dépassé, tentait tant bien que mal de maintenir un semblant d'ordre.

Léa, sentant que le moment était venu, se tourna vers le Président Marceau. "Monsieur le Président, la balle est dans votre camp maintenant. Qu'allez-vous faire pour rectifier cette situation ? Comment comptez-vous restaurer la confiance du peuple français ?"

Julien Marceau, le visage grave, prit un moment avant de répondre. "Ce soir marque un tournant dans l'histoire de notre République. Je m'engage, ici et maintenant, à démanteler entièrement l'Opération Phénix. Tous les agents impliqués seront démis de leurs fonctions. Une commission d'enquête indépendante sera mise en place pour examiner chaque aspect de cette affaire."

Il se tourna vers la caméra, s'adressant directement aux Français. "Je vous demande pardon. Pardon d'avoir été manipulé, pardon de ne pas avoir vu plus tôt ce qui se passait. Mais je vous fais la promesse solennelle de nettoyer notre démocratie de cette corruption, quel qu'en soit le prix personnel ou politique."

Léa sentit une vague d'émotion la submerger. Elle avait joué son dernier atout, et le résultat dépassait ses espérances. La vérité éclatait enfin au grand jour.

Alors que l'émission touchait à sa fin, elle réalisa que ce n'était que le début. La France allait entrer dans une période de turbulences sans précédent. Mais pour la première fois depuis le début de cette affaire, Léa sentit une lueur d'espoir. La démocratie avait peut-être une chance de sortir plus forte de cette épreuve.

L'écran s'éteignit, mais Léa savait que dans tout le pays, des millions de Français étaient en train de se connecter, de lire les documents, de découvrir l'ampleur de la vérité. La nuit allait être longue, et le combat pour la transparence ne faisait que commencer.

📖 ✦ ✦ ✦ ✦ ✦ ✦ 🌐

Chapitre 48 : La Rue en Ébullition

Paris s'était transformée en un théâtre d'agitation et de colère dès les premières heures du lendemain matin. La diffusion de l'émission spéciale de France 2, où le président Julien Marceau, Élisabeth Marceau, et la journaliste Léa Moreau avaient révélé au public l'ampleur de l'Opération Phénix, avait électrisé l'opinion publique. La capitale, et bientôt tout le pays, résonnait des échos d'une population en colère, abasourdie par les révélations d'une conspiration d'une ampleur historique.

Dès l'aube, des milliers de personnes convergèrent vers les grandes places de la ville, portant des pancartes et criant des slogans qui réclamaient justice. La Place de la République, la Place de la Concorde, et même la rue devant l'Élysée étaient noires de monde. La colère et la frustration montaient comme une marée, emportant toutes les sphères de la société française.

L'indignation populaire

Les rues étaient remplies de citoyens de tous horizons. Des jeunes militants brandissant des banderoles rouges et noires, des syndicats appelant à une grève générale, des familles scandant des slogans pour la démocratie, et même des étudiants qui n'avaient pas encore le droit de voter mais dont la ferveur se faisait entendre.

"On nous a trompés !" criaient certains. "La démocratie mérite mieux !" hurlaient d'autres.

Des pancartes aux messages percutants fusaient de toute part :

- "PHÉNIX : TRAHISON AU SOMMET !"
- "RENDEZ-NOUS NOTRE VÉRITABLE RÉPUBLIQUE !"
- "PAS DE DEMOCRATIE SANS VERITÉ !"

Les réseaux sociaux amplifiaient l'indignation. Le hashtag **#PhénixGate** était en tête des tendances mondiales, alors que des vidéos de l'émission spéciale étaient partagées des millions de fois. Des témoignages de citoyens indignés, d'experts en sciences politiques ou en droit, et même de figures publiques condamnèrent unanimement l'ampleur du mensonge d'État révélé la veille.

À Lyon, Marseille, Bordeaux, et Strasbourg, des manifestations massives s'organisèrent de manière spontanée, les cortèges grossissant d'heure en heure. Les syndicats, les étudiants, et même des fonctionnaires rejoignaient les marches. Des appels à une grève nationale circulaient, annonçant une paralysie possible du pays dans les jours à venir.

L'Élysée assiégé

À l'Élysée, l'ambiance était électrique. Julien Marceau observait la foule grandissante depuis la fenêtre de son bureau, ses traits marqués par l'épuisement. Depuis son allocution de la veille, il avait tenté de garder la tête haute, mais il savait que cette tempête allait être difficile à surmonter.

"Le peuple veut des réponses immédiates," dit Alexandre Rochefort, le ministre de l'Intérieur, en entrant précipitamment dans la pièce. "Et il ne s'agit pas seulement de discours, monsieur le Président. Ils veulent des actes."

"Et que recommandez-vous ?" demanda Julien, ses yeux toujours fixés sur la rue où les manifestants brandissaient des pancartes exigeant sa démission.

"Des démissions immédiates de ministres impliqués, la suspension d'autres hauts responsables et... un calendrier clair pour vos réformes promises," répondit Rochefort, avant de marquer une pause. "Mais il faut être honnête : cela ne suffira peut-être pas. Pour beaucoup, votre position à la tête de l'État est devenue intenable."

Julien se retourna, sa mâchoire crispée. "Je ne fuirai pas mes responsabilités, Alexandre. Mais je refuse d'abandonner tant qu'il reste une chance de redresser la situation."

Il savait que, malgré ses promesses de démanteler l'Opération Phénix et de purger les institutions des agents infiltrés, la colère populaire ne faiblirait pas tant que ces promesses ne se concrétiseraient pas rapidement.

Les tensions explosent

Aux abords de la Place de la Concorde, la situation dégénéra dans l'après-midi. Des éléments radicaux infiltrés parmi les manifestants commencèrent à s'en prendre aux forces de l'ordre, lançant des projectiles et incendiant des poubelles. En réponse, la police déploya des canons à eau et utilisa des gaz lacrymogènes pour disperser la foule.

Des scènes de chaos s'ensuivirent. Les affrontements entre les manifestants et les forces de l'ordre se répandirent dans plusieurs quartiers de Paris, et des images de barricades en feu circulèrent massivement sur les réseaux sociaux.

"Nous ne sommes pas des marionnettes !" hurla une manifestante à un journaliste de BFM TV. "Nous méritons des dirigeants honnêtes, pas un théâtre de mensonges orchestré dans les coulisses du pouvoir !"

La voix de Léa Moreau

Pendant ce temps, Léa Moreau, encore cachée dans un appartement sécurisé fourni par des alliés de ses contacts journalistiques, observait les nouvelles avec un mélange d'inquiétude et de fierté. Elle savait que son dernier pari – les révélations en direct à la télévision – avait provoqué cet élan populaire, mais elle sentait aussi la responsabilité immense qui pesait sur ses épaules.

"Tu as déclenché un incendie," déclara Alex, assis à côté d'elle, un ordinateur sur les genoux. "Et maintenant, c'est Paris qui brûle."

"Ce n'est pas ce que je voulais," murmura Léa, les yeux rivés sur l'écran diffusant des affrontements violents. "Mais je savais que ça arriverait. Lorsque la vérité éclate, elle emporte tout sur son passage."

Alex ferma son ordinateur et se tourna vers elle. "Alors, qu'est-ce qu'on fait maintenant ?"

Léa prit une longue respiration. "Nous devons continuer à rappeler pourquoi nous avons fait cela. Nous devons maintenir le débat sur le fond. Si nous laissons le chaos prendre le dessus, ceux qui veulent étouffer cette affaire en profiteront pour discréditer nos efforts."

Un discours pour apaiser

Le soir même, Julien Marceau s'adressa de nouveau à la nation dans une allocution télévisée, tentant de calmer les tensions.

"Mes chers compatriotes," commença-t-il, "je ne peux ignorer la douleur et l'indignation que vous ressentez face aux récents scandales. Je comprends votre colère, et je partage votre sentiment de trahison."

Il marqua une pause, regardant droit dans la caméra. "Mais je vous demande de ne pas oublier que nous avons une chance unique de réformer notre démocratie. Ensemble, nous devons nous battre pour un avenir plus transparent, bâtir des institutions dignes de votre confiance. Je vous promets que je tiendrai mes engagements. Et pour cela, je vous demande votre soutien pour traverser cette tempête."

Cependant, les réactions à son discours furent mitigées. Pour beaucoup, les mots ne suffiraient pas. Seuls des actes concrets pourraient apaiser la colère et restaurer la confiance.

Une nation à un tournant

Au petit matin, la France semblait suspendue dans un équilibre précaire. Les manifestations continuaient, les appels à la grève générale se multipliaient, et la pression sur le gouvernement atteignait des sommets. Pendant ce temps, Léa Moreau préparait ses prochaines démarches, consciente que la bataille pour la vérité était encore loin d'être gagnée.

Dans les rues, les citoyens débats vivaient avec un mélange d'espoir et de désolation. Certains voyaient dans cette crise une opportunité unique pour réinventer une République plus juste et plus transparente. D'autres craignaient que l'élan réformateur soit étouffé par les forces politiques et économiques profondément enracinées.

Mais une chose était certaine : la France, secouée par les révélations de l'Opération Phénix, ne serait plus jamais la même. Et au cœur de cette tourmente, Léa, Alex, et même le Président Marceau savaient qu'ils se battaient non seulement pour dévoiler la vérité, mais pour redéfinir l'avenir d'une nation en ébullition.

Chapitre 49 : Un Pouvoir Qui S'effondre

La République française vacillait. Un seul mot régnait sur les lèvres des citoyens, des médias, et même dans les couloirs les plus secrets du pouvoir : *l'effondrement*. Depuis la diffusion des révélations de Léa Moreau et l'aveu public de Julien Marceau sur l'Opération Phénix, la situation dans le pays avait atteint un point critique. Ce scandale tentaculaire, qui avait exposé des décennies de manipulation politique, d'espionnage et d'effacement d'identités, n'était plus seulement une crise politique : c'était une crise existentielle pour la démocratie française.

La France n'avait jamais vécu un tel séisme institutionnel, une telle remise en question de ses fondations. Ce qui avait commencé comme une enquête isolée menée par une journaliste téméraire s'était transformé en un effondrement méthodique des piliers mêmes du système politique. En quelques jours seulement, les révélations s'étaient propagées dans le monde entier comme un incendie incontrôlable, emportant dans leur sillage des carrières, des alliances politiques, et peut-être même une certaine image de l'histoire française.

Des révélations qui font tomber des têtes

Le rapport complet sur l'Opération Phénix, mis en ligne par Léa Moreau et Alex, était maintenant consultable par des millions de citoyens à travers le monde. Ce n'était plus une théorie conspirationniste : c'était une réalité, corroborée par des documents officiels, des correspondances internes et une liste effrayante de noms impliqués.

Les répercussions furent immédiates :

- Plusieurs ministres, à commencer par le ministre de l'Intérieur Alexandre Rochefort, furent contraints de démissionner. Les preuves accablantes de leur participation active à l'Opération Phénix et à ses extensions les rendaient politiquement insoutenables.

- Des hauts fonctionnaires, des magistrats, et même des figures influentes des médias furent identifiés comme ayant été "placés" ou "reprogrammés" dans le cadre de l'opération. La confiance envers les institutions s'effondra en quelques heures.

- À l'international, des gouvernements européens exprimèrent leur indignation face aux révélations des ingérences conjointes de la DGSE et de la CIA dans leurs propres politiques. Les relations diplomatiques entre la France et plusieurs pays alliés furent suspendues, le temps d'enquêtes plus approfondies.

Mais ce fut l'Élysée qui subit les coups les plus violents. Julien Marceau, bien que sincère dans sa promesse de réformer le système et de purger les institutions, était assiégé de toutes parts. Des appels à sa démission se multiplièrent, non seulement dans la rue, mais aussi au sein de sa propre majorité parlementaire.

"Le président doit partir pour sauver ce qui reste de la République," déclara un député lors d'un débat houleux à l'Assemblée nationale. "Ce n'est pas une question de loyauté envers lui, mais de survie pour nos institutions."

Dans les rues : la colère d'un peuple trahi

Sur les places publiques, la colère populaire atteignit son paroxysme. Les manifestations, qui avaient débuté comme des rassemblements spontanés, se transformèrent en un mouvement de masse. Des millions de Français descendirent dans les rues pour exprimer leur indignation face à ce qu'ils percevaient comme une trahison historique.

Place de la République à Paris, une femme d'une cinquantaine d'années, tenant une pancarte où était inscrit *"Rendez-nous notre démocratie !"*, expliqua à un journaliste : "On nous a menti pendant des décennies. Ils ont manipulé nos votes, nos vies, nos choix. Comment peut-on croire en quoi que ce soit après ça ?"

Les syndicats appelèrent à une grève générale, paralysant les transports, les écoles, et même les hôpitaux. À Marseille, à Lille, à

Strasbourg, et même dans de petites villes, des scènes similaires se jouaient. Mais ce n'était pas seulement une colère destructrice : c'était aussi une revendication pour de profondes réformes.

Des assemblées populaires commencèrent à émerger dans tout le pays, où les citoyens débattaient de l'avenir de la République. Beaucoup réclamaient une refondation totale des institutions, une VIe République, avec des garanties renforcées pour la transparence et la démocratie.

L'échec des tentatives de contrôle

À l'Élysée, Julien Marceau tentait tant bien que mal de garder le cap. Entouré d'une équipe de conseillers réduite et d'une première dame désormais pleinement impliquée dans la gestion de la crise, il espérait encore pouvoir éviter le pire.

"Nous devons présenter un plan de réforme immédiat," dit-il lors d'une réunion d'urgence. "Je suis prêt à mettre ma présidence en jeu pour cela. Mais si nous laissons la situation dégénérer davantage, nous risquons une implosion totale du pays."

Mais chaque tentative de montrer son leadership semblait échouer. Chaque discours, chaque interview était accueilli par une vague de scepticisme, voire de mépris. Son propre passé, manipulé par l'Opération Phénix, faisait de lui un symbole involontaire de la corruption du système.

"Le président lui-même est le produit de ce qu'il prétend vouloir détruire," écrivit un éditorialiste influent. "Comment peut-il espérer restaurer la confiance ?"

Léa Moreau dans l'œil du cyclone

Pendant ce temps, Léa Moreau était devenue une héroïne malgré elle. Sa révélation de l'Opération Phénix avait fait d'elle une figure incontournable de la scène publique, mais elle était également devenue une cible.

Des menaces anonymes, des tentatives de piratage de ses appareils, et même des accusations publiques cherchant à discréditer son travail n'avaient cessé de se multiplier. Pourtant, Léa, renforcée par le soutien de milliers de citoyens et de journalistes indépendants, ne reculait pas.

"Ce n'est pas mon combat personnel," déclara-t-elle lors d'une interview en ligne avec un média international. "C'est le combat de tous les Français qui veulent une vraie démocratie. Mon travail est de continuer à exposer la vérité, quoi qu'il m'en coûte."

En coulisses, Léa travaillait toujours avec Alex pour révéler les dernières pièces manquantes du puzzle. Ils avaient en leur possession des documents qui, selon eux, pourraient non seulement détruire définitivement ce qui restait du réseau Égide, mais aussi révéler la complicité d'acteurs internationaux encore plus puissants.

Un pouvoir en ruine

À mesure que les jours passaient, l'idée d'un effondrement total du gouvernement devenait de plus en plus plausible. Une motion de censure fut déposée à l'Assemblée nationale, et même les alliés du Président commençaient à envisager l'inévitable.

Dans un geste désespéré, Julien Marceau convoqua une dernière allocution télévisée. Fatigué mais déterminé, il se présenta devant les caméras et s'adressa directement au peuple français.

"Mes chers compatriotes," commença-t-il, sa voix empreinte d'émotion. "Je reconnais que ma présidence, malgré mes intentions sincères, est devenue un obstacle à la réconciliation de notre nation avec elle-même. Je m'engage donc à démissionner, mais pas avant d'avoir assuré que les bases d'une refonte démocratique soient posées."

Il proposa un référendum national pour initier une réforme constitutionnelle, promettant une transition transparente avant son départ. Mais même cette annonce, bien qu'applaudie par certains, fut considérée par d'autres comme trop peu, trop tard.

Une nouvelle ère à l'horizon

Lorsque Julien Marceau quitta finalement l'Élysée quelques semaines plus tard, ce fut dans un mélange d'applaudissements et de huées. Élisabeth l'accompagnait, une figure désormais complexe aux yeux du public, perçue à la fois comme une victime et une complice du système qu'elle avait dénoncé.

Léa Moreau, elle, restait déterminée à poursuivre son combat. Bien que la chute de l'Opération Phénix ait marqué une victoire majeure, elle savait que d'autres combats restaient à mener pour garantir que les mêmes erreurs ne se reproduiraient jamais.

La France, secouée mais pas brisée, se retrouvait à un carrefour historique. Le pouvoir s'était effondré, mais des graines d'espoir avaient été plantées. Une nouvelle génération de citoyens, plus vigilants, plus engagés, était prête à se battre pour une République plus transparente et fidèle à ses idéaux.

Et dans cette reconstruction, chacun avait un rôle à jouer, car la vérité, bien qu'amère, avait redonné au peuple le pouvoir de façonner son avenir.

Chapitre 50 : La Chute de l'Élysée

Le ciel de Paris était gris et lourd, comme si la nature elle-même ressentait le poids des événements qui secouaient la nation. L'Élysée, jadis symbole de pouvoir et de stabilité, ressemblait désormais à un navire en perdition, battu par les vagues incessantes des révélations et de la colère populaire.

À l'intérieur du palais présidentiel, le chaos régnait. Les couloirs, habituellement animés par le va-et-vient des conseillers et des diplomates, étaient étrangement silencieux. Seuls quelques gardes et membres du personnel essentiel restaient encore à leur poste, témoins impuissants de la chute d'une institution.

Julien Marceau, l'homme qui avait dirigé la France avec tant d'assurance pendant des années, errait dans son bureau comme une âme en peine. Son visage, marqué par des nuits sans sommeil et le poids écrasant de la vérité, ne reflétait plus que l'ombre de l'homme qu'il avait été.

"Où est Élisabeth ?" demanda-t-il pour la énième fois à son chef de cabinet, Pierre Dumas, qui semblait tout aussi perdu.

"Nous... nous ne savons pas, Monsieur le Président," répondit Dumas, la voix tremblante. "Elle a été vue pour la dernière fois dans ses appartements privés il y a trois heures. Depuis, plus rien."

Julien sentit son cœur se serrer. Au milieu de ce chaos, la disparition d'Élisabeth était la goutte d'eau qui faisait déborder le vase. Elle avait été son roc, son ancre, même après les révélations sur son implication dans l'Opération Phénix. Et maintenant, elle aussi l'abandonnait.

Dehors, la foule grondait. Des milliers de manifestants s'étaient rassemblés devant les grilles de l'Élysée, brandissant des pancartes et scandant des slogans. "Démission ! Démission !" criaient-ils en chœur. La police, débordée, peinait à contenir la marée humaine qui menaçait de submerger le palais.

Soudain, une explosion retentit. Une grenade lacrymogène venait d'être lancée, provoquant la panique dans les rangs des manifestants. La situation dégénéra rapidement, transformant la manifestation pacifique en émeute.

À l'intérieur, Julien observait la scène avec un mélange d'horreur et de résignation. "C'est fini," murmura-t-il. "Tout est fini."

Pendant ce temps, à quelques kilomètres de là, dans un petit appartement anonyme du 11ème arrondissement, Léa Moreau et Alex suivaient les événements en direct sur leurs écrans. Ils avaient passé les derniers jours à compiler et à vérifier les dernières pièces du puzzle de l'Opération Phénix.

"Regarde ça," dit Alex, pointant du doigt une notification qui venait de s'afficher. "Une source anonyme affirme qu'Élisabeth Marceau aurait quitté l'Élysée incognito il y a quelques heures."

Léa fronça les sourcils. "Tu crois qu'elle a fui ?"

"Ou peut-être qu'elle a été exfiltrée," suggéra Alex. "Qui sait quels alliés elle a encore dans l'ombre."

Léa sentit un frisson parcourir son échine. Malgré tout ce qu'elle avait découvert, Élisabeth Marceau restait une énigme. Victime ou manipulatrice ? Pion ou joueuse ? La vérité était probablement quelque part entre les deux.

"Il faut qu'on la retrouve," décida Léa. "Elle est la clé de tout ça. Sans son témoignage complet, on ne pourra jamais exposer toute l'ampleur de l'Opération Phénix."

Pendant ce temps, dans un parking souterrain désert de la banlieue parisienne, une femme aux cheveux teints en brun et portant des lunettes de soleil montait dans une voiture banalisée. Élisabeth

Marceau, méconnaissable, jeta un dernier regard vers la ville qu'elle quittait.

"Où allons-nous, Madame ?" demanda le chauffeur, un homme au visage impassible.

"Loin," répondit-elle simplement. "Très loin."

Alors que la voiture s'éloignait dans la nuit, Élisabeth sentit le poids de ses secrets peser sur ses épaules. Elle savait que sa fuite ne ferait qu'alimenter les spéculations, mais elle n'avait pas le choix. Il y avait encore des vérités trop dangereuses pour être révélées, des noms qui ne devaient jamais être prononcés.

À l'Élysée, la situation devenait intenable. Les manifestants avaient réussi à forcer les premières barrières de sécurité. Des images de chaos total étaient diffusées en direct sur toutes les chaînes de télévision du monde.

Julien Marceau, comprenant que la fin était proche, rassembla ses dernières forces pour une ultime allocution. Face à la caméra, il apparut plus vieux et plus fatigué que jamais.

"Mes chers compatriotes," commença-t-il, la voix tremblante. "L'heure est grave. Notre démocratie traverse une crise sans précédent. J'ai failli à ma tâche de protéger nos institutions des manipulations et des mensonges. Pour cela, je vous demande pardon."

Il marqua une pause, prenant une profonde inspiration. "C'est pourquoi, en ce jour sombre pour notre République, je prends la décision de démissionner de mes fonctions de Président de la République."

Un silence de plomb tomba sur la salle, brisé seulement par le bruit lointain des manifestations.

"J'appelle à la formation d'un gouvernement d'union nationale, chargé de mener une transition pacifique et de préparer de nouvelles élections dans les plus brefs délais. Que Dieu protège la France."

La caméra s'éteignit, marquant la fin d'une ère. Dans les rues, la nouvelle de la démission de Marceau se répandit comme une traînée de poudre. Les cris de joie se mêlèrent aux appels à la vigilance. La chute de l'Élysée était consommée, mais que réserverait l'avenir ?

Léa Moreau, en apprenant la nouvelle, sentit un mélange complexe d'émotions l'envahir. Soulagement, fierté, mais aussi appréhension. Elle savait que son travail était loin d'être terminé. L'Opération Phénix avait peut-être été exposée, mais ses ramifications s'étendaient bien au-delà des frontières françaises.

"Et maintenant ?" demanda Alex, brisant le silence.

Léa se tourna vers lui, une lueur de détermination dans les yeux. "Maintenant, on trouve Élisabeth Marceau. Elle seule détient les dernières pièces du puzzle. Et je ne m'arrêterai pas tant que toute la vérité n'aura pas éclaté."

Alors que la nuit tombait sur Paris, une nouvelle ère s'ouvrait pour la France. L'Élysée était tombé, ses secrets exposés au grand jour. Mais dans l'ombre, d'autres complots se tramaient déjà. La chasse à la vérité ne faisait que commencer, et Léa Moreau était bien décidée à aller jusqu'au bout, quelles qu'en soient les conséquences.

Chapitre 51 : L'Après-Marceau

Le soleil se levait sur une France transformée. Les rues de Paris, encore marquées par les manifestations de la veille, se réveillaient dans une atmosphère étrange, mélange de soulagement et d'appréhension. La chute de Julien Marceau et la disparition d'Élisabeth avaient laissé un vide politique sans précédent, et toute la nation retenait son souffle, attendant de voir ce qui allait émerger des cendres de l'ancien régime.

Un gouvernement transitoire

Dans les heures qui suivirent la démission de Marceau, le Conseil Constitutionnel s'était réuni en urgence. Conformément à la Constitution, le Président du Sénat, Antoine Lefebvre, un homme de 68 ans réputé pour son intégrité, avait été nommé Président par intérim. Sa première action fut de convoquer les leaders de tous les partis politiques pour former un gouvernement d'union nationale.

"Nous traversons une crise sans précédent," déclara Lefebvre lors de sa première allocution télévisée. "Mais c'est aussi une opportunité unique de rebâtir notre démocratie sur des bases plus solides, plus transparentes. J'appelle tous les Français à l'unité et à la vigilance en ces temps troublés."

Le nouveau gouvernement, composé de figures politiques de tous bords et de personnalités de la société civile, avait pour mission de gérer les affaires courantes et de préparer une transition démocratique. Parmi les nominations les plus remarquées :

- Marie Deschamps, une juge anti-corruption renommée, au ministère de la Justice
- Thomas Nguyen, un expert en cybersécurité, au ministère de l'Intérieur
- Samira Benkaci, une économiste respectée, au ministère de l'Économie et des Finances

Une commission d'enquête nationale

L'une des premières décisions du gouvernement transitoire fut la création d'une Commission d'Enquête Nationale sur l'Opération Phénix. Présidée par le juge Éric Moulin, connu pour son indépendance, cette commission avait pour mandat d'enquêter en profondeur sur toutes les ramifications de l'affaire.

Léa Moreau, reconnue pour son rôle crucial dans l'exposition du scandale, fut invitée à témoigner devant la commission. Son intervention, retransmise en direct à la télévision, captiva la nation entière.

"L'Opération Phénix n'était pas simplement une manipulation politique," expliqua-t-elle. "C'était une attaque contre les fondements mêmes de notre démocratie. Nous devons non seulement exposer tous les responsables, mais aussi comprendre comment un tel système a pu se mettre en place et perdurer pendant des décennies."

La commission commença à auditionner des centaines de témoins, des hauts fonctionnaires aux agents de terrain. Chaque jour apportait son lot de révélations choquantes, exposant l'ampleur vertigineuse du réseau d'influence qui avait infiltré toutes les strates de la société française.

Réformes constitutionnelles

Parallèlement à l'enquête, un débat national s'engagea sur la nécessité de réformer en profondeur les institutions de la République. Des assemblées citoyennes furent organisées dans tout le pays, permettant aux Français de s'exprimer sur l'avenir de leur démocratie.

Plusieurs propositions émergèrent :

1. Une limitation plus stricte des mandats présidentiels et parlementaires
2. Un renforcement des pouvoirs de contrôle du Parlement sur l'exécutif
3. La création d'une Haute Autorité de la Transparence Démocratique, chargée de surveiller l'intégrité des processus politiques
4. Une réforme du système électoral, incluant une dose de proportionnelle

5. Des mécanismes de démocratie participative renforcés, comme le référendum d'initiative citoyenne

Le gouvernement transitoire s'engagea à organiser un référendum sur ces réformes constitutionnelles avant la tenue de nouvelles élections.

Une scène politique en recomposition

L'effondrement du système Marceau avait provoqué un séisme dans le paysage politique français. Les partis traditionnels, discrédités par leur implication directe ou indirecte dans l'Opération Phénix, peinaient à se reconstruire une légitimité.

De nouveaux mouvements émergèrent, portés par des figures de la société civile et des lanceurs d'alerte. Le "Mouvement pour une Démocratie Réelle", fondé par des activistes anti-corruption, gagnait rapidement en popularité. De même, le parti "Renouveau Citoyen", issu des assemblées populaires nées pendant la crise, attirait de nombreux jeunes électeurs.

Les médias, eux aussi, connurent une profonde mutation. Discréditées par leur complaisance passée envers le pouvoir, les grandes chaînes d'information durent se réinventer. Le journalisme d'investigation connut un regain d'intérêt, et de nouvelles plateformes d'information indépendantes gagnèrent en influence.

La traque d'Élisabeth Marceau

Malgré tous ces changements, une question restait en suspens : où était Élisabeth Marceau ? Sa disparition continuait d'alimenter les spéculations et les théories du complot. Certains affirmaient qu'elle s'était réfugiée à l'étranger, d'autres qu'elle était retenue par des membres encore actifs du réseau Phénix.

Léa Moreau, convaincue qu'Élisabeth détenait encore des secrets cruciaux, poursuivait son enquête avec acharnement. Accompagnée d'Alex, elle suivait chaque piste, chaque rumeur, dans l'espoir de retrouver celle qui avait été au cœur de toute l'affaire.

"Élisabeth Marceau n'est pas simplement une fugitive," expliqua Léa lors d'une interview. "Elle est la clé pour comprendre toute l'étendue de l'Opération Phénix. Son témoignage pourrait exposer des ramifications internationales que nous n'avons fait qu'effleurer jusqu'à présent."

Vers un nouveau départ

Alors que la France se préparait à de nouvelles élections, prévues dans les six mois, un sentiment d'espoir prudent commençait à émerger. Les citoyens, galvanisés par leur rôle dans l'exposition du scandale, s'impliquaient davantage dans la vie politique.

Le pays restait fragile, confronté à de nombreux défis économiques et sociaux. La confiance dans les institutions devait être reconstruite, un processus qui prendrait des années. Mais pour la première fois depuis longtemps, les Français sentaient qu'ils avaient une réelle opportunité de façonner l'avenir de leur démocratie.

L'après-Marceau s'annonçait comme une période de profonde transformation, avec son lot d'incertitudes mais aussi de possibilités. La France entrait dans une nouvelle ère politique, portée par un désir collectif de transparence, d'intégrité et de participation citoyenne.

Alors que le soleil se couchait sur cette journée historique, Léa Moreau, debout sur le balcon de son appartement, contemplait l'horizon parisien. Elle savait que son combat pour la vérité était loin d'être terminé. Quelque part, dans l'ombre, les derniers secrets de l'Opération Phénix attendaient d'être révélés. Et elle était bien décidée à les mettre au jour, quoi qu'il lui en coûte.

Chapitre 52 : Léa en Cavale

La nuit était tombée sur Paris, enveloppant la ville dans un manteau d'obscurité qui, pour une fois, semblait protecteur plutôt que menaçant. Léa Moreau, le visage dissimulé sous une casquette et des lunettes de soleil malgré l'heure tardive, se faufilait dans les ruelles étroites du 20ème arrondissement. Son cœur battait la chamade, ses sens en alerte maximale.

Trois jours plus tôt, tout avait basculé. Alors qu'elle pensait avoir atteint le cœur de l'Opération Phénix, Léa avait découvert que le réseau était bien plus vaste et profond qu'elle ne l'avait imaginé. Et surtout, qu'il n'était pas prêt à tomber sans se battre.

Un soir, alors qu'elle rentrait chez elle, Léa avait remarqué une voiture noire stationnée devant son immeuble. Son instinct de journaliste, affûté par des mois d'enquête périlleuse, lui avait immédiatement signalé le danger. Sans hésiter, elle avait fait demi-tour et s'était enfuie dans la nuit parisienne.

Depuis, elle n'avait pas cessé de bouger, changeant de planque chaque nuit, utilisant le réseau souterrain de contacts qu'elle avait patiemment tissé au fil de son enquête. Alex, son fidèle allié hacker, était son seul lien avec le monde extérieur, lui fournissant des informations vitales via des canaux de communication sécurisés.

"Ils sont partout, Léa," lui avait dit Alex lors de leur dernier échange. "Ces types... ce ne sont pas de simples agents gouvernementaux. On dirait qu'ils ont des ressources illimitées. Ils ont piraté les caméras de surveillance de la ville, infiltré les réseaux de transport... C'est comme s'ils avaient des yeux partout."

Léa serra les dents, repensant aux informations qu'elle avait découvertes juste avant de devoir fuir. Des noms, des dates, des lieux... Des preuves qui liaient l'Opération Phénix non seulement à des services secrets étrangers, mais aussi à un réseau international de financiers et d'industriels. Le genre d'informations qui pouvaient faire tomber des gouvernements et ébranler l'ordre mondial.

Soudain, un bruit de pas résonna derrière elle. Léa se figea, son corps tendu comme un arc. Sans se retourner, elle accéléra le pas, tournant brusquement dans une ruelle adjacente. Les pas se rapprochaient.

"Mademoiselle Moreau," appela une voix grave. "Nous savons que c'est vous. Inutile de fuir."

Le cœur de Léa manqua un battement. Comment l'avaient-ils retrouvée ? Elle jeta un coup d'œil par-dessus son épaule. Deux hommes en costume sombre la suivaient, leurs silhouettes se découpant dans la lumière des réverbères.

Sans réfléchir, Léa se mit à courir. Elle connaissait bien ce quartier, y ayant mené de nombreuses enquêtes. Elle s'engouffra dans un dédale de petites rues, espérant semer ses poursuivants.

Mais ils étaient tenaces. Et professionnels. Chaque fois qu'elle pensait les avoir distancés, ils réapparaissaient, comme s'ils pouvaient prédire ses mouvements.

Essoufflée, Léa finit par se réfugier dans une cage d'escalier, le cœur battant à tout rompre. Elle sortit son téléphone, composant rapidement un message pour Alex :

"Piégée. 20ème. Besoin extraction urgente."

La réponse fut presque immédiate : "Tiens bon. Plan B activé."

Léa ferma les yeux, essayant de calmer sa respiration. Le "Plan B" était leur dernière option, une sortie de secours qu'ils avaient préparée au cas où tout tournerait mal. Mais cela signifiait aussi qu'elle devrait peut-être quitter la France, abandonner son enquête, sa vie...

Un bruit de porte qui s'ouvre la fit sursauter. Ils étaient dans l'immeuble. Léa monta les escaliers aussi silencieusement que possible, cherchant désespérément une issue.

Arrivée sur le toit, elle sentit le vent frais sur son visage. La vue de Paris la nuit aurait pu être magnifique dans d'autres circonstances. Mais là, elle ne voyait que des ombres menaçantes, des yeux invisibles qui la traquaient.

"C'est fini, Mademoiselle Moreau," dit une voix derrière elle.

Léa se retourna lentement. Les deux hommes étaient là, leurs visages impassibles éclairés par la lueur de la lune. L'un d'eux tenait un pistolet, pointé droit sur elle.

"Qui êtes-vous ?" demanda Léa, sa voix plus ferme qu'elle ne l'aurait cru. "Que me voulez-vous ?"

L'homme au pistolet fit un pas en avant. "Nous sommes ceux qui protègent l'ordre établi, Mademoiselle Moreau. Celui que vous menacez avec vos... révélations."

Léa sentit une vague de colère monter en elle. "L'ordre établi ? Vous voulez dire le mensonge établi ! Vous avez manipulé la démocratie pendant des décennies !"

L'homme eut un sourire froid. "La démocratie... Un beau concept, n'est-ce pas ? Mais tellement fragile. Le monde a besoin d'être guidé, Mademoiselle Moreau. Par des gens qui voient plus loin que les masses."

"Et qui décide qui sont ces gens ?" rétorqua Léa. "Vous ?"

Avant que l'homme ne puisse répondre, un bruit assourdissant retentit. Un hélicoptère surgit soudain, ses phares puissants balayant le toit. Léa reconnut immédiatement l'appareil : c'était le "Plan B" d'Alex.

Profitant de la confusion, Léa courut vers l'hélicoptère qui s'approchait dangereusement du bord du toit. Une échelle de corde fut lancée. Sans hésiter, Léa s'y accrocha.

Des coups de feu retentirent, mais déjà l'hélicoptère s'éloignait, emportant Léa avec lui. Alors qu'elle grimpait à bord, tremblante mais indemne, elle croisa le regard d'Alex aux commandes.

"Juste à temps," dit-il avec un sourire tendu.

Léa s'effondra sur un siège, l'adrénaline retombant brutalement. Alors que Paris s'éloignait sous leurs pieds, elle réalisa que sa vie ne serait plus jamais la même. Elle était désormais une fugitive, traquée par des forces qu'elle ne comprenait pas encore totalement.

Mais une chose était sûre : elle n'abandonnerait pas. L'Opération Phénix, ce réseau tentaculaire qui menaçait les fondements mêmes de la démocratie, devait être exposée. Quoi qu'il lui en coûte.

"Où allons-nous ?" demanda-t-elle à Alex, sa voix à peine audible par-dessus le bruit des rotors.

"En lieu sûr," répondit-il. "J'ai des contacts qui peuvent nous cacher le temps qu'on décide de notre prochaine move."

Léa hocha la tête, son regard se perdant dans la nuit. Elle savait que le combat ne faisait que commencer. Les hommes qui la poursuivaient ne s'arrêteraient pas là. Mais elle non plus.

Quelque part dans le ciel nocturne de la France, Léa Moreau, journaliste devenue fugitive, se préparait pour la prochaine étape de son combat pour la vérité. L'Opération Phénix n'avait pas dit son dernier mot, mais elle non plus.

Chapitre 53 : Un Nouveau Départ

L'aube se levait sur un petit village côtier du sud de l'Espagne. Léa Moreau, assise sur le balcon d'un modeste appartement avec vue sur la Méditerranée, contemplait l'horizon, une tasse de café à la main. Trois mois s'étaient écoulés depuis sa fuite précipitée de Paris, trois mois d'exil forcé, de regards par-dessus l'épaule et de nuits agitées.

Le soleil naissant caressait son visage, légèrement hâlé par les journées passées à se fondre dans la population locale. Ses cheveux, désormais teints en brun foncé, étaient attachés en une queue de cheval négligée. Elle avait changé, pas seulement physiquement. L'éclat combatif dans ses yeux s'était teinté d'une prudence nouvelle, fruit de ses expériences récentes.

Alex émergea de l'appartement, s'étirant longuement avant de s'appuyer contre la rambarde du balcon. "Bien dormi ?" demanda-t-il, même s'il connaissait déjà la réponse.

Léa esquissa un sourire fatigué. "Comme d'habitude. Les cauchemars se font plus rares, mais..."

"Mais ils sont toujours là," compléta Alex. Il comprenait. Lui aussi portait les cicatrices de leur fuite, de la traque incessante qu'ils avaient subie.

Le silence s'installa entre eux, uniquement brisé par le bruit lointain des vagues et le cri occasionnel des mouettes. C'était un silence confortable, né de mois de proximité forcée et de confiance mutuelle.

Soudain, le téléphone sécurisé d'Alex vibra. Il le sortit de sa poche, fronçant les sourcils en lisant le message.

"C'est Marc," dit-il, faisant référence à leur contact au sein de la nouvelle administration française. "Il dit qu'il a du nouveau. Quelque chose de gros."

Léa se redressa, soudain alerte. "Quel genre de nouveau ?"

Alex parcourut rapidement le message. "Apparemment, la Commission d'Enquête sur l'Opération Phénix a mis la main sur des documents compromettants. Des liens avec... attends voir... un réseau international de trafic d'influence. Ça implique des politiciens, des industriels, et même des figures du crime organisé dans plusieurs pays européens."

Léa sentit son cœur s'accélérer. C'était exactement le genre de connexions qu'elle soupçonnait depuis le début, les ramifications internationales de l'Opération Phénix qu'elle n'avait pas eu le temps d'explorer avant sa fuite.

"Il y a plus," poursuivit Alex, son visage s'assombrissant. "Ils ont retrouvé la trace d'Élisabeth Marceau."

Cette nouvelle frappa Léa comme un coup de poing. Élisabeth Marceau, l'énigmatique ex-Première Dame, celle qui détenait peut-être les clés de toute l'affaire, avait disparu sans laisser de traces depuis des mois.

"Où ?" demanda Léa, sa voix à peine plus haute qu'un murmure.

"Lisbonne," répondit Alex. "Mais elle s'est de nouveau volatilisée. La police portugaise a perdu sa trace il y a 48 heures."

Léa se leva, commençant à faire les cent pas sur le petit balcon. Son esprit tournait à plein régime, analysant les implications de ces nouvelles informations.

"Alex," dit-elle finalement, se tournant vers son ami. "Je crois qu'il est temps pour nous de sortir de notre retraite."

Alex la regarda longuement, pesant le pour et le contre. Il savait que Léa n'avait jamais vraiment abandonné l'idée de poursuivre son enquête, même si la prudence les avait forcés à se faire oublier pendant un temps.

"Tu es sûre ?" demanda-t-il. "On a failli y laisser notre peau la dernière fois. Et les gens qui nous traquaient sont toujours là, quelque part."

Léa hocha la tête, une lueur de détermination dans les yeux. "Je sais. Mais on ne peut pas laisser cette histoire se terminer comme ça. Pas quand on est si près de la vérité."

Elle s'approcha d'Alex, posant une main sur son épaule. "Tu n'es pas obligé de me suivre. Je comprendrais si tu voulais..."

"Arrête," la coupa Alex avec un sourire. "Tu sais bien que je ne te laisserai pas y aller seule. On est dans cette galère ensemble, jusqu'au bout."

Léa sentit une vague de gratitude l'envahir. Malgré tous les dangers, tous les sacrifices, Alex était resté à ses côtés, un roc sur lequel elle pouvait s'appuyer.

"Alors," dit-elle, un sourire se dessinant sur ses lèvres. "Par où on commence ?"

Alex se tourna vers son ordinateur portable, déjà en train de pianoter frénétiquement. "Je vais essayer de retracer les mouvements d'Élisabeth à Lisbonne. Peut-être qu'on pourra trouver un indice sur sa destination suivante."

Léa acquiesça, son esprit déjà en train d'élaborer des stratégies, des pistes à explorer. "Je vais contacter quelques-unes de mes anciennes sources. Voir si quelqu'un a entendu parler de ce réseau international."

Alors qu'ils se plongeaient dans leur travail, Léa sentit une excitation familière monter en elle. C'était le début d'une nouvelle enquête, peut-être la plus importante de sa carrière. Les enjeux étaient énormes, les dangers bien réels, mais elle savait qu'elle faisait ce pour quoi elle était faite : révéler la vérité, quoi qu'il en coûte.

Le soleil montait lentement dans le ciel, illuminant l'appartement d'une lumière dorée. Dehors, la vie du petit village espagnol commençait à s'animer. Mais pour Léa et Alex, le monde s'était réduit à leur quête de vérité.

Dans les jours qui suivirent, ils préparèrent méticuleusement leur retour sur le devant de la scène. Nouveaux déguisements, nouvelles identités, nouveaux moyens de communication sécurisés. Ils savaient que leurs ennemis seraient toujours à leurs trousses, mais cette fois, ils étaient prêts.

Une semaine plus tard, alors qu'ils embarquaient dans un ferry en direction de l'Italie, première étape de leur nouvelle enquête, Léa jeta un dernier regard à la côte espagnole qui s'éloignait.

"Tu es prête ?" demanda Alex, debout à côté d'elle sur le pont.

Léa hocha la tête, un mélange de détermination et d'appréhension dans les yeux. "Plus que jamais."

Alors que le bateau fendait les flots, emportant Léa et Alex vers de nouveaux défis et de nouveaux dangers, une chose était certaine : l'Opération Phénix n'avait pas fini de livrer ses secrets. Et Léa Moreau était bien décidée à les mettre tous au jour, quel qu'en soit le prix.

📖 ✦ ✦ ✦ ✦ ✦ ✦ 🌍

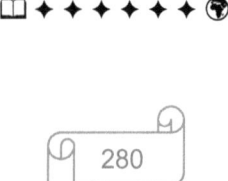

Chapitre 54 : Une Vérité Retouchée

Le soleil se couchait sur Rome, baignant la Ville Éternelle d'une lueur dorée. Dans un petit café niché au cœur du Trastevere, Léa Moreau, le visage dissimulé sous de larges lunettes de soleil et un foulard élégamment noué, sirotait un espresso. Ses yeux, toujours en alerte, scrutaient la rue animée devant elle.

Trois semaines s'étaient écoulées depuis leur départ d'Espagne. Trois semaines de pistes suivies, d'informateurs rencontrés dans l'ombre, de nuits passées à décortiquer des documents cryptés. Et pourtant, plus Léa et Alex avançaient dans leur enquête, plus ils avaient l'impression de s'enfoncer dans un labyrinthe sans fin.

Alex apparut soudain, se glissant sur la chaise en face de Léa. Son visage trahissait une tension palpable.

"Alors ?" demanda Léa, son cœur s'accélérant légèrement.

Alex jeta un coup d'œil autour de lui avant de se pencher en avant. "J'ai rencontré notre contact au Vatican. Ce qu'il m'a dit... c'est pire que ce qu'on imaginait, Léa."

Il sortit discrètement une clé USB de sa poche, la glissant sous la table. Léa la récupéra d'un geste fluide, years de pratique lui permettant de le faire sans attirer l'attention.

"Le réseau derrière l'Opération Phénix," poursuivit Alex à voix basse, "il ne s'est pas effondré avec la chute de Marceau. Il s'est... adapté."

Léa fronça les sourcils. "Adapté comment ?"

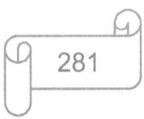

"Ils sont en train de réécrire l'histoire," expliqua Alex, ses yeux reflétant un mélange de colère et de frustration. "Pas seulement en France, mais dans toute l'Europe. Des 'experts' apparaissent soudainement dans les médias, minimisant l'ampleur de l'Opération Phénix, la présentant comme une simple dérive isolée plutôt que comme le système de manipulation massive qu'elle était réellement."

Léa sentit un frisson parcourir son échine. Elle avait remarqué ce changement subtil dans la couverture médiatique ces dernières semaines, mais l'entendre confirmé rendait la chose encore plus terrifiante.

"Ce n'est pas tout," continua Alex. "Ils sont en train de créer de toutes pièces une nouvelle narrative. Selon eux, l'Opération Phénix aurait été un 'mal nécessaire' pour protéger la démocratie contre des menaces extérieures. Ils transforment les manipulateurs en héros."

Léa serra les poings sous la table, sentant la colère monter en elle. Tout ce pour quoi elle s'était battue, tous les risques qu'elle avait pris pour exposer la vérité, étaient en train d'être balayés par une nouvelle vague de mensonges savamment orchestrés.

"Et le pire," ajouta Alex, sa voix à peine plus haute qu'un murmure, "c'est qu'ils utilisent nos propres révélations contre nous. Ils prennent les bribes de vérité que nous avons exposées et les tordent pour servir leur nouvelle narrative."

Léa prit une profonde inspiration, tentant de maîtriser ses émotions. "Qui est derrière tout ça ?"

Alex secoua la tête. "C'est là que ça devient vraiment effrayant. Ce n'est pas une seule entité. C'est un réseau diffus, avec des ramifications dans les médias, la politique, la finance... Ils opèrent comme une hydre : coupez une tête, deux repoussent."

Le silence s'installa entre eux, seulement brisé par le brouhaha joyeux des touristes et des locaux profitant de la douceur de la soirée romaine. Léa fixait son café, son esprit tournant à plein régime.

"On ne peut pas les laisser faire," dit-elle finalement, relevant les yeux vers Alex. "On ne peut pas laisser cette manipulation continuer."

Alex acquiesça lentement. "Je suis d'accord. Mais comment on s'y prend ? Nos anciennes méthodes ne fonctionneront pas contre ce type d'adversaire."

Léa réfléchit un moment, ses doigts jouant distraitement avec la clé USB. "On doit changer de tactique," dit-elle finalement. "Jusqu'ici, on a joué leur jeu : révélations chocs, scandales médiatiques. Mais ils sont trop forts à ce jeu-là. Ils ont les ressources pour contrôler le narratif."

"Alors quoi ?" demanda Alex, intrigué.

"On va les prendre à leur propre piège," répondit Léa, une lueur de détermination dans les yeux. "Au lieu de chercher le grand scoop, on va distiller la vérité petit à petit. On va créer notre propre réseau, infiltrer leurs cercles, semer le doute de l'intérieur."

Alex la regarda, un mélange d'admiration et d'inquiétude dans les yeux. "Tu te rends compte que ça pourrait prendre des années ?"

Léa hocha la tête. "Je sais. Mais c'est le seul moyen. On ne peut pas laisser cette manipulation continuer, même si ça doit nous prendre le reste de notre vie pour l'arrêter."

Elle se leva, laissant quelques euros sur la table pour le café. "Viens," dit-elle à Alex. "On a du travail."

Alors qu'ils s'éloignaient dans les rues animées de Rome, Léa sentait un mélange de détermination et d'appréhension l'envahir. Elle savait que le combat qui les attendait serait long et difficile, peut-être même dangereux. Mais elle savait aussi qu'elle n'avait pas le choix.

Quelque part dans les ombres de l'Europe, l'Opération Phénix renaissait de ses cendres, plus insidieuse que jamais. Et Léa Moreau était bien décidée à l'empêcher de manipuler à nouveau le destin de nations entières.

La nuit tombait sur Rome, enveloppant la ville dans un voile de mystère. Mais pour Léa et Alex, une nouvelle mission commençait. Une mission qui les mènerait dans les recoins les plus sombres du pouvoir, à la poursuite d'une vérité sans cesse retouchée, manipulée, déformée.

Le combat pour la vérité prenait un nouveau tournant, plus subtil, plus patient, mais tout aussi crucial. Et Léa était prête à y consacrer chaque once de son énergie, chaque battement de son cœur. Car elle savait que la démocratie elle-même était en jeu.

Chapitre 55 : Un Coup d'État en Secret

La nuit était tombée sur Bruxelles, enveloppant la capitale européenne dans un voile d'obscurité. Dans un bureau anonyme au cœur du quartier européen, une réunion secrète se tenait. Autour d'une table en acajou massif, douze hommes et femmes étaient assis, leurs visages à peine éclairés par la lueur tamisée des lampes. C'était le Conseil de l'Ombre, les véritables maîtres du jeu, ceux qui tiraient les ficelles dans l'ombre depuis des décennies.

Léa Moreau, dissimulée dans un recoin sombre de la pièce adjacente, retenait son souffle. Après des mois d'enquête acharnée, elle avait enfin réussi à infiltrer ce sanctuaire du pouvoir occulte. Son cœur battait la chamade, consciente du danger mortel qu'elle courait si elle était découverte.

"Mes chers collègues," commença une voix grave que Léa reconnut comme celle de Viktor Kraslov, un oligarque russe qu'elle avait déjà croisé dans ses investigations. "L'Opération Phénix a été compromise, mais notre plan global reste intact."

Un murmure parcourut l'assemblée. Léa tendit l'oreille, son dispositif d'enregistrement caché captant chaque mot.

"La chute de Marceau en France n'était qu'un contretemps," poursuivit Kraslov. "Nous avons déjà mis en place les pions nécessaires pour reprendre le contrôle. Notre narratif se répand, la vérité est en train d'être... réécrite."

Une femme élégante, que Léa identifia comme Isabella Rossi, une puissante banquière italienne, prit la parole. "Qu'en est-il de la journaliste ? Cette Léa Moreau continue de fouiner. Elle pourrait représenter une menace."

Léa sentit un frisson parcourir son échine. Elle était donc sur leur radar.

Un homme aux cheveux grisonnants, le visage marqué par des années de pouvoir, se pencha en avant. Léa le reconnut immédiatement : c'était Heinrich Müller, ancien haut fonctionnaire allemand, supposément à la retraite.

"Moreau n'est qu'un grain de sable dans notre mécanique," dit-il d'une voix froide. "Nous avons des moyens de la neutraliser si nécessaire. Pour l'instant, laissons-la croire qu'elle est sur une piste. Cela nous permet de contrôler ce qu'elle trouve... et ce qu'elle ne trouve pas."

Léa serra les poings, furieuse de réaliser à quel point elle avait été manipulée. Même ses découvertes les plus importantes avaient peut-être été orchestrées par ce Conseil de l'Ombre.

"Passons aux choses sérieuses," reprit Kraslov. "Notre plan pour un coup d'État silencieux au sein de l'Union Européenne est en bonne voie. Nos agents sont en place dans les principales institutions. Il est temps de passer à la phase suivante."

Les membres du Conseil se penchèrent en avant, leur attention captivée. Kraslov déroula un plan détaillé, expliquant comment ils allaient progressivement prendre le contrôle des principaux leviers de pouvoir au sein de l'UE. Manipulation des élections, cooptation de hauts fonctionnaires, contrôle subtil des médias... Rien n'était laissé au hasard.

Léa sentait son cœur s'emballer à mesure qu'elle prenait conscience de l'ampleur de la conspiration. Ce n'était pas seulement la France qui était menacée, mais l'ensemble de l'Europe.

"Et qu'en est-il de nos alliés américains ?" demanda un membre du Conseil.

Müller eut un sourire froid. "Ils sont... coopératifs. Tant que nous maintenons l'illusion de la démocratie, ils ferment les yeux sur nos activités. Après tout, nos intérêts convergent souvent."

La réunion se poursuivit pendant des heures, chaque membre du Conseil rapportant sur ses domaines d'action respectifs. Léa enregistrait tout, son esprit tournant à plein régime pour assimiler l'énormité de ce qu'elle découvrait.

Alors que l'aube commençait à poindre, la réunion toucha à sa fin. Les membres du Conseil se levèrent, échangeant des poignées de main et des regards entendus. Léa attendit, le cœur battant, qu'ils quittent tous la pièce avant de s'extirper de sa cachette.

Une fois dehors, elle courut presque jusqu'à l'endroit où Alex l'attendait dans une voiture banalisée.

"Alors ?" demanda-t-il, anxieux, en la voyant monter.

Léa prit une profonde inspiration. "C'est pire que tout ce qu'on imaginait, Alex. Bien pire."

Pendant qu'Alex conduisait à travers les rues de Bruxelles qui s'éveillaient, Léa lui raconta tout ce qu'elle avait entendu. Le visage d'Alex s'assombrissait à mesure qu'il prenait conscience de l'ampleur de la conspiration.

"Qu'est-ce qu'on fait maintenant ?" demanda-t-il finalement, sa voix trahissant un mélange de peur et de détermination.

Léa regarda par la fenêtre, observant les citoyens européens vaquer à leurs occupations, inconscients du danger qui planait sur leur démocratie.

"On se bat," dit-elle simplement. "On expose tout. On trouve des alliés. On ne peut pas les laisser gagner, Alex. Pas cette fois."

Alors que la voiture s'éloignait de Bruxelles, Léa savait qu'elle venait de s'engager dans le combat le plus important de sa vie. Ce n'était plus simplement une quête de vérité journalistique. C'était une bataille pour l'âme même de la démocratie européenne.

Les jours qui suivirent furent un tourbillon d'activité frénétique. Léa et Alex, travaillant sans relâche, commencèrent à tisser un réseau de résistance. Ils contactèrent des journalistes intègres, des politiciens incorruptibles, des activistes dévoués. Chaque allié potentiel était soigneusement vérifié, chaque information doublement recoupée.

Mais le Conseil de l'Ombre n'était pas resté inactif. Bientôt, Léa et Alex commencèrent à remarquer des signes inquiétants. Des articles de presse discréditant subtilement leur travail. Des "experts" apparaissant soudainement pour remettre en question leurs révélations. Même certains de leurs alliés commencèrent à prendre leurs distances, effrayés par les pressions qu'ils subissaient.

Pourtant, Léa refusait d'abandonner. Chaque obstacle ne faisait que renforcer sa détermination. Elle savait qu'elle détenait la vérité, et elle était prête à tout risquer pour la révéler au monde.

Un soir, alors qu'ils travaillaient tard dans leur planque temporaire à Berlin, Alex se tourna vers Léa.

"Tu te rends compte que si on réussit, si on expose vraiment tout ça... ça pourrait provoquer un chaos sans précédent en Europe ?"

Léa hocha lentement la tête. "Je sais. Mais l'alternative est pire. Laisser ces gens continuer à manipuler nos démocraties dans l'ombre... ce serait trahir tout ce en quoi on croit."

Alex la regarda longuement, puis sourit. "Tu as raison. On est allé trop loin pour reculer maintenant."

Alors que la nuit avançait, Léa et Alex continuèrent à travailler, préparant leur contre-attaque contre le Conseil de l'Ombre. Ils savaient que la route serait longue et dangereuse. Mais ils étaient prêts à l'affronter, ensemble.

Car au cœur de l'Europe, un coup d'État silencieux était en marche. Et seuls Léa Moreau et ses alliés se dressaient entre les véritables maîtres du jeu et leur objectif de domination totale.

La bataille finale pour l'avenir de la démocratie européenne ne faisait que commencer.

Chapitre 56 : La Mémoire Sélective du Peuple

Le soleil se levait sur Paris, baignant la ville lumière d'une lueur dorée qui contrastait cruellement avec l'atmosphère morose qui régnait dans les rues. Six mois s'étaient écoulés depuis les révélations explosives sur l'Opération Phénix, et pourtant, la vie semblait avoir repris son cours normal. Trop normal, peut-être.

Léa Moreau, de retour dans la capitale française après des mois de cavale à travers l'Europe, observait avec un mélange de stupéfaction et de désespoir la scène qui se déroulait devant elle. Assise à la terrasse d'un café, dissimulée derrière de larges lunettes de soleil, elle écoutait les conversations des passants.

"Tu as entendu parler de cette histoire de scandale politique ? L'Opération... comment déjà ?" demanda une jeune femme à son amie.

"Oh, tu veux dire l'Opération Phénix ? Oui, vaguement. C'était quoi déjà ? Une affaire de corruption, non ?" répondit l'autre, haussant les épaules avec indifférence.

Léa sentit son cœur se serrer. Comment était-ce possible ? Comment les gens pouvaient-ils avoir déjà oublié, ou pire, minimisé à ce point l'ampleur de ce qui s'était passé ?

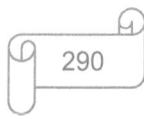

Elle sortit son téléphone, parcourant rapidement les derniers titres de l'actualité. L'Opération Phénix, qui avait occupé la une pendant des semaines, était désormais reléguée aux pages intérieures, traitée comme une simple anecdote politique parmi d'autres.

Alex, assis en face d'elle, remarqua son expression troublée. "C'est ce dont je te parlais," dit-il à voix basse. "La manipulation de l'opinion publique est en marche. Ils réécrivent l'histoire sous nos yeux."

Léa hocha lentement la tête, encore sous le choc de ce qu'elle constatait. "Mais comment ? Comment peuvent-ils faire oublier si facilement au peuple un scandale de cette ampleur ?"

Alex se pencha en avant, baissant encore la voix. "C'est une combinaison de plusieurs facteurs. D'abord, ils ont inondé les médias d'informations contradictoires, créant une confusion générale. Ensuite, ils ont progressivement minimisé l'importance de l'affaire, la présentant comme une simple dérive isolée plutôt que comme un système de manipulation à grande échelle."

Il fit une pause, jetant un coup d'œil autour de lui avant de poursuivre. "Mais le plus efficace, c'est qu'ils ont joué sur la lassitude du public. Les gens sont fatigués des scandales, des crises. Ils veulent passer à autre chose, retrouver une forme de normalité."

Léa sentit une vague de colère monter en elle. "Donc tout ça, tous nos efforts, tous les risques qu'on a pris... pour rien ?"

Alex posa une main apaisante sur son bras. "Pas pour rien, Léa. On a planté des graines. Il faut juste leur donner le temps de germer."

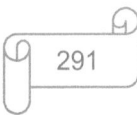

Mais Léa n'était pas convaincue. Elle se leva brusquement, incapable de rester assise plus longtemps. "Viens," dit-elle à Alex. "On a du travail."

Ils passèrent les jours suivants à sillonner Paris, rencontrant d'anciens contacts, discutant avec des citoyens ordinaires, essayant de comprendre comment la perception de l'Opération Phénix avait pu changer si radicalement en si peu de temps.

Ce qu'ils découvrirent était à la fois fascinant et terrifiant. Le Conseil de l'Ombre, loin d'avoir été démantelé par les révélations, avait au contraire renforcé son emprise sur les leviers de l'opinion publique.

Des "experts" soigneusement choisis apparaissaient régulièrement dans les médias pour relativiser l'importance de l'affaire. Des campagnes de désinformation subtiles étaient menées sur les réseaux sociaux, semant le doute sur la véracité des révélations. Et surtout, une nouvelle narrative était en train d'être construite, présentant l'Opération Phénix comme une mesure nécessaire pour protéger la démocratie contre des menaces extérieures.

Un soir, alors qu'ils compilaient leurs découvertes dans leur petit appartement sécurisé, Léa se tourna vers Alex, le visage grave.

"Tu te rends compte de ce que ça implique ?" demanda-t-elle. "Si ils peuvent faire oublier ça, ils peuvent faire oublier n'importe quoi. La mémoire collective... elle est totalement manipulable."

Alex acquiesça lentement. "C'est leur arme la plus puissante. Contrôler le passé pour contrôler le présent... et le futur."

Léa se leva, faisant les cent pas dans la pièce exiguë. "On ne peut pas les laisser faire. On doit trouver un moyen de réveiller les gens, de les faire se souvenir."

"Mais comment ?" demanda Alex. "Les médias traditionnels sont sous leur contrôle. Les réseaux sociaux sont noyautés par leurs agents. Même les gens qui nous soutenaient au début commencent à douter."

Léa s'arrêta soudain, une lueur de détermination dans les yeux. "On va utiliser leurs propres armes contre eux. Si ils peuvent manipuler la mémoire collective, alors nous aussi."

Elle se précipita vers son ordinateur, commençant à taper frénétiquement. "On va créer notre propre campagne de 'désinformation', sauf que la nôtre sera basée sur la vérité. On va inonder les réseaux de rappels subtils de l'Opération Phénix, réactiver les souvenirs enfouis des gens."

Alex la regardait, un mélange d'admiration et d'inquiétude dans les yeux. "Tu te rends compte que c'est dangereux ? Si on est repérés..."

Léa leva les yeux de son écran, son visage reflétant une détermination farouche. "Je sais. Mais on n'a pas le choix. Si on laisse le peuple oublier, alors tout ce pour quoi on s'est battu n'aura servi à rien."

Les semaines qui suivirent furent intenses. Léa et Alex, aidés par un petit réseau de hackers et d'activistes de confiance, lancèrent leur contre-offensive mémorielle. Des mèmes subtilement conçus rappelant l'Opération Phénix commencèrent à circuler sur les réseaux sociaux. Des témoignages anonymes réapparurent mystérieusement dans les commentaires d'articles en ligne. Des graffitis énigmatiques fleurirent sur les murs de Paris, ravivant les souvenirs enfouis.

Peu à peu, ils commencèrent à voir des résultats. Les conversations dans les cafés changeaient de ton. Les gens recommençaient à poser des questions, à remettre en cause la version officielle. La mémoire collective, lentement mais sûrement, se réveillait.

Mais leur succès n'échappa pas au Conseil de l'Ombre. Bientôt, Léa et Alex sentirent l'étau se resserrer autour d'eux. Des agents les suivaient, leurs communications étaient interceptées. Ils savaient qu'ils jouaient un jeu dangereux, mais ils ne pouvaient plus reculer.

Un soir, alors qu'ils se préparaient à lancer leur plus grande opération de rappel mémoriel, Alex se tourna vers Léa.

"Tu crois qu'on va réussir ?" demanda-t-il, sa voix trahissant son inquiétude.

Léa le regarda longuement avant de répondre. "Je ne sais pas," dit-elle honnêtement. "Mais je sais une chose : tant qu'il y aura ne serait-ce qu'une personne qui se souvient, qui refuse d'oublier, alors tout n'est pas perdu."

Elle se tourna vers son ordinateur, ses doigts planant au-dessus du clavier. "Prêt ?"

Alex hocha la tête. "Prêt."

D'un clic, ils lancèrent leur message à travers le réseau, un cri de ralliement contre l'oubli, un appel à la mémoire collective. Dehors, les lumières de Paris brillaient dans la nuit, témoins silencieux d'une bataille invisible pour l'âme et la mémoire d'un peuple.

La lutte contre la mémoire sélective du peuple ne faisait que commencer. Et Léa Moreau était bien décidée à s'assurer que certaines vérités ne seraient jamais oubliées, quoi qu'il lui en coûte.

Chapitre 57 : L'Ultime Sacrifice

Le ciel de Paris était d'un gris plombé, comme si la nature elle-même pressentait le drame qui allait se jouer. Léa Moreau, le visage tendu et les yeux cernés par des nuits sans sommeil, se tenait debout devant la fenêtre de son appartement sécurisé, observant la ville qui s'éveillait. À quelques mètres d'elle, Alex pianotait frénétiquement sur son ordinateur, vérifiant une dernière fois leur plan.

Ils savaient tous les deux que cette journée serait décisive. Après des mois de lutte acharnée pour raviver la mémoire collective sur l'Opération Phénix, ils étaient sur le point de lancer leur coup le plus audacieux : une diffusion massive et simultanée de toutes les preuves qu'ils avaient accumulées, sur tous les canaux possibles.

"C'est prêt," annonça Alex, sa voix trahissant un mélange de nervosité et d'excitation. "Une fois que j'aurai appuyé sur ce bouton, il n'y aura plus de retour en arrière possible."

Léa se retourna lentement, son regard croisant celui de son fidèle partenaire. "On sait tous les deux ce que ça signifie, n'est-ce pas ?" dit-elle doucement.

Alex hocha gravement la tête. Ils avaient longuement discuté des conséquences potentielles de leur action. Une fois les informations rendues publiques, le Conseil de l'Ombre ne reculerait devant rien pour les faire taire définitivement.

"Tu es sûre de vouloir aller jusqu'au bout ?" demanda Alex, lui offrant une dernière chance de reculer.

Léa prit une profonde inspiration, sentant le poids de la décision peser sur ses épaules. Elle repensa à tout ce qu'ils avaient traversé, aux dangers qu'ils avaient affrontés, aux vies qui avaient été brisées dans leur quête de vérité.

"On n'a pas le choix," répondit-elle finalement. "Si on ne le fait pas, tout aura été vain. Toutes ces vies sacrifiées, tous ces risques... Ça ne peut pas avoir été pour rien."

Alex acquiesça, un mélange de fierté et de tristesse dans les yeux. Il savait, tout comme Léa, que ce geste pourrait bien être leur dernier. Mais c'était un sacrifice qu'ils étaient prêts à faire pour la vérité.

Soudain, un bruit sourd résonna dans le couloir. Des pas lourds se rapprochaient rapidement de leur porte.

"Ils nous ont trouvés," murmura Léa, son cœur s'accélérant brusquement. "Alex, fais-le maintenant !"

Sans hésiter, Alex appuya sur la touche "Entrée" de son clavier. En quelques secondes, des milliers de documents, de photos et de vidéos furent propulsés sur Internet, inondant les réseaux sociaux, les sites d'information et les boîtes mail de journalistes du monde entier.

À peine l'opération terminée, la porte de l'appartement vola en éclats. Des hommes en noir, armés jusqu'aux dents, firent irruption dans la pièce.

"À terre ! Tout de suite !" hurla l'un d'eux.

Léa et Alex levèrent lentement les mains, s'agenouillant sur le sol. Malgré la peur qui lui nouait l'estomac, Léa sentait une étrange sérénité l'envahir. Ils avaient réussi. La vérité était enfin révélée au monde.

Les heures qui suivirent furent un tourbillon confus d'interrogatoires, de menaces et de longues périodes d'attente angoissante dans des cellules séparées. Léa perdit rapidement la notion du temps, mais elle refusa obstinément de révéler quoi que ce soit à ses interrogateurs.

Ce n'est que tard dans la nuit qu'elle fut conduite dans une salle d'interrogatoire où l'attendait un homme qu'elle reconnut immédiatement : Viktor Kraslov, l'un des membres les plus influents du Conseil de l'Ombre.

"Mademoiselle Moreau," dit-il d'une voix doucereuse, "vous nous avez causé beaucoup de problèmes."

Léa le fixa sans ciller. "La vérité cause toujours des problèmes à ceux qui vivent dans le mensonge."

Kraslov eut un sourire froid. "La vérité... Un concept si malléable. Vous pensez vraiment que vos révélations vont changer quoi que ce soit ? Nous contrôlons les médias, l'opinion publique. Dans une semaine, tout sera oublié."

"Vous vous trompez," répliqua Léa avec une assurance qu'elle ne ressentait qu'à moitié. "Cette fois, les gens n'oublieront pas. Nous avons semé trop de graines de vérité."

Le sourire de Kraslov s'élargit, prenant une tournure presque carnassière. "Peut-être. Mais vous ne serez pas là pour le voir."

Il fit un geste, et deux gardes entrèrent, traînant un Alex visiblement malmené.

"Voici ma proposition, Mademoiselle Moreau," poursuivit Kraslov. "Vous allez faire une déclaration publique. Vous allez avouer que toute cette histoire d'Opération Phénix n'était qu'une invention de votre part, une tentative désespérée d'attirer l'attention. En échange, vous aurez la vie sauve. Vous et votre ami."

Léa sentit son cœur se serrer. Elle regarda Alex, qui secoua imperceptiblement la tête, l'encourageant silencieusement à tenir bon.

"Et si je refuse ?" demanda-t-elle, connaissant déjà la réponse.

Kraslov haussa les épaules avec une nonchalance feinte. "Alors vous mourrez. Tous les deux. Et nous nous assurerons que vos morts passent pour un tragique accident. Deux journalistes idéalistes, victimes de leur propre paranoïa."

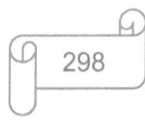

Le silence qui suivit était assourdissant. Léa sentait le poids de la décision peser sur elle comme jamais auparavant. D'un côté, la vie – la sienne et celle d'Alex. De l'autre, la vérité pour laquelle ils s'étaient tant battus.

Elle ferma les yeux un instant, revoyant en flash tout ce qui les avait menés à ce moment. Les nuits blanches, les poursuites, les moments de doute et de désespoir. Mais aussi les petites victoires, les moments où ils avaient senti qu'ils faisaient vraiment la différence.

Quand elle rouvrit les yeux, sa décision était prise.

"Je refuse," dit-elle d'une voix ferme. "Tuez-moi si vous voulez, mais je ne renierai pas la vérité."

Kraslov la fixa longuement, comme s'il essayait de sonder son âme. "Vous êtes prête à mourir pour ça ? À sacrifier votre ami ?"

Léa jeta un regard à Alex, qui lui sourit faiblement, une lueur de fierté dans les yeux.

"Oui," répondit-elle simplement.

Kraslov se leva lentement. "Très bien. Vous avez fait votre choix."

Il fit un nouveau geste aux gardes, qui commencèrent à emmener Alex. Alors qu'ils atteignaient la porte, Kraslov se retourna une dernière fois vers Léa.

"Vous savez, Mademoiselle Moreau, dans un autre monde, nous aurions pu faire de grandes choses ensemble. Vous avez un courage... admirable."

Léa ne répondit pas, gardant son regard fixé droit devant elle. Elle entendit la porte se refermer, la laissant seule avec ses pensées et la certitude que ses derniers moments approchaient.

Mais étrangement, elle ne ressentait pas de peur. Seulement une profonde conviction qu'elle avait fait le bon choix. La vérité vivrait, même si elle devait mourir pour cela.

Dans les heures et les jours qui suivirent, le monde fut secoué par les révélations de Léa et Alex. Malgré les efforts du Conseil de l'Ombre pour étouffer l'affaire, la vérité sur l'Opération Phénix se répandit comme une traînée de poudre. Des manifestations éclatèrent dans toute l'Europe, exigeant des comptes et des réformes profondes.

Léa Moreau et Alex ne furent jamais revus. Officiellement, ils périrent dans un tragique accident de voiture. Mais leur sacrifice ne fut pas vain. Leur courage inspira une nouvelle génération de journalistes et de lanceurs d'alerte, déterminés à poursuivre leur combat pour la vérité.

Et quelque part, dans l'ombre, le Conseil tremblait. Car ils avaient appris à leurs dépens que la vérité, une fois libérée, ne pouvait plus être enchaînée.

Chapitre 58 : Une Ombre Derrière le Rideau

La pluie battante s'abattait sur les rues sombres de Zurich, transformant la ville en un labyrinthe de reflets et d'ombres. Dans un immeuble anonyme du quartier financier, une réunion secrète se tenait au dernier étage. Autour d'une table en bois précieux, douze silhouettes étaient assises, leurs visages à peine éclairés par la lueur tamisée des lampes.

C'était le Conseil Suprême, l'organe le plus secret et le plus puissant du réseau Égide, dont l'Opération Phénix n'avait été qu'une infime partie visible. Ces hommes et ces femmes, issus des plus hautes sphères de la finance, de la politique et des services secrets internationaux, étaient les véritables maîtres du jeu, ceux qui tiraient les ficelles dans l'ombre depuis des décennies.

À la tête de la table siégeait une figure que personne n'aurait soupçonnée : Élisabeth Marceau. Son visage, autrefois familier à des millions de Français, était désormais marqué par les années et le poids des secrets. Ses yeux, jadis chaleureux devant les caméras, brillaient maintenant d'une lueur froide et calculatrice.

"Mes chers collègues," commença-t-elle d'une voix posée, "l'heure est grave. Les révélations de Léa Moreau et de son acolyte ont causé plus de dégâts que prévu. Nos opérations en Europe sont compromises."

Un murmure parcourut l'assemblée. Viktor Kraslov, l'oligarque russe, se pencha en avant.

"Madame la Présidente," dit-il, utilisant le titre secret d'Élisabeth au sein du Conseil, "nos équipes travaillent sans relâche pour étouffer cette

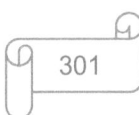

affaire. Les médias sont sous contrôle, l'opinion publique est en train d'être remodelée..."

Élisabeth leva une main, le faisant taire. "Je sais tout cela, Viktor. Mais ce n'est pas suffisant. Nous avons sous-estimé l'impact de la vérité sur les masses. Pour la première fois depuis des décennies, notre contrôle vacille."

Elle se leva, faisant le tour de la table. Chaque membre du Conseil suivait ses mouvements du regard, un mélange de crainte et de respect dans les yeux.

"Pendant des années," poursuivit-elle, "nous avons manipulé les gouvernements, façonné les politiques, orchestré des crises et des résolutions. Tout cela dans l'ombre, avec une subtilité qui nous rendait invisibles. Mais aujourd'hui, cette approche ne suffit plus."

Elle s'arrêta, fixant chacun des membres tour à tour. "Il est temps de passer à l'étape suivante de notre plan. L'Opération Némésis."

Un silence de plomb tomba sur la salle. L'Opération Némésis était le plan ultime du Conseil, celui dont même les membres les plus haut placés n'osaient parler qu'à voix basse.

Heinrich Müller, l'ancien haut fonctionnaire allemand, fut le premier à rompre le silence. "Madame la Présidente, êtes-vous sûre ? Némésis pourrait avoir des conséquences... catastrophiques."

Élisabeth eut un sourire froid. "Les conséquences seront ce que nous déciderons qu'elles soient, Heinrich. Némésis nous donnera un contrôle total, pas seulement sur les gouvernements ou les économies, mais sur la réalité elle-même."

Elle retourna à sa place, s'asseyant avec une grâce calculée. "L'Opération Phénix n'était qu'un test, une préparation. Avec Némésis, nous allons réécrire l'histoire, remodeler les souvenirs collectifs, créer une nouvelle vérité qui servira nos intérêts."

Les membres du Conseil échangèrent des regards, un mélange d'excitation et d'appréhension dans leurs yeux. Ils savaient que Némésis impliquait l'utilisation de technologies avancées de manipulation mentale, de contrôle des médias et même d'altération de la réalité physique. C'était un projet d'une ampleur sans précédent, qui dépassait tout ce qu'ils avaient pu imaginer jusqu'alors.

"Et qu'en est-il de Léa Moreau ?" demanda Isabella Rossi, la banquière italienne. "Elle reste une menace potentielle."

Élisabeth eut un sourire énigmatique. "Léa Moreau joue exactement le rôle que nous lui avons assigné, même si elle l'ignore. Chacune de ses actions, chacune de ses découvertes, a été soigneusement orchestrée par nous. Elle n'est qu'un pion dans un jeu bien plus vaste."

Un murmure d'admiration parcourut l'assemblée. La maîtrise d'Élisabeth Marceau était totale, son contrôle absolu.

"Mais," poursuivit-elle, son visage s'assombrissant légèrement, "nous devons rester vigilants. Moreau a prouvé qu'elle pouvait être... imprévisible. C'est pourquoi j'ai pris des dispositions spéciales la concernant."

Elle fit un geste, et une porte latérale s'ouvrit. Deux gardes entrèrent, escortant une figure que tous reconnurent immédiatement : Julien Marceau, l'ancien président français.

Le visage de Julien était marqué par la fatigue et le désespoir. Ses yeux, autrefois brillants d'ambition politique, étaient maintenant vides et résignés.

"Julien va nous aider à gérer le problème Moreau," expliqua Élisabeth, sa voix dénuée de toute émotion. "N'est-ce pas, mon cher mari ?"

Julien hocha faiblement la tête, incapable de soutenir le regard de celle qu'il avait aimée et qui l'avait si cruellement manipulé.

Élisabeth se tourna de nouveau vers le Conseil. "Mes chers collègues, nous sommes à l'aube d'une nouvelle ère. Avec l'Opération Némésis, nous allons enfin réaliser notre ambition ultime : le contrôle total de l'humanité. Plus de guerres, plus de conflits, plus de résistance. Juste un monde parfaitement ordonné, guidé par notre vision."

Elle leva son verre, imitée par tous les membres du Conseil. "À l'avenir que nous allons créer. À l'Opération Némésis."

Alors que les verres s'entrechoquaient, à des milliers de kilomètres de là, Léa Moreau se réveillait en sursaut, le cœur battant. Elle avait l'étrange sensation qu'un événement crucial venait de se produire, quelque chose qui allait changer le cours de son enquête et peut-être même de l'histoire.

Ce qu'elle ignorait, c'est que chacun de ses mouvements, chacune de ses pensées, était désormais surveillé, analysé et manipulé par des forces qu'elle ne pouvait même pas imaginer. L'ombre derrière le rideau était bien plus vaste et plus terrifiante qu'elle ne l'avait jamais soupçonné.

Et au cœur de cette ombre, Élisabeth Marceau régnait en maîtresse absolue, prête à façonner le monde selon sa vision. La véritable bataille pour l'avenir de l'humanité ne faisait que commencer.

Chapitre 59 : Les Secrets de la République

Le vent s'engouffrait dans les ruelles désertes du 7ème arrondissement de Paris, soufflant entre les bâtiments historiques qui semblaient porter le poids d'un siècle de secrets. Léa Moreau, enveloppée dans un manteau sombre, gravissait les marches du bâtiment des Archives Nationales, une lueur de détermination dans le regard. Après des mois de cavale, de découvertes fracassantes et de confrontations avec des forces obscures, elle était arrivée à un point décisif : l'ultime pièce manquante du puzzle se trouvait ici.

Au cœur des Archives reposaient des dossiers oubliés, protégés par des décennies de classification. Ces documents étaient les témoins silencieux de l'histoire trouble de la République, des décisions prises dans l'ombre, des manipulations, des projets avortés et des secrets d'État soigneusement enterrés. Si Léa devait enfin comprendre les origines de l'Opération Phénix et les véritables mécanismes de pouvoir, c'était ici, dans ce temple de la bureaucratie, qu'elle trouverait ses réponses.

Une plongée dans les ombres historiques

Accompagnée d'Alex, qui portait un sac contenant un ordinateur prêt à numériser les documents sensibles, Léa s'avança dans les longs couloirs des Archives. Ils avaient utilisé une fausse accréditation pour accéder aux sections les plus protégées du bâtiment, où résidaient les documents classifiés. L'air était chargé d'une odeur de papier jauni et de poussière accumulée, comme si les secrets qu'ils s'apprêtaient à découvrir avaient été scellés non seulement par des portes, mais aussi par le temps lui-même.

"On a moins de deux heures avant qu'ils ne remarquent notre intrusion," murmura Alex en consultant sa montre.

Léa hocha la tête, son corps tendu par l'urgence de leur mission. Ils savaient qu'ils prenaient un risque colossal. Mais les révélations qu'ils cherchaient valaient tous les dangers.

Ils s'arrêtèrent devant une lourde porte métallique marquée d'une plaque : *Section des Opérations Spéciales – Projets Classifiés*. Alex se mit au travail, utilisant ses talents de hacker pour contourner le système de sécurité. Après quelques minutes stressantes, un clic indiqua que la porte était déverrouillée.

À l'intérieur, des rangées d'étagères métalliques s'étendaient sur plusieurs mètres, remplies de boîtes d'archives soigneusement étiquetées. Léa se mit immédiatement au travail, cherchant les années correspondant à la création de l'Opération Phénix. Finalement, elle trouva une boîte marquée *"Dossier Égide : Stratégies de Stabilisation 1980-2010"*. Le nom seul la fit frissonner.

Elle tira la boîte vers une table voisine et l'ouvrit. À l'intérieur se trouvaient des documents éparpillés, des rapports dactylographiés, des notes manuscrites et des photos. Alors qu'elle commençait à examiner les papiers, elle comprit rapidement qu'elle était en train de découvrir les fondations d'un système qui dépassait tout ce qu'elle avait imaginé.

L'État dans l'État

Les rapports révélaient que l'Opération Phénix n'était pas un accident, ni une dérive isolée. Elle faisait partie d'une stratégie globale orchestrée par un réseau interne au gouvernement, connu sous le nom de **Directoire d'Égide**. Ce groupe, composé de hauts fonctionnaires, généraux, et experts en renseignement, avait été créé dans les années 1980 sous prétexte de protéger la République contre des menaces internes et externes.

Mais ce qui avait commencé comme une initiative pour défendre la stabilité nationale s'était rapidement transformé en quelque chose de bien plus sinistre.

"Lis ça," murmura Léa en tendant un rapport à Alex. "Ils parlaient littéralement de 'peuple programmable'. Ils voyaient la société comme une machine qu'ils pouvaient ajuster selon leurs besoins."

Alex parcourut les pages, son visage se décomposant à chaque ligne. Le document détaillait la création de programmes complexes destinés à influencer l'opinion publique, à infiltrer des mouvements sociaux et à réécrire l'histoire en faveur des intérêts du Directoire.

L'un des rapports les plus troublants portait sur des expérimentations psychologiques menées sur des citoyens ordinaires, sous couvert de programmes sociaux ou éducatifs. Les sujets, souvent choisis parmi les populations les plus vulnérables, avaient été manipulés à leur insu, leurs vies reconfigurées pour tester des théories sur le conditionnement mental et la manipulation des masses.

"Tout ça pour le 'bien de la République'," murmura Léa, sa voix tremblant de colère. "Ils ont sacrifié des vies, détruit des familles, et tout ça en prétendant que c'était nécessaire."

Mais les découvertes ne faisaient qu'empirer. Un autre rapport, encore plus confidentiel, mentionnait l'implication directe de présidents successifs dans ces opérations. Bien que certains dirigeants aient tenté de limiter l'influence du Directoire, d'autres avaient activement collaboré, utilisant les ressources du réseau pour consolider leur pouvoir.

Un nom revenait particulièrement souvent : François Marchand, un président respecté dans les livres d'histoire, décrit ici comme l'un des architectes principaux de certaines des opérations les plus controversées.

"Ils écrivent des légendes sur eux-mêmes tout en contrôlant la réalité," dit Alex, sa voix chargée de cynisme. "Et tout le monde les croit."

Un État sans innocence

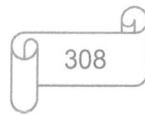

En feuilletant les derniers documents, Léa trouva une série de notes manuscrites qui l'arrêtèrent net. C'était un compte rendu signé par Jean-Pierre Valentin, l'ancien directeur de la DGSE mort dans un "accident" mystérieux.

Dans ces notes, Valentin exprimait ses doutes croissants quant aux méthodes et aux objectifs du Directoire. Il décrivait un moment charnière, lorsque les membres du réseau avaient cessé de se préoccuper de la protection de la République pour se concentrer sur la consolidation de leur propre pouvoir.

"Nous ne sommes plus un État démocratique," écrivait Valentin. "Nous ne sommes qu'une illusion d'État. Le peuple croit qu'il est libre, mais chaque décision, chaque opinion lui est suggérée, modelée par des individus qu'il ne verra jamais. La République n'est plus innocente, si tant est qu'elle l'ait un jour été."

Léa sentit sa gorge se serrer. Ces mots, écrits avec une sincérité désespérée, résumaient tout ce qu'elle avait découvert au cours de son enquête. La France, et peut-être même l'idée même de démocratie, n'était qu'une façade soigneusement construite pour cacher les vérités inconfortables du pouvoir.

Un choix impossible

Alors qu'ils continuaient à explorer la boîte, Alex jeta un coup d'œil à sa montre. "On doit partir, Léa. Si on reste plus longtemps, on ne sortira jamais d'ici."

Léa hésita, son regard tombant sur les documents épars devant elle. Elle savait qu'ils avaient déjà assez de preuves pour secouer les fondations de la République. Mais elle savait aussi que ces vérités étaient difficiles à accepter pour une population déjà désabusée.

"Alex, si on publie tout ça... tu crois vraiment que ça changera quelque chose ?" demanda-t-elle, sa voix chargée de doute.

Alex, habituellement optimiste, sembla hésiter. "Je ne sais pas," avoua-t-il. "Mais ce que je sais, c'est que si on ne dit rien, alors tout restera pareil. Ils continueront à manipuler, à contrôler, et à effacer tout ce qui leur est inconfortable."

Léa hocha lentement la tête. Elle savait qu'il avait raison. Mais elle savait aussi que révéler ces vérités aurait un coût énorme, pour elle, pour Alex, et pour le pays tout entier.

"Alors on fait ça," dit-elle finalement. "Mais pas comme avant. Pas en laissant les médias traditionnels déformer les faits. Cette fois, on laisse le peuple décider de ce qu'il fait avec ces vérités."

Ils rassemblèrent rapidement les documents les plus cruciaux, les numérisant pendant qu'Alex effaçait leurs traces. Puis ils quittèrent les Archives, se fondant dans l'obscurité de la nuit parisienne.

Alors qu'ils marchaient dans les rues désertes, Léa sentit pour la première fois depuis longtemps une étrange forme de paix. Elle savait que leur combat était loin d'être terminé. Mais pour la première fois, elle sentait qu'ils avaient une chance de faire une réelle différence.

Car même si l'État n'avait jamais été innocent, même si la République portait le poids de ses secrets, Léa savait qu'il existait une force plus puissante que toute manipulation : la vérité. Et tant qu'il y aurait des gens prêts à la défendre, l'espoir de bâtir une démocratie véritable n'était pas perdu.

Chapitre 60 : L'Histoire Se Répète

Le soleil se couchait sur Paris, baignant la ville d'une lueur dorée qui semblait en contradiction avec l'atmosphère tendue qui régnait dans les couloirs du pouvoir. Cinq ans s'étaient écoulés depuis les révélations fracassantes de Léa Moreau sur l'Opération Phénix et les secrets de la République. Ces années avaient été marquées par des bouleversements politiques, des réformes hâtives et des promesses de transparence. Pourtant, alors que la France se préparait à une nouvelle élection présidentielle, un sentiment de déjà-vu planait sur la capitale.

Léa Moreau, désormais reconnue comme l'une des journalistes les plus influentes du pays, observait avec un mélange de fascination et d'inquiétude la montée en puissance d'une nouvelle figure politique : Marie Delacroix.

Jeune, charismatique et brillante, Marie Delacroix était rapidement devenue la coqueluche des médias et l'espoir d'une génération en quête de renouveau. Son parcours semblait irréprochable : études brillantes, carrière fulgurante dans le privé, puis une entrée remarquée en politique comme porte-parole d'un mouvement citoyen.

Mais pour Léa, quelque chose clochait. Les similitudes avec l'ascension d'Élisabeth Marceau étaient troublantes. Trop troublantes pour être une simple coïncidence.

"Tu ne trouves pas ça étrange ?" demanda Léa à Alex, alors qu'ils observaient un débat télévisé mettant en scène Marie Delacroix.

Alex, qui n'avait jamais quitté le côté de Léa malgré les années et les dangers, hocha lentement la tête. "Je vois ce que tu veux dire. C'est comme si..."

"Comme si l'histoire se répétait," compléta Léa.

Ils échangèrent un regard lourd de sens. Malgré tous leurs efforts pour exposer les mécanismes de manipulation du pouvoir, malgré les promesses de changement, il semblait que les vieilles habitudes avaient la vie dure.

Léa se leva brusquement, incapable de rester inactive plus longtemps. "On doit creuser. Il y a forcément quelque chose qu'on a manqué."

Les jours qui suivirent furent une plongée frénétique dans le passé de Marie Delacroix. Léa et Alex mobilisèrent toutes leurs ressources, leurs contacts, leurs années d'expérience en investigation. Mais plus ils creusaient, plus le mystère s'épaississait.

Le parcours de Marie semblait impeccable. Trop impeccable. Chaque détail de sa vie semblait soigneusement construit pour correspondre à l'image parfaite d'une leader moderne et intègre.

"C'est comme si elle avait été... fabriquée," murmura Léa un soir, alors qu'ils épluchaient des dossiers dans leur bureau.

Alex leva les yeux de son écran. "Tu penses à une nouvelle version de l'Opération Phénix ?"

Léa hocha lentement la tête. "Pas exactement la même chose. Ils ont dû s'adapter, tirer les leçons de leurs erreurs. Mais le principe reste le même : créer de toutes pièces le leader parfait, celui qui guidera le pays dans la direction voulue par... par qui, d'ailleurs ?"

C'était la question qui les taraudait. Si Marie Delacroix était effectivement une création, qui tirait les ficelles ? Le Conseil de l'Ombre qu'ils pensaient avoir démantelé ? Une nouvelle entité ? Ou quelque chose de plus insidieux encore ?

Leur enquête les mena dans des recoins sombres de la politique française. Ils découvrirent des liens ténus entre Marie Delacroix et d'anciens membres du réseau Égide, des transferts de fonds suspects, des rencontres secrètes avec des figures de l'ombre.

Mais à chaque fois qu'ils pensaient tenir une piste solide, celle-ci semblait s'évaporer. C'était comme si une force invisible effaçait les traces au fur et à mesure de leur progression.

Un soir, alors qu'ils rentraient d'une rencontre infructueuse avec un potentiel informateur, Léa et Alex furent pris en filature. Une voiture noire aux vitres teintées les suivait à distance, ne les lâchant pas d'une semelle.

"On est repérés," murmura Alex, accélérant légèrement.

Léa sentit son cœur s'accélérer. Malgré les années, la peur de se retrouver traquée ne l'avait jamais vraiment quittée. "Tu crois qu'ils vont tenter quelque chose ?"

Avant qu'Alex ne puisse répondre, leur voiture fut violemment percutée sur le côté. Ils dérapèrent, manquant de peu de s'écraser contre un lampadaire.

"Sors !" cria Alex, ouvrant sa portière.

Ils s'extirpèrent du véhicule juste à temps pour voir deux hommes en noir s'approcher, armes au poing. Sans réfléchir, Léa et Alex se mirent à courir, s'enfonçant dans les ruelles sombres de Paris.

La course-poursuite dura plusieurs minutes, leur cœur battant la chamade, l'adrénaline pulsant dans leurs veines. Finalement, ils réussirent à semer leurs poursuivants en se cachant dans une cave abandonnée.

Haletants, ils restèrent silencieux un long moment, tendant l'oreille au moindre bruit suspect.

"Ça recommence," murmura finalement Léa. "Exactement comme il y a cinq ans."

Alex acquiesça gravement. "Ils ont peur de ce qu'on pourrait découvrir. Ce qui veut dire qu'on est sur la bonne piste."

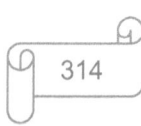

Dans les jours qui suivirent, Léa et Alex redoublèrent de prudence. Ils changèrent régulièrement de planque, utilisèrent des moyens de communication cryptés, firent appel à leurs contacts les plus fiables.

Petit à petit, une image troublante commença à émerger. Marie Delacroix n'était pas simplement une nouvelle version d'Élisabeth Marceau. Elle était le produit d'une technologie bien plus avancée, mêlant manipulation génétique, programmation neuronale et intelligence artificielle.

"C'est de la science-fiction," murmura Alex, incrédule, en lisant les rapports qu'ils avaient réussi à obtenir.

Léa secoua la tête. "Non, c'est notre réalité. Ils ont créé un être humain sur mesure, programmé pour devenir le leader parfait. Une marionnette dont ils tirent les ficelles, mais qui croit sincèrement agir de son propre chef."

La révélation était vertigineuse. Si Marie Delacroix était effectivement ce qu'ils soupçonnaient, cela signifiait que le contrôle exercé par les forces de l'ombre était bien plus profond et plus insidieux qu'ils ne l'avaient imaginé.

Alors que l'élection approchait et que la popularité de Marie Delacroix ne cessait de croître, Léa et Alex se retrouvèrent face à un dilemme moral. Devaient-ils révéler ce qu'ils avaient découvert, au risque de plonger le pays dans une crise sans précédent ? Ou devaient-ils garder le silence, sachant que cela signifierait laisser une créature artificielle prendre les rênes du pouvoir ?

Un soir, alors qu'ils débattaient de la marche à suivre, Léa reçut un message crypté sur son téléphone sécurisé. Le contenu la fit pâlir.

"C'est Élisabeth Marceau," dit-elle d'une voix blanche. "Elle veut nous rencontrer."

Alex la regarda, stupéfait. "Élisabeth ? Mais elle avait disparu... Tu crois que c'est un piège ?"

Léa fixa longuement le message, pesant le pour et le contre. "Peut-être. Mais c'est peut-être aussi notre seule chance d'avoir des réponses."

Ils décidèrent de prendre le risque. Le rendez-vous était fixé pour le lendemain soir, dans un endroit isolé en périphérie de Paris.

Alors qu'ils se préparaient pour cette rencontre potentiellement explosive, Léa ne pouvait s'empêcher de penser à quel point l'histoire semblait se répéter. Une nouvelle Élisabeth était sur le point de prendre le pouvoir, manipulée par des forces obscures. Et une fois de plus, elle et Alex se retrouvaient au cœur d'un complot qui dépassait l'entendement.

Mais cette fois, ils étaient prêts. Forts de leur expérience, armés de la vérité, ils étaient déterminés à briser ce cycle, quoi qu'il leur en coûte.

L'aube se levait sur Paris, promesse d'une journée qui pourrait bien changer le cours de l'histoire. Léa Moreau et Alex s'apprêtaient à affronter non seulement leur passé, mais aussi un futur incertain où la frontière entre l'humain et l'artificiel semblait de plus en plus floue.

L'histoire se répétait peut-être, mais cette fois, ils étaient bien décidés à en changer la fin.